TIMO LEUSING
RORY SHY
KOMMISSAR VALKO
FRAU ZEIGLER

In der Reihe *Rory Shy* sind bislang erschienen:
Band 1: Rory Shy, der schüchterne Detektiv
Band 2: Rory Shy, der schüchterne Detektiv. Der Fall der Roten Libelle
Band 3: Rory Shy, der schüchterne Detektiv. Das Rätsel um Schloss Eichhorn
Band 4: Rory Shy, der schüchterne Detektiv. Das Verschwinden der Amanda Kent
Band 5: Rory Shy, der schüchterne Detektiv. Ein Clown unter Verdacht
Band 6 erscheint im Frühjahr 2024!

MIX
Papier aus verantwortungsvollen Quellen
FSC® C014138

2. Auflage 2023

ISBN 978-3-7641-5248-2

Lektorat: Kathleen Neumann
Umschlag- und Innenillustrationen: Fiete Koch
Satz: Greiner & Reichel, Köln
Druck und Bindung: Finidr, Tschechische Republik
Gedruckt auf Papier aus geprüfter nachhaltiger Forstwirtschaft.
www.ueberreuter.de

Oliver Schlick

Rory Shy

DER SCHÜCHTERNE DETEKTIV

EIN CLOWN UNTER VERDACHT

ueberreuter

Inhalt

~ 1 ~
Freunde und Verwandte

Doktor Herkenrath hat sich heute Morgen unters Sofa verkrochen. Jetzt ist es sechs Uhr abends und er liegt immer noch da. Hat sich keinen Zentimeter von der Stelle gerührt. Weil er sich schämt. Und das völlig zu Recht! Gestern hat mein überängstlicher Cockerspaniel mal wieder für reichlich Aufruhr gesorgt.

Kurz nach siebzehn Uhr war ich mit ihm am Boringer Platz, um mir den Martins-Umzug anzusehen. Bei der Gelegenheit hat sich rausgestellt, dass er nicht nur eine Heidenangst vor Eichhörnchen, Katzen, Schmetterlingen und Salamandern hat. Sondern auch vor Blasmusik.

Als sich der Umzug in Bewegung gesetzt und die Blaskapelle *Ich geh mit meiner Laterne* angestimmt hat, ist Doktor Herkenrath durchgedreht, in Panik über die Straße geschossen und hat – *Rabimmel, rabammel, rabumm* – einen Trompeter, eine Tuba-Spielerin und zu guter Letzt auch noch einen unbeteiligten Brezelverkäufer ins Stolpern gebracht. Dabei hat er dermaßen hysterisch gejault, dass zwei Polizeipferde und das Pferd von St. Martin scheuten und auf die Hinterbeine stiegen. Was ein kleines Mädchen so erschreckte, dass es ungeschickt mit seiner Laterne hantierte, die augenblicklich in Flammen aufging.

Der Laternen-Brand war schnell gelöscht, aber Doktor Herkenrath und ich haben bis auf Weiteres strengstes Martins-Umzug-Verbot. Ausgesprochen von einer berittenen Polizistin. Und von St. Martin höchstpersönlich.

Weswegen ich im Moment nicht besonders gut auf meinen feigen Hund zu sprechen bin.

Er winselt und guckt verschämt unter dem Sofa hervor, was wohl bedeuten soll: *»Entschuldige, dass ich mal wieder ausgeflippt bin, Matilda. Ich verspreche hoch und heilig, mich in Zukunft am Riemen zu reißen. Großes Cockerspaniel-Ehrenwort!«*

Aber so einfach mache ich es Doktor Herkenrath nicht, zeige ihm demonstrativ die kalte Schulter, nehme in einem Sessel Platz und greife nach der Tageszeitung, die Frau Zeigler heute Morgen besorgt hat.

Frau Zeigler ist unsere Haushaltshilfe und käme nie auf die Idee, sich online über die Weltlage zu informieren. Sie ist da altmodisch und bevorzugt bedrucktes Papier.

Gleich auf Seite zwei stoße ich auf einen Artikel, der sich mit dem Fall von Amanda Kent beschäftigt. Das mysteriöse Verschwinden der Schriftstellerin hat vor ein paar Wochen für gewaltiges Aufsehen gesorgt und ist noch immer Thema in der Presse. Die Titelzeile lautet: *Schüchtern und erfolgreich! Wie Rory Shy die vermisste Bestseller-Autorin aufspürte.*

Über dem Bericht ist ein Foto des schüchternen Detektivs zu sehen, das ihn in typischer Haltung zeigt: mit gesenktem Kopf, den Blick zu Boden gerichtet, während er mit Daumen und Zeigefinger der linken Hand verlegen an seinem Ohrläppchen zupft.

Dass der zurückhaltende Rory, trotz extremer Schüchternheit, alle seine Fälle löst, hat ihn zu einer Berühmtheit gemacht. *Der schüchterne Detektiv* ist jedermann ein Begriff.

Wovon fast niemand weiß, ist, dass ich mit Rory zusammenarbeite. Nachdem ich ihn mal aus einer misslichen Situation befreit habe, hat er mir eine detektivische Assistentinnen-Stelle angeboten. Seither habe ich ihn schon mehrfach bei seinen Ermittlungen unterstützt. Ohne Bezahlung, dafür aber mit viel detektivischem Ehrgeiz, kriminalistischem Eifer und meinem bewährten losen Mundwerk.

Während ich den Zeitungsartikel mit gerunzelter Stirn lese (die Hälfte des Berichts ist frei erfunden), versucht Doktor Herkenrath erneut, mit einem schuldbewussten Fiepen gut Wetter zu machen.

»Schäm dich ruhig noch ein bisschen. Du hast jeden Grund dazu«, sage ich, ohne von der Zeitung aufzublicken. »Vor allem, weil du mich in die Sache reingezogen hast. Wieso habe *ich* eigentlich Martins-Umzug-Verbot? Ich habe schließlich nicht randaliert und Angst und Schrecken verbreitet.«

Doktor Herkenrath streckt vorsichtig den Kopf unter dem Sofa hervor, schielt ängstlich zu mir herüber, versucht, auszusehen wie ein reuiger Sünder und legt seinen allertraurigsten *»Bitte verzeih mir«*-Blick auf.

Weil er genau weiß, dass ich bei diesem Blick die Waffen strecke und ihm nicht mehr böse sein kann.

»Ja, ja, komm schon her, du Angstschisser«, sage ich, knie mich vor die Couch und kraule ihm die Ohren – worauf er erleichtert hechelt.

In einer Familie streitet man manchmal. Und dann verträgt man sich wieder. Das gehört zum Familienleben dazu.

Doktor Herkenrath ist Teil der Familie Bond, seit Papa, Mama und ich ihn vor fünf Jahren aus dem Tierheim geholt haben. Er war erst ein paar Wochen alt, hatte aber schon damals den wehmütigen Schiele-Blick, bei dem jeder, der kein Herz aus Stein hat, augenblicklich dahinschmilzt.

Dass wir Doktor Herkenrath in unsere Familie aufgenommen und ihn (wenn man so will) *ausgesucht* haben, unterscheidet ihn von allen anderen Familienmitgliedern. Denn eigentlich gilt: Freunde sucht man sich aus. Bei Verwandten hat man keine Wahl.

Man kommt auf die Welt und kaum ist der erste Atemzug getan, hat man schon eine mehr oder weniger große Familie an der

Backe: Eltern, Großeltern und möglicherweise noch Geschwister, Tanten, Onkel, Cousins und Cousinen und jede Menge weiterer Verwandter. Und dann heißt es: Kommt mal klar miteinander!

Nicht, dass ich Grund zur Beschwerde hätte. Was Papa und Mama angeht, gibt es nur wenig zu meckern. Und das gilt auch für den Großteil der übrigen Verwandtschaft.

Besonders gerne mag ich Tante Vera, Mamas jüngere Schwester. Sie arbeitet als Fotografin, wohnt mit ihrer Freundin auf einem Hausboot und hat das ansteckendste Lachen, das ich je gehört habe. Oder meine Cousine Lucy, die Tochter von Papas Bruder Tim. Sie ist ein Jahr älter als ich, mit Sommersprossen übersät und im Chaosanrichten fast so begabt wie Doktor Herkenrath. Dass sie als Sechsjährige mal Handstand auf dem Balkongeländer geübt und damit einen Großeinsatz von Rettungskräften ausgelöst hat, ist noch heute Gesprächsthema bei Familienfeiern.

Aber natürlich gibt es auch ein paar Verwandte, die ich eher nervig finde: Onkel Achim, zum Beispiel. Er ist Papas ältester Bruder und berüchtigt dafür, lahme, unlustige Witze zu erzählen. Schlimm genug, sollte man meinen. Aber noch schlimmer als schlechte Witze sind schlechte Witze, die schlecht erzählt werden. Was das angeht, ist Onkel Achim weithin gefürchtet.

»Also … kommen ein Pfarrer, ein Klempner und ein Känguru in einen Schuhladen. Sagt der Pfarrer … Äh, nein, andersrum:

Sagt der Klempner … Nein, halt: Es war ja gar kein Schuhladen, sondern ein Eissalon. Jedenfalls … sagt das Känguru: ›Aber doch nicht am Sonntag!‹ Ach, nein, das kommt ja erst am Schluss. Noch mal: Kommen ein Pfarrer, ein Klempner und ein Krokodil in eine Tankstelle … Nein, das ist auch falsch. Ich fang besser noch mal von vorne an.«

Dass er immer nur ein paar gequälte Mitleids-Lacher erntet, bringt Onkel Achim nicht etwa auf den eigentlich naheliegenden Gedanken, dass seine Witze grottenschlecht sind. Er vermutet den Grund für die verhaltene Reaktion darin, dass seine Zuhörer die Pointe nicht kapiert haben.

»Am Sonntag! Verstehst du? Am Sonntag! Hi, hi, hi. Dabei konnte das Känguru am Samstag doch noch gar nicht wissen, dass sich der Pfarrer und der Klempner auf dem Weg zur Kirche verlaufen würden. Ist doch köstlich, oder?«

Seit ich dieses traurige Schauspiel auf mehreren Familienfeiern miterleben musste, weiß ich: Es gibt noch eine Steigerung von schlecht erzählten schlechten Witzen: Schlecht erzählte schlechte Witze, die umständlich erklärt werden. Weswegen ich bei Familientreffen immer darauf achte, möglichst weit weg von Onkel Achim zu sitzen. Abgesehen von seinen müden Gags ist er aber eigentlich ganz in Ordnung.

Was man von Großtante Wally auch beim allerbesten Willen nicht behaupten kann. Sie ist ein ausgesprochen unangenehmer Charakter: verkniffen, humorfrei selbstmitleidig und rechthaberisch. Und außerdem eine falsche Schlange, die unaufhörlich Gift versprüht.

Das einzig Gute an Großtante Wally ist, dass sie fünfhundert Kilometer entfernt wohnt. Schlecht ist, dass sie uns zweimal im Jahr für eine Woche besuchen kommt.

Man kann Mama nur für ihre Selbstbeherrschung bewundern, die sie bei diesen Besuchen an den Tag legt. Ich an ihrer Stelle wäre jedes Mal versucht, Großtante Wally Arsen ins Essen zu rühren. Auf Mama hat sie es nämlich abgesehen. Mein Vater hingegen ist ihr absoluter Liebling und kann in ihren Augen nichts falsch machen.

Papa ist ein gesetzestreuer Bürger. Wäre er es nicht, sondern hätte, sagen wir mal, einen Hang zum Zündeln, und man würde ihn mit Benzinkanister und Feuerzeug vor einer brennenden Scheune erwischen, würde Großtante Wally ihn sofort in Schutz nehmen und jedermann erklären, dass der *liebe Thomas* auf keinen Fall was mit dem Brand zu tun haben kann. Und wenn doch, dass er bestimmt gute Gründe für sein Handeln hatte. Oder, dass das alles nur auf den schlechten Einfluss seiner Frau zurückzuführen ist.

Das Einzige, was *der liebe Thomas* ihrer Ansicht nach nämlich nicht ganz so richtig gemacht hat, war, Mama zu heiraten. Und darum bedenkt Tante Wally sie andauernd mit Gemeinheiten. Die tarnt sie als vorgebliche Komplimente, lächelt katzenfreundlich und sagt Dinge wie: »Oh, Kristina, was für eine entzückende neue Frisur. Da sieht man mal wieder, dass ein fähiger Frisör auch aus dünnem und glanzlosem Haar etwas zaubern kann.«

Mamas Haar ist weder dünn noch glanzlos. Großtante Wally ist einfach eine missgünstige alte Krähe. Bei ihrem letzten Besuch hat sie, während wir alle zum Abendessen um den Tisch herum saßen, in unschuldigem Ton gefragt: »Erinnerst du dich noch an die Freundin, mit der du zusammen warst, bevor du Kristina kennengelernt hast, Thomas? Ach, was war das für eine nette junge Frau. Und ihr habt so gut zusammengepasst. Ich habe sie kürzlich getroffen. Sie war zwischenzeitlich mit einem Zahnarzt verheiratet, ist jetzt aber wieder Single. Möchtest du sie nicht mal anrufen? Sie würde sich bestimmt freuen.«

Papa war peinlich berührt und Mama sah kurzzeitig so aus, als würde sie mit dem Gedanken spielen, doch noch eben schnell Arsen aus der Apotheke zu besorgen. Dann hat sie aber nur freundlich gelächelt, die Teller abgeräumt und gefragt: »Einen Schuss Mandellikör in den Kaffee, Wally? Wie üblich?«

Mir geht Großtante Wally vor allem dadurch auf die Nerven, dass sie unentwegt an meinem Aussehen und meiner Kleidung rummäkelt und mir (nicht besonders weise) Lebensratschläge aufdrängt: *»Ich sehe dich immer nur in Turnschuhen, Matilda. Wer in Turnschuhen durch die Welt schlurft, aus dem wird nichts im Leben. Siehst du doch an deiner Tante Vera. Trag besser mal* *vernünftiges Schuhwerk. Sonst musst du am Ende auch auf einem Hausboot leben.«*

Glücklicherweise habe ich herausgefunden, wie man Großtante Wally zum Schweigen bringt: Indem man sie gar nicht erst zu Wort kommen lässt. Ich verfüge über beträchtliches Talent zu schnellem und ausdauerndem Reden und texte Tante Wally einfach so lange zu, bis sie Ohrensausen bekommt. Das hält sie mir in der Regel für ein paar Stunden vom Leib.

Doktor Herkenrath ist auf meine Großtante auch nicht gut zu sprechen. Weil sie ihn mal als *Fleischwurst schlingende Fressmaschine* bezeichnet hat. Und sogar mit Frau Zeigler hat sie es sich verdorben. Als sie ihr unbedingt zeigen musste, wie man die Spülmaschine *richtig* einräumt.

Kurz gesagt: Großtante Wally ist Verwandtschaft aus der Hölle. Und jeder hier atmet erleichtert auf, wenn sie sich wieder verabschiedet.

Aktuell gibt es aber eine Sache, die ich ihr zugutehalten muss. Tante Wally hat mir, ohne es zu ahnen, ganz unverhofft die Möglichkeit verschafft, wieder mal als Detektivin tätig zu werden.

Ich habe starke Zweifel daran, dass meine Eltern in Begeisterung ausbrechen würden, wenn sie erführen, dass ihre zwölfjährige Tochter Verbrecher jagt. Weshalb ich beschlossen habe, es ihnen gegenüber nicht zu erwähnen und vorsichtshalber nur dann mit Rory zu ermitteln, wenn sie auf Reisen sind. Was recht häufig der Fall ist. Meine Eltern sind Tier- und Naturfilmer und daher oft auf Achse.

Ihre jüngste Reise hat sie vor ein paar Wochen auf die Färöer-Inseln geführt. Seit ihrer Rückkehr sind Papa und Mama mit der Bearbeitung des Filmmaterials beschäftigt. Schneiden, Kommentare einsprechen, die Bilder mit Musik unterlegen … All das geschieht in Heimarbeit, in dem kleinen Schneideraum, den sie im Keller eingerichtet haben.

Ihre nächste berufliche Reise steht erst für Mitte Dezember an. Weswegen ich eigentlich nicht damit gerechnet hatte, so bald wieder mit dem schüchternen Detektiv arbeiten zu können.

Bis vor ein paar Tagen ein Anruf von Großtante Wally kam, in dem sie uns offenbarte, dass sie ihre bisherige Wohnung aufgeben und umziehen würde.

Mir haben sich alle Nackenhärchen aufgestellt, weil ich befürchtete, sie würde uns im nächsten Moment mit der frohen Botschaft beglücken: *»Und zwar zu euch!«*

Was zu meiner (und Mamas) grenzenloser Erleichterung nicht der Fall war. Tante Wally hat stattdessen in vorwurfsvollem Ton erklärt, dass sie in eine Senioren-Wohnanlage zieht. *»Da habe ich wenigstens ein bisschen Gesellschaft. Ansonsten kümmert sich ja keiner um mich.«* In dem Stil hat sie noch etwa zehn Minuten lang weitergejammert, bis sie zu ihrem eigentlichen Anliegen kam: Papa und Mama sollten ihr bei der Haushaltsauflösung und dem Umzug helfen. *»Wozu hat man schließ-*

lich Verwandte? Und zu dir, lieber Thomas, war ich immer wie eine Mutter. Da ist es ja sicher nicht zu viel verlangt, dass ihr einmal in eurem Leben was für mich tut.«

Als meine Eltern heute Morgen ins Auto gestiegen sind, um die fünfhundert Kilometer lange Fahrt zu Großtante Wally anzutreten, sahen beide aus, als hätten sie sich den Magen verdorben.

Den ganzen Nippes, den Tante Wally im Laufe ihres Lebens gesammelt hat, in Kisten und Kartons zu packen und den Umzug über die Bühne zu bringen, wird ein paar Tage in Anspruch nehmen. Heute ist Mittwoch, Papa und Mama werden höchstwahrscheinlich erst kommenden Montag oder Dienstag zurückkehren.

Vor einer Stunde habe ich Rory angerufen und ihm eröffnet, dass ich ab morgen für kriminalistische Ermittlungen zur Verfügung stehe.

»Schon ab, äh, morgen?«, hat er irritiert gestammelt. »Aber du, öhm, hast doch Schule, Matilda.«

»Nennen Sie es Zufall oder glückliche Fügung des Schicksals, aber Donnerstag und Freitag fällt der Unterricht aus. Wegen einer Lehrer-Fortbildung. Und am Samstag und Sonntag habe ich auch noch Zeit, weil meine Eltern nicht vor Montag zurückkommen.«

Natürlich arbeiten Detektive auch samstags und sonntags, denn – Achtung, Binsenweisheit! – das Verbrechen kennt kein Wochenende. Und in vier Tagen kann man durchaus schon mal einen Fall aufklären. Um die verschwundene Schriftstellerin zu finden, haben Rory und ich sogar nur zwei Tage gebraucht.

Leider steht momentan aber kein ähnlich spektakulärer Fall an, wie mir der Detektiv verlegen mitgeteilt hat: »Ich habe in den letzten Tagen in einer Routineangelegenheit ermittelt. Ein, ähm, eifersüchtiger Ehemann, der glaubte, seine Gattin hätte einen Liebhaber, weil sie jeden Dienstagabend das Haus verließ, ohne ihm zu sagen, wohin sie ging. Wie sich herausstellte, hat sie keinen Liebhaber. Sie geht jeden Dienstag zu einer Gesprächsgruppe für, öhm, Frauen mit eifersüchtigen Ehemännern. Einen Fall gibt es also nicht. Allerdings steht im Moment eine, *räusper*, ganze Menge an Büroarbeit an. Dabei könnte ich deine Hilfe natürlich auch gut, äh …«

In den meisten Detektivromanen sind die Ermittler ständig in Kämpfe oder Verfolgungsjagden verstrickt, hetzen Verdächtigen hinterher, entschärfen Bomben oder springen todesmutig auf die Kufe eines startenden Helikopters, um einen Schurken an der Flucht zu hindern.

Im echten Leben besteht die Hälfte der Detektivarbeit aus weitaus weniger aufregenden Tätigkeiten: Akten anlegen, Rechnungen abheften, Spesenquittungen sortieren, Berichte schreiben …

Aber was getan werden muss, muss getan werden. Ich habe Rory versprochen, ihm bei der Büroarbeit unter die Arme zu greifen. Ab morgen früh um zehn.

Wie immer, wenn Papa und Mama nicht da sind, ist Frau Zeigler bei uns eingezogen und passt auf mich auf. Und wo ich gerade von ihr spreche …

»Sie bleibt ganz schön lange weg, oder?«, sage ich zu Doktor Herkenrath und runzle nachdenklich die Stirn.

Eigentlich wollte Frau Zeigler nur mal eben zur *Metzgerei Codlett* am Boringer Platz. Um neue Fleischwurst für *den Hund,* Sülze und ein bisschen Aufschnitt zu kaufen. Aber sie müsste längst zurück sein. Wahrscheinlich hat sie eine Bekannte getroffen und sich festgequatscht.

Mit einem Mal springt Doktor Herkenrath auf die Beine und stellt die Ohren auf, im nächsten Moment höre ich, wie sich ein Schlüssel in der Haustür dreht. Dann Schritte in der Diele – und schließlich kommt Frau Zeigler mit wirrem Blick ins Wohnzimmer gestolpert.

Mir ist sofort klar, dass irgendwas nicht stimmt: Unsere Haushaltshilfe ist leichenblass und sieht aus, als wäre sie einem Gespenst begegnet. Doktor Herkenrath fiept erschrocken, während Frau Zeigler mit abwesendem Gesichtsausdruck über den Teppich taumelt. »Ich brauche einen Eierlikör, Kind. Dringend!«

Ich sehe ihr mit offenem Mund dabei zu, wie sie die Flasche aus der Hausbar nimmt, sich aufs Sofa fallen lässt, ein Gläschen Likör einschenkt und es in einem Zug runterkippt. Und danach direkt noch ein zweites.

»Was ist los?«, frage ich verstört.

»Ein Unfall!«, keucht Frau Zeigler und japst nach Luft.

»Ein Unfall? Ist Ihnen was passiert?« Besorgt lasse ich meinen Blick über sie wandern, kann aber keine Verletzungen entdecken.

»Nein. Mir geht es gut«, stößt unsere Haushaltshilfe hervor. »Aber –«

»Geht es um Raimund?«, erkundige ich mich fürsorglich. »Ihm ist doch hoffentlich nicht schon wieder was zugestoßen?«

Groß wundern würde ich mich darüber nicht. Raimund, Frau Zeiglers in vielerlei Hinsicht ungeschickter Gatte, hat andauernd Unfälle. Mal gerät er mit der Hand in einen Ventilator, mal rutscht er auf der einzigen Glatteis-Pfütze im Umkreis von zehn Kilometern aus, mal setzt er die Zeigler'sche Familienkutsche gegen einen Gartenzaun.

»Nein, nein«, entgegnet Frau Zeigler und schüttelt den Kopf. »Diesmal nicht. Raimund geht es gut. Ausnahmsweise.« Sie fährt sich nervös mit der Zunge über die Lippen und beginnt, mit vor Aufregung bebender Stimme zu berichten, was ihr widerfahren ist. Leider hat die gute Frau ein kleines Problem. Sie schafft es nie, direkt zum Punkt zu kommen, sondern holt bei ihren Erzählungen immer *ganz* weit aus. »Du kennst doch Hilde Mommsen«, sagt sie.

Ich habe keine Ahnung, wer das ist, nicke aber fleißig, damit Frau Zeigler nicht zu einer umständlichen Erklärung ansetzt.

»Hilde war in der *Metzgerei Codlett* vor mir dran«, führt unsere Haushaltshilfe aus. »Das hat ewig gedauert. Weil sie sich nicht entscheiden konnte, ob sie grobe oder feine Bratwurst nehmen sollte. Als ob das eine Rolle spielen würde. Ihr Mann, der Rüdiger, schlingt doch alles in sich rein, was man ihm vorsetzt. Und dann hat sie mir auch noch die letzten fünfhundert Gramm Blutwurstsülze vor der Nase weggekauft.«

»Ist ja erschütternd«, befinde ich. »Und was war nun mit dem Unfall?«

»Komme ich ja jetzt zu.« Frau Zeigler schenkt sich noch einen Eierlikör ein und holt tief Luft, bevor es maschinengewehrartig aus ihr herausschießt: »Auf dem Rückweg von der Metzgerei kam ich am Flora-Park vorbei und da musste ich mit ansehen, wie … Ein Passant hat die Straße überquert. Als er in der Mitte der Fahrbahn war, kam plötzlich ein Wagen angerast, ist rücksichtslos über den Asphalt gebrettert und hat den Fußgänger erwischt. Es war schrecklich! Der Mann wurde in hohem Bogen durch die Luft geschleudert. Ich habe sofort den Rettungsdienst alarmiert, während zwei andere Zeugen Erste Hilfe geleistet haben. Und weißt du, was unglaublich war? Der Fahrer des Unglückswagens hat einfach Gas gegeben und ist abgehauen! Hat Fahrerflucht begangen. Aber ich habe ihn erkannt. Als mich die Polizei befragt hat, konnte ich ihn beschreiben: Es war ein Clown!«

Ich betrachte unsere Haushaltshilfe mit einem skeptischen Blick. Entweder hat Frau Zeigler einen Schock erlitten oder sie hatte einen Eierlikör zu viel.

»Ein Clown, der Fahrerflucht begangen hat? So, so«, murmele ich. »Und auf dem Rücksitz saßen ein Zauberer und ein weißes Kaninchen?«

»Es gibt keinen Grund, sich über mich lustig zu machen«, knurrt Frau Zeigler und beharrt auf ihrer Aussage: »Wenn ich es doch sage, Kind! Ein Clown, wie man ihn aus dem Zirkus kennt. Mit Perücke und roter Nase und breitem Clownsmund!«

»Sicher«, entgegne ich, schiebe die Eierlikör-Flasche aus Frau Zeiglers Reichweite, lächle beruhigend und sage: »Ich glaube, für den Moment haben Sie genug.«

~ 2 ~
Clown mit Christenfisch

Wird man Zeugin eines Unfalls, nimmt einen das mit. Menschen gehen mit solchen Erlebnissen unterschiedlich um. Manche ziehen sich zurück und versuchen, das Geschehnis innerlich zu verarbeiten. Anderen hilft es, über das, was sie erlebt haben, zu reden. Frau Zeigler gehört erwartungsgemäß zur zweiten Gruppe. Beim Abendessen ist sie immer noch so aufgewühlt von dem, was sie gesehen hat (oder gesehen zu haben glaubt), dass es kein anderes Gesprächsthema gibt.

»Was ist mit dem Unfallopfer?«, erkundige ich mich. »Wissen Sie, wie es ihm geht?«

»Ich war ja dabei, als sie den Mann mit dem Rettungswagen abtransportiert haben. Wenn ich den Notarzt richtig verstanden habe, hat das Opfer Kopfverletzungen und Knochenbrüche erlitten, schwebt aber nicht in Lebensgefahr. Gott sei Dank!«

Alles, was Frau Zeigler über den Unfall erzählt, klingt nachvollziehbar und plausibel. Bis auf die Sache mit dem Clown und einem weiteren Detail, mit dem sie aber erst während des Abendessens aufwartet: »Mit Automarken kenne ich mich nicht aus, Kind. Aber ich konnte der Polizei sagen, dass es ein silberfarbener Kleinwagen war. Und hinten, am Kofferraum, hatte er einen Aufkleber. Mit einem Fisch-Symbol. Du weißt schon: so ein Fisch, wie ihn auch Pfarrer Ladwig an seinem Auto hat. Ein *Christenfisch*.«

»Aha?«, mache ich, runzele argwöhnisch die Stirn und frage mich, ob sich Frau Zeigler auch schon vor ihrem Aufbruch zur *Metzgerei Codlett* den ein oder anderen Eierlikör gegönnt haben könnte.

Mal ehrlich: Ist ein rasender Clown nicht schon unglaubwürdig genug? Muss es jetzt auch noch ein Fahrzeug mit Christenfisch gewesen sein?

Pfarrer Ladwig ist bekannt dafür, so langsam durch die Gegend zu zockeln, dass er den gesamten Verkehr aufhält. Und auch ansonsten sind Fahrer mit Christenfisch-Aufklebern nicht unbedingt als rücksichtslose Raser verschrien.

Fährt ein Clown in einem Wagen mit Christenfisch ... Das klingt wie der Anfang von einem von Onkel Achims schlechten Witzen.

»Und das Nummernschild des Fahrzeugs? Konnten Sie das auch erkennen?«, versuche ich, das Gespräch in stichhaltigere Gefilde zu lenken.

»Nein.« Frau Zeigler schüttelt den Kopf. »Aber einer der anderen Zeugen hat sich das Kennzeichen gemerkt und konnte es der Polizei sagen.«

»Wirklich?«, murmele ich und ziehe überrascht die Augenbrauen hoch. »Dann dürfte es doch kein Problem sein, den Fahrer ausfindig zu machen.«

»Ich hoffe, sie schnappen diesen Clown!«, schnauft Frau Zeigler wütend.

»Ja, das hoffe ich auch. Also … dass sie ihn schnappen. Wen auch immer.«

»Und jetzt, wo ich noch mal darüber nachdenke«, murmelt unsere Haushaltshilfe, stellt das Kauen ein und legt einen grüblerischen Blick auf. »Der Fahrer hat nicht mal versucht, zu bremsen. Es sah beinahe so aus, als hätte er es darauf angelegt, den Fußgänger zu überfahren. Aber … vielleicht habe ich mir das nur eingebildet.«

Wahrscheinlich. Genauso wie den Clown und den Christenfisch, denke ich.

Was ganz schön überheblich von mir ist.

Denn wie sich schon bald herausstellen soll, liegt Frau Zeigler mit ihren Beobachtungen vollkommen richtig.

Als ich am nächsten Morgen aufwache, schlummert Doktor Herkenrath am Fußende meiner Matratze. Wie immer. Eigentlich lautet unsere Abmachung: Ich schlafe im Bett, er auf dem Bettvorleger. Da liegt er auch jeden Abend, wenn ich einschlafe.

Um mich jeden Morgen mit einem freudigen Hecheln vom Fußende des Bettes zu begrüßen. Dabei schafft er es, so auszusehen, als hätte er nicht die geringste Ahnung, wie er dahingelangt ist.

Ich recke mich, steige aus dem Bett und schlurfe ins Bad. Frau Zeigler habe ich nicht erzählt, dass ich heute und morgen schulfrei habe. Natürlich darf auch sie von meiner Detektivarbeit mit Rory nichts erfahren. Frau Zeigler würde entsetzt die Hände über dem Kopf zusammenschlagen. Außerdem wüssten meine Eltern es dann auch ganz schnell.

Sie soll ruhig glauben, dass ich heute und morgen Vormittag in der Schule bin. Und was die Nachmittage angeht, habe ich sie angeflunkert und behauptet, ich würde mich gleich nach dem Unterricht mit Klassenkameraden treffen, um für eine Mathearbeit zu lernen. Was Frau Zeigler sofort geschluckt hat.

Als erfahrene Flunker-Expertin weiß ich: Menschen kaufen einem ein falsches Alibi viel leichter ab, wenn man vorgibt, etwas zu tun, das sie als positiv erachten. Für die Schule zu lernen, ist die Königs-Ausrede und wird von Frau Zeigler ohne jede Nachfrage geglaubt. Das Einzige, was sie gesagt hat, war: »Für eine Mathearbeit üben? Das ist gut. Mathe ist ja nicht gerade deine starke Seite, Kind. Ich heb dir was vom Mittagessen auf. Aber um acht bist du zu Hause.«

Doktor Herkenrath beobachtet interessiert, wie ich mir die Haare trocken rubbele. Mein Cockerspaniel hat Rory und mich schon häufig bei unseren Ermittlungen unterstützt. Trotz seiner Ängstlichkeit konnte er sich dabei einige Verdienste erwerben. Er beginnt, im Zimmer hin und her zu laufen und wedelt aufgeregt mit dem Schwanz. Kurz vor Besuchen in der Detektivagentur wird er immer unruhig. Nicht wegen der Aussicht auf einen spannenden Kriminalfall, sondern in der Hoffnung, Charlotte Sprudel zu begegnen, Rorys schüchterner Freundin. Doktor Herkenrath ist bis über beide Cockerspaniel-Ohren in sie verknallt und schmachtet Charlotte bei jeder Begegnung mit verträumten Schiele-Augen an.

Frau Zeigler sitzt am Küchentisch, hält in der Rechten eine Kaffeetasse, in der Linken ihr Uralt-Handy, und telefoniert mit ihrem Raimund. Gesprächsthema ist – wie könnte es anders sein – der gestrige Unfall. Offenbar hat aber auch Frau Zeiglers Gatte so seine Zweifel an der Geschichte. Weswegen sie genervt mit den Augen rollt.

»Herrgott, Raimund! Wenn ich es dir doch sage: Es war ein Clown!«, versucht sie, ihren Ehemann zu überzeugen. »Ob er einen singenden Hut aufhatte? Hältst du das für witzig?«, faucht sie in den Hörer. »Ich finde nicht, dass so ein Unfall witzig ist. Du müsstest du es doch am besten wissen. Schließlich bist du selbst schon angefahren worden. Auch wenn es bei dir nur ein Dreijähriger mit einem Bobbycar war.«

»Ihr Mann ist mal von einem Bobbycar angefahren worden?«,

sage ich verwundert, nachdem Frau Zeigler aufgelegt hat. »Wie hat er das denn angestellt?«

»Ach, frag nicht«, stöhnt sie und winkt ab. Dann hält sie mir eine aufgeschlagene Zeitung vor die Nase und deutet mit dem Zeigefinger auf eine kleine Notiz im Lokalteil:

Unfall mit Fahrerflucht am Flora-Park

Gestern kam es gegen 18 Uhr auf der Lindemannstraße in Höhe des Flora-Parks zu einem Unfall, bei dem ein Fußgänger von einem PKW erfasst wurde. Das Unfallopfer, ein fünfundvierzigjähriger Mann, erlitt schwere Verletzungen und befindet sich zur Behandlung im Martinus-Krankenhaus. Der Fahrer des PKW (silberfarbener Kleinwagen) flüchtete vom Unfallort. Hinweise zu dem flüchtigen Fahrzeugführer oder zum Unfallhergang an die Polizei unter der Telefonnummer …

»Siehste? Alles so, wie ich gesagt habe«, erklärt Frau Zeigler mit selbstbewusster Miene.

»Ja, schon …«, entgegne ich zweifelnd. »Aber von einem Clown lese ich da nichts. Und von einem Christenfisch irgendwie auch nicht.«

»Ist doch klar, dass die Polizei nicht alle Informationen preisgibt«, moppert sie und schnaubt empört durch die Nase. »Tu nicht so, als hätte ich Halluzinationen. Ich weiß, was ich gesehen habe!«

Da ich keine Lust auf weitere Clown- und Christenfisch-Diskussionen habe, packe ich eilig einen Müsliriegel in meine Schultasche und verabschiede mich: »Doktor Herkenrath und ich sind dann mal weg, Frau Zeigler. Bis heute Abend.«

»Moment, junge Frau!«, ruft sie mir mit Donnerstimme hinterher und mustert mich mit gerunzelter Stirn: »Seit wann nimmst du den Hund mit in die Schule?«

Verdammt!, durchfährt es mich. Dieses kleine Detail habe ich bei meiner Flunker-Planung nicht bedacht. Zum Glück bin ich selten um eine spontane Ausrede verlegen. »Heute und morgen haben wir *»Bring dein Haustier mit!«*-Projekttage«, erkläre ich mit treuherzigem Blick. »Emil Wenke bringt seinen Hamster mit, Deniz Onsur ein Beo-Pärchen und Cheyenne Sommer ihre Kornnatter.«

»Was?«, entfährt es Frau Zeigler erschrocken.

»Keine Sorge. Das mit der Natter war ein Witz«, beruhige ich sie lächelnd.

Aber Frau Zeigler scheint jeglicher Humor abhandengekommen zu sein. Sie wirft mir einen missmutigen Blick zu, dann wendet sie sich ab und räumt mit verbissener Miene die Spülmaschine ein. Offenbar ist sie schwer angesäuert, dass ich ihr den Clown mit Christenfisch nicht abnehme.

»Tschüss«, sage ich leise, aber sie ignoriert mich eisern, legt einen Reinigungs-Tab in die Spülmaschine ein und startet den *Intensiv*-Waschgang.

Wenn Frau Zeigler beleidigt ist, ist mit ihr nicht gut Kirschen essen. Vielleicht bringe ich ihr heute Abend ein paar Nusspralinen mit. Nusspralinen stimmen sie immer versöhnlich und heben ihre Laune ganz enorm.

Draußen ist es ziemlich ungemütlich. Es herrscht typisches Novemberwetter: Der Himmel ist grau und wolkenverhangen. Ein kalter Wind fährt durch die Äste der Bäume und weht dürres Laub über den Gehsteig, als Doktor Herkenrath und ich in Richtung Straßenbahnhaltestelle laufen.

Nach einer halbstündigen Fahrt mit der Bahn erreichen wir Rorys Agentur auf der Sailenzer Straße. Ich will gerade klingeln, als sich die Tür öffnet und Charlotte Sprudel aus dem Haus tritt.

Großtante Wally würde das Aussehen von Rorys Freundin wahrscheinlich als *gammelig* beschreiben. Charlotte kauft ihre Kleidung gerne in Secondhand-Läden und auf Trödelmärkten. Sie trägt einen abgewetzten Kutschermantel, verblichene Jeans und Wildlederstiefel mit Fransen, die ich so schick finde, dass ich schon überall danach gesucht habe. Bedauerlicherweise gibt es die guten Stücke nicht in meiner Größe.

Charlotte krault Doktor Herkenrath zur Begrüßung das Fell – woraufhin er sich gar nicht mehr einkriegt und ein hysterisches, verliebtes Fiepen von sich gibt. Dann lächelt sie mich an und sagt: »Guten Morgen, Matilda. Schön, dich zu sehen. Rory hat mir gesagt, dass du ihn heute bei der Büroarbeit unterstützen wirst.«

»Ich hatte mich schon gefreut, dich auch wiederzusehen«, entgegne ich und blicke sie fragend an. »Willst du nicht noch etwas bleiben?«

»So gerne ich das tun würde – es geht leider nicht«, antwortet sie mit leiser Stimme und errötet leicht. »Ich muss dringend nach Hause.«

Charlotte trägt Kleidung aus zweiter Hand, ist aber, falls ich das noch nicht erwähnt haben sollte, Erbin eines Milliardenvermögens. Ihr Zuhause ist eine in einem riesigen Park gelegene Villa, die an ein Schlösschen erinnert.

»Was gibt es denn so Dringendes?«, frage ich naseweis.

»Meine Großtante Asta kommt heute«, haucht Charlotte und seufzt tief. »Sie besucht mich zweimal im Jahr für eine Woche. Tante Asta lädt sich immer selbst ein, aber ich fände es unhöflich, ihr zu sagen, dass ich eigentlich nicht möchte, dass sie …« Rorys Freundin räuspert sich verlegen. »Großtante Asta ist ein wenig, ähm, schwierig. Sie muss immer recht behalten. Und sie schummelt beim Schach, weil sie nicht verlieren kann. Und immer krittelt sie an meiner Erscheinung herum.«

Das klingt, als hätte jemand Großtante Wally geklont. Offenbar gibt es in jeder Familie so ein nervtötendes Exemplar. Davor schützt auch kein Milliardenvermögen.

»Kleiner Tipp: Ich bringe meine Großtante immer zum

Schweigen, indem ich sie gnadenlos zulabere«, lasse ich Charlotte wissen.

Sie kratzt sich verlegen an der Nase. »Ja, das funktioniert aber leider nur, weil du nicht, öhm, schüchtern bist. Mir wäre das irgendwie … unangenehm.«

Was sagt man in so einem Fall? *Na dann, herzliches Beileid?* Ich entschließe mich zu einem aufmunternden »Kopf hoch!«, umarme Charlotte zum Abschied und winke ihr nach, als sie durch das niedrige Törchen des Vorgartens auf die Straße tritt. Sie macht ein ähnlich unglückliches Gesicht wie meine Eltern gestern Morgen.

»Ähm, äh, guten Morgen, Matilda«, empfängt mich Rory, als ich die Agentur betrete. Der schüchterne Detektiv ist groß, dürr, hat eine schmale, spitze Nase, lockiges Haar – und wirkt aktuell etwas abwesend. Seine ganze Konzentration gilt einem blauen Tintenfleck auf seinem Hemd. Hektisch reibt er mit einem feuchten Tuch darauf herum. Was die Sache nicht wirklich besser macht, sondern dazu führt, dass sich der Fleck vergrößert.

Im Gegensatz zu Charlotte bevorzugt Rory einen konservativen Kleidungsstil und fühlt sich in Anzug, Hemd und Krawatte am wohlsten. Der schüchterne Detektiv sieht immer wie aus dem Ei gepellt aus. Normalerweise. Wenn er keine Tinte auf dem Hemd hat.

»Es ist mir wirklich sehr, öhm, unangenehm, dass du mich so

sehen musst, Matilda«, wispert er verlegen, während er weiter an dem Fleck herumwischt.

Das ist ein Gedanke, wie er nur Schüchternen kommen kann. Ein Unschüchterner würde sich sagen: *Tinte auf dem Hemd. Verdammter Mist! Geht doch nie wieder raus. Jetzt muss ich ein neues kaufen. Was das wieder kostet.* Das Erste, was einem Schüchternen durch den Kopf schießt, ist hingegen: *Tinte auf dem, öhm, Hemd. Ach du liebes bisschen. Den Anblick kann ich doch niemandem zumuten.*

»Was ist passiert?«, frage ich. »Füller in der Jackentasche ausgelaufen?«

»Äh, nein. Ich, öhm, wollte eine Druckerpatrone wechseln. Aber sie ging irgendwie nicht richtig rein. Und da habe ich ein wenig gedrückt und da ... Ich, ähm, weiß auch nicht ...«

So scharfsinnig und blitzgescheit der schüchterne Detektiv bei der Aufklärung kniffliger Kriminalfälle ist – den Anforderungen des Alltags steht er mitunter etwas hilflos gegenüber.

Doktor Herkenrath trottet hinter mir her, während ich ins Büro spaziere und den Drucker in Augenschein nehme. »Kein Wunder, dass die Patrone nicht passt. Die ist für einen doppelt so großen Drucker gedacht. Haben *Sie* die bestellt?«

Rory läuft rot an. »Oh, da habe ich wohl nicht so richtig, öhm ... Da muss ich dummerweise ... Ähm, wärst du eventuell so nett, die richtige Patrone zu bestellen? Nur, wenn es dir keine Umstände macht. Ich, ähm, wechsle inzwischen mal das

Hemd. Ich befürchte, dieses ist leider nicht mehr … Das muss ich wohl, äh … Bis gleich, Matilda.«

Kurz darauf kommt der Detektiv in einem makellosen blütenweißen Hemd zurück.

»Patrone ist bestellt«, informiere ich ihn und frage ohne allzu große Hoffnung: »Es hat heute Morgen nicht zufällig doch noch jemand wegen einer Entführung oder eines Juwelenraubs angerufen? Oder wenigstens wegen eines Diebstahls?«

»Leider, *räusper, räusper,* nicht«, entgegnet Rory verschämt und zupft an seinem Ohrläppchen. »Es bleibt bei der Büroarbeit. Tut mir leid.«

»Und was genau liegt an?«, frage ich.

»Ich, öhm, hatte ein paar Auslagen, als ich die Gattin des eifersüchtigen Ehemanns in dem Café oberserviert habe, wo sie sich mit ihrer Gesprächsgruppe traf. Dort, ähm, war ich ja gezwungen, etwas zu verzehren«, wispert der Detektiv und drückt mir einen Kassenbon in die Hand. »Die Kosten müssten noch abgerechnet werden.«

Der Bon weist aus, dass Rory einen Milchkaffee und ein Rosinenmürbchen hatte und beläuft sich auf die Gesamtsumme von vier Euro und fünfzig Cent.

»Oder denkst du, es wäre unverschämt, das in Rechnung zu stellen?«, fragt er unsicher und trippelt dabei von einem Fuß auf den anderen.

Diese Art von schüchternem Eiertanz führt der Detektiv jedes Mal auf, wenn es an die Spesenabrechnung geht. Er ziert sich, Taxiquittungen einzureichen (»Ich, öhm, hätte die zwanzig Kilometer doch auch zu Fuß laufen können.«), es ist ihm peinlich, Hotel-Übernachtungen abzurechnen (»Vielleicht hätte es ja auch ein Campingplatz getan?«) und sogar seine Verpflegungskosten erscheinen ihm oft unangemessen hoch.

»Ähm, genaugenommen hätte das Mürbchen ja nicht unbedingt sein müssen«, befindet er mit einem kritischen Blick auf den Bon. »Vielleicht sollte ich das doch besser aus eigener Tasche …«

»Machen Sie sich mal keine Sorgen«, beruhige ich ihn.

»Die Summe liegt absolut im Rahmen. Und was steht noch an?«

»Wenn es dir keine Umstände macht, würde ich dich bitten, anschließend den Abschlussbericht des Falls gegenzulesen und zu korrigieren. Wenn du vielleicht insbesondere darauf achten könntest, ob ich den Nachnamen der Ehepartner immer richtig geschrieben habe? Der Name lautet korrekt: *Dröschenbörgerfeld-Verhemperlsdenk.* Und wenn du dann, eventuell, öhm … Hat es gerade geklingelt?«

Hat es. Ich renne in den Flur und hebe den Hörer der Gegensprechanlage ab. »Ja?«

»Hier ist Kati Keuken«, kräht mir eine schrille Stimme entgegen. »Ich muss den schüchternen Detektiv sprechen!«

Kati Keuken? Genervt verziehe ich das Gesicht.

Die Berühmtheit des Detektivs hat so ihre Schattenseiten: Es ist ihm nahezu unmöglich, unerkannt zu ermitteln, weil jeder sein Gesicht kennt. Außerdem wird er ständig von Journalisten verfolgt, die hoffen, exklusive Informationen über seine Fälle (und gelegentlich auch über sein Privatleben) zu bekommen. Die Penetranteste unter ihnen ist die überforsche Kati Keuken. Die blonde Fernsehjournalistin verfügt über eine laute kreischende Stimme, die auf Rory eine ähnliche Wirkung hat, wie Blasmusik auf Doktor Herkenrath. Sobald Kati Keuken auftaucht, geht er stiften. Normalerweise rückt sie dem Detektiv aber erst dann auf die Pelle, wenn er das Haus verlässt. Dass sie jetzt sogar an der Tür klingelt, ist eine neue Stufe der Dreistigkeit.

»Herr Shy ist beschäftigt und hat keine Zeit, um mit den Medien zu sprechen«, bescheide ich ihr knapp.

»Ich komme nicht wegen eines Interviews«, brüllt sie in die Gegensprechanlage. »Es geht um einen Fall!«

Misstrauisch runzele ich die Stirn und denke: *»Du kannst mir viel erzählen.«* Nach kurzem Zögern sage ich: »Warten Sie einen Moment.« Ich halte die Hand über den Hörer, wende mich Rory zu und wispere: »Kati Keuken.«

»Um Himmels willen!«, stößt der Detektiv hervor, wird blass und sucht Halt am Türrahmen.

»Sie behauptet, es ginge um einen Fall. Wenn Sie mich fragen: Das ist nur ein Vorwand, um in die Wohnung zu gelangen.

Und kaum ist sie hier drin, wird sie versuchen, Sie zu irgendeiner bekloppten Homestory zu überreden. Sie wissen schon: Der schüchterne Detektiv ganz privat in schüchterner Strickjacke vor schüchternem Kaminfeuer oder so was.«

»Ähm, vielleicht könntest du sie bitten, bezüglich des Falls etwas konkreter zu werden. Dann werden wir ja sehen, ob, äh …«

Ich nicke und frage in den Hörer: »Und was für ein Fall ist das genau?«

Kati Keuken atmet tief durch, bevor es in aufgeregtem Ton aus ihr heraussprudelt: »Es geht um einen Verkehrsunfall. Gestern Abend am Flora-Park. Ich bin mir sicher, dass dieser Unfall kein Unfall war. Sondern ein Mordversuch.«

Eine Sekunde lang bin ich völlig perplex und stehe mit offener Kinnlade da. Das ist der Unfall, den Frau Zeigler gesehen hat. Und der soll in Wahrheit ein Mordversuch gewesen sein? Ich bin nach wie vor überzeugt, dass unsere Haushaltshilfe bezüglich Clown und Christenfisch halluziniert hat. Aber was, wenn sie mit ihrer anderen Beobachtung unter Umständen richtiglag?

»Der Fahrer hat nicht mal versucht, zu bremsen. Es sah beinahe so aus, als hätte er es darauf angelegt, den Fußgänger zu überfahren.«

»Alles in Ordnung, Matilda?«, fragt Rory und betrachtet mich mit einem prüfenden Blick.

»Ja«, murmele ich nickend. »Ich glaube … wir haben tatsächlich einen Fall.« Mit nachdenklicher Miene drücke ich einen Knopf an der Gegensprechanlage und öffne der Journalistin die Tür.

~ 3 ~
Leopardin in Stiefeletten

Kati Keuken trägt einen eng geschnittenen Mantel und teuer aussehende Lederhandschuhe, dazu Stiefeletten in Leopardenfell-Design mit mörderisch hohen Pfennigabsätzen. Es ist mir ein Rätsel, wie man in den Dingern laufen kann, ohne sich nach spätestens zwei Schritten die Haxen zu brechen.

Doktor Herkenrath findet die Leoparden-Stiefeletten so unheimlich, dass er sich eiligst in die Küche verzieht.

Der schüchterne Detektiv legt allergrößten Wert auf Privatsphäre. Nie zuvor hat er Journalisten in seine Wohnung gelassen. Kati Keuken scheint sich der besonderen Ehre bewusst zu sein. Ich habe sie bisher immer aufdringlich und distanzlos erlebt, aber als sie durch die Tür stöckelt, wirkt sie für einen Moment verhalten und blickt sich übertrieben ehrfurchtsvoll um. Als wäre sie eine Archäologin und Rorys Wohnung ein Pharaonengrab, das Tausende von Jahren vor den Augen der Welt verborgen war.

Schätze wird sie hier allerdings nicht finden. Der Detektiv lebt in einer altmodisch eingerichteten Dreizimmerwohnung, die mal eine Renovierung vertragen könnte, in der es aber stets sauber und ordentlich ist. Mal abgesehen vom Büro, wo ein ziemliches Tohuwabohu herrscht.

»Tag«, empfange ich die Fernsehjournalistin mittelfreundlich und weise in strengem Ton auf die Regeln hin: »Keine Filmaufnahmen! Keine Fotos! Kein Interview! Rory wird mit Ihnen nur über den Fall sprechen.«

»Ja, ja. Krieg dich mal wieder ein. Bist du seine Managerin?«, mault sie, bevor sie stutzt und mich mit gerunzelter Stirn betrachtet: »Jetzt mal im Ernst: Wer bist du eigentlich? Ich habe dich schon ein paarmal mit Rory gesehen.«

»Ich bin Matilda. Seine unschüchterne Nichte«, schwindele ich, ohne mit der Wimper zu zucken. »Onkel Rory passt auf mich auf. Meine Eltern sind …«

Aber Kati Keuken hört mir schon nicht mehr zu, denn in diesem Moment entdeckt sie den Detektiv, der zaghaft den Kopf aus der Bürotür streckt. Sie legt ein raubtierhaftes Lächeln auf, eilt schnellen Schrittes auf ihn zu und erinnert dabei an eine Leopardin, die auf eine scheue Gazelle zujagt. Wenn Leopardinnen Stiefeletten tragen würden.

Rory weicht erschrocken zurück, räuspert sich verlegen und weiß offenbar nicht so genau, was er tun soll.

Überrascht bemerke ich, dass Kati Keuken ihre Kreisch-

Stimme stillgelegt hat. Stattdessen flötet sie in singendem Ton: »Oh, die Krawatte steht Ihnen ja ganz außerordentlich gut, Rory. Sie sind immer so stilsicher gekleidet. Gäbe es eine Wahl zum bestaussehenden Ermittler, wüsste ich sofort, für wen ich stimmen würde.« Sie lacht neckisch, klimpert kokett mit den Wimpern und fährt dem Detektiv mit der Hand über die Schulter, als wollte sie ein Stäubchen wegwischen.

Ich habe schon länger den Verdacht, dass sie Rory nicht nur aus beruflichen Gründen interessant findet, sondern dass sie auch nichts dagegen hätte, mal ganz privat einen Kaffee mit dem schüchternen Detektiv trinken zu gehen.

Natürlich ahnt sie nicht, dass er eine Freundin hat. Außer mir gibt es nur noch zwei Menschen, die wissen, dass die scheue Charlotte und der schüchterne Detektiv ein Paar sind. Aber ich bin mir beinahe sicher: Wenn Kati Keuken es wüsste, würde es sie auch nicht davon abhalten, Rory anzuflirten.

Der Detektiv wirkt von der Situation leicht überfordert und stammelt: »Ähm, kommen Sie doch bitte ins, *hüstel,* Büro, um uns über den Fall, äh …«

Er macht eine scheue einladende Geste, sie stolziert mit ihrem Raubtier-Lächeln an ihm vorbei durch die Tür – und blickt sich reichlich verwirrt um. Kein Wunder! Das Büro ist vollgestopft mit allem möglichen Krimskrams. Lauter Gegenstände, die in der ein oder anderen Weise mit Rorys Fällen zu tun haben. Darunter eine alte Music-Box, eine Palette Dosensuppen, ein

Kontrabass, eine Sammlung von Schneekugeln und ein knallroter Hüpfball.

Der Detektiv bietet unserer Besucherin einen Stuhl an, nimmt hinter dem Schreibtisch Platz und räuspert sich erwartungsvoll. Aber die Journalistin sagt nichts, sondern stiert Rory mit einem sehnsuchtsvoll verklärten Blick an.

»Sie erwähnten gegenüber Matilda, dass es um einen, öhm, Unfall geht?«, fragt er in höflich interessiertem Ton.

»Ja. Nur dass dieser Unfall höchstwahrscheinlich gar kein Unfall war.« Kati Keuken fährt sich mit der Hand durch die Locken und beginnt zu berichten: »Gestern Morgen war ich in der Redaktion, als ich kurz nach zehn Uhr einen Anruf bekam. Eine unterdrückte Nummer. Der Anrufer stellte sich als Alexander Honnef vor. Er sagte, er würde für die *Agentur Lachmann* arbeiten. Das ist eine Agentur, über die man Unterhaltungskünstler buchen kann: Zauberer, Bauchredner, Alleinunterhalter für Hochzeiten, Feuerschlucker, Clowns …«

»Öhm, ja, verstehe«, murmelt Rory. »Und, ähm …?«

»Herr Honnef hat behauptet, dass in der Agentur irgendetwas Illegales vor sich geht«, informiert ihn Kati Keuken und verfällt dabei in einen geheimnistuerischen Flüsterton. »Und er deutete an, dass er Beweise dafür hätte.«

Ich kann nicht anders, als laut loszuprusten. Woraufhin mich die Journalistin mit einem bitterbösen Blick bedenkt. »Was ist daran so witzig?«, zischt sie.

»Tut mir leid«, entgegne ich kichernd. »Aber … etwas Illegales? In einer Agentur, bei der man Bauchredner und Clowns buchen kann? Welche Art von Verbrechen soll das sein? Hat jemand den Clowns die roten Nasen geklaut? Oder die Bauchrednerpuppe entführt?«

»Ihre Nichte ist reichlich albern«, beschwert sich Kati Keuken bei Rory. »Muss sie bei diesem Gespräch anwesend sein? Ich hatte eigentlich erwartet, dass ich mit Ihnen alleine sein würde.«

Der Detektiv geht nicht darauf ein, sondern sagt mit grüblerischer Miene: »Haben Sie Herrn Honnef gefragt, warum er sich an die Medien wendet, statt zur Polizei zu gehen?«

»Natürlich habe ich das«, beteuert die Journalistin. »Er hat gesagt: ›Ich wende mich an Sie, damit die Öffentlichkeit von diesen Vorgängen erfährt. Und weil ich nicht weiß, wem ich noch trauen kann. Die haben ihre Leute überall. Möglicherweise auch bei der Polizei.‹«

Rory und ich tauschen einen kurzen Blick und denken in diesem Moment wahrscheinlich dasselbe: Wenn jemand von irgendwelchen geheimnisvollen *»Die«* schwadroniert, die zudem noch *»ihre Leute überall haben«,* macht ihn das nicht besonders glaubwürdig. Im Gegenteil. Das klingt eher so, als hätte dieser Alexander Honnef ein paar Verschwörungs-Thriller zu viel gelesen.

»Konkreter wollte er am Telefon nicht werden«, fährt Kati Keuken derweil fort und rutscht mit ihrem Stuhl ein Stück an den Schreibtisch heran. »Er bestand darauf, mich persönlich zu treffen. Ich dachte mir: Entweder ist der Mann ein Spinner. Dann habe ich eine halbe Stunde Zeit vertan. Oder er hat wirklich etwas Interessantes zu sagen – und ich habe eine Story. Also habe ich mich mit ihm um 18:00 Uhr im Flora-Park verabredet. Aber er erschien nicht.«

»Tja ... spannende Geschichte mit enttäuschendem Ende«, befinde ich und frage ungeduldig: »Und was hat die mit dem Unfall zu tun, von dem Sie gesprochen haben?«

»Dazu wollte ich ja gerade kommen«, faucht sie in beleidigtem Ton. »Nachdem ich zehn Minuten vergeblich auf Alexander Honnef gewartet hatte, beschloss ich zu gehen. Da hörte ich plötzlich ein Martinshorn und sah Blaulicht auf der Lindemannstraße. Als Journalistin will man natürlich wissen, was da los ist. Offenbar hatte es einen Unfall mit Fahrerflucht gegeben. Als das Unfallopfer abtransportiert wurde, konnte ich einen kurzen Blick auf den Mann werfen – und bekam einen Riesenschreck, als ich sah, dass es sich um Alexander Honnef handelte.«

»Wie konnten Sie ihn denn erkennen?«, frage ich und ziehe die Stirn kraus. »Sie hatten doch nur mit ihm telefoniert und waren ihm noch nie von Angesicht zu Angesicht begegnet.«

Die Journalistin bedenkt mich mit einem abschätzigen Blick. »Für wie naiv hältst du mich? Nachdem wir telefoniert hatten, habe ich ihn natürlich gegoogelt. Er hat einen öffentlichen Facebook-Account. Da gibt es jede Menge Fotos von ihm zu bewundern. Als ich ihn am Unfallort sah, habe ich ihn sofort wiedererkannt.« Kati Keuken beugt sich zu Rory vor und haucht: »Ist das nicht ein seltsamer Zufall? Alexander Honnef wird ausgerechnet in dem Augenblick angefahren und schwer verletzt, als er mir Informationen zu mysteriösen Vorgängen an seinem Arbeitsplatz geben will. Auf dem Weg zu unserem Treffen. Keine zwanzig Meter vom Park entfernt. Der Fahrer flüchtet. Und es gibt noch weitere Merkwürdigkeiten: Laut mehrerer, übereinstimmender Zeugenaussagen, hat der Fahrer des Wagens –«

»Nicht einmal versucht, zu bremsen«, führe ich ihren Satz zu Ende.

»Ja ... genau«, bestätigt Kati Keuken verdutzt. »Und was noch viel seltsamer ist: Die Zeugen haben ausgesagt, dass die Person hinter dem Steuer –«

»Sagen Sie jetzt bitte nicht, dass es ein Clown war.«

Die Journalistin stiert mich mit offenem Mund an. »Doch! Du scheinst ja bestens informiert zu sein.«

»So ist das, wenn man einen Detektiv in der Familie hat«, entgegne ich mit unschuldigem Lächeln. »Onkel Rory hat mir beigebracht, stets Augen und Ohren offen zu halten. Und da ich das immer tue, habe ich auch gehört, dass sich einer der Zeugen das Kennzeichen des Fahrzeugs gemerkt hat. Also dürfte es für die Polizei doch ein Leichtes sein –«

»Ist es aber nicht«, fährt mir die Fernsehjournalistin in die Parade. »Und da sind wir gleich beim nächsten verdächtigen

Umstand: Der Wagen gehört einer Gemeindeschwester und wurde eine halbe Stunde vor dem Unfall als gestohlen gemeldet.«

Das geklaute Auto einer Gemeindeschwester? Das erklärt den *Christenfisch*-Aufkleber, schießt es mir durch den Kopf. Ich muss Frau Zeigler Abbitte leisten. Offenbar hat sie eine weitaus bessere Beobachtungsgabe, als ich gedacht habe.

Kati Keuken weiß aber noch mehr zu berichten: »Vor einer Stunde hat mich meine Quelle bei der Polizei darüber informiert, dass der Wagen heute Morgen gefunden wurde. An einem Baggersee, hinter dem Industriegebiet. Das Auto war völlig ausgebrannt. Jemand hatte es in Brand gesetzt, wahrscheinlich, um Fingerabdrücke und DNA-Spuren zu beseitigen.« Kati Keuken zupft an den Fingern ihrer Lederhandschuhe herum und blickt Rory forschend an. »Klingt das für Sie wirklich nach einem Unfall? Ich bin mir sicher: Irgendetwas Merkwürdiges geht in dieser Agentur vor. Und der Unfall war ein Mordversuch. Jemand hat versucht, Alexander Honnef zu überfahren, damit er keine Informationen an mich weitergibt. Jemand, der auf irgendeine Weise von unserem geplanten Treffen im Flora-Park erfahren hat.«

Rory kratzt sich nachdenklich an der Schläfe, bevor er sich räuspert und verlegen murmelt: »Wenn ich Sie vorhin richtig verstanden habe, erwähnte Herr Honnef, dass er Beweise für seine Behauptungen hätte. Hat man denn am Unfallort etwas gefunden? Eine Aktenmappe mit Unterlagen vielleicht? Oder einen, ähm, USB-Stick?«

»Nein.« Kati Keuken schüttelt den Kopf. »Möglicherweise befanden sich die Informationen auf seinem Smartphone. Das ist bei dem Unfall aber zerstört worden.«

Der Detektiv hüstelt mehrfach, bevor er mit leiser Stimme befindet: »Nun, das, ähm, klingt alles in allem tatsächlich verdächtig. Und was, öhm, sollte ich Ihrer Meinung nach …«

»Alexander Honnefs Zustand ist zwar stabil, aber er ist nicht ansprechbar. Von ihm kann man sich momentan keine Informationen erhoffen«, eröffnet uns die Journalistin. »Ich habe mit meinem Chefredakteur beim Sender gesprochen. Wir möchten, dass Sie in unserem Auftrag in der *Agentur Lachmann* ermitteln, Rory. Wir bieten Ihnen das doppelte Honorar, das sie üblicherweise bekommen. Unter einer Bedingung: Wenn es Ihnen gelingt, den Fall aufzuklären, geben Sie unserem Sender ein einstündiges Exklusiv-Interview, in dem Sie über Ihre Ermittlungen berichten.« Kati Keuken legt ihr Raubkatzen-Lächeln auf und schiebt eine Visitenkarte über den Schreibtisch. »Was sagen Sie dazu?«

»Nun, ich, öhm, weiß nicht. Der Auftrag klingt zugegebenermaßen interessant, aber diese Bedingung erscheint mir ein wenig, ähm … Interviews zu geben, ist mir immer etwas, *räusper*, unangenehm. Und ich würde auch nicht so gerne …«

»Schön, dass wir uns einig sind«, überhört die Journalistin

seinen zaghaft vorgebrachten Einwand, zieht ein Bündel Geldscheine aus ihrer Manteltasche und drückt es dem verdutzten Rory in die Hand. »Das ist für Ihre Spesen. Falls das nicht ausreichen sollte, geben Sie mir Bescheid.«

Der Detektiv blickt mit staunenden Augen auf das Geldbündel und nuschelt verschämt: »Aber das ist viel zu, öhm, viel und –«

»Vielen Dank«, gehe ich dazwischen, ziehe dem Detektiv die Scheine aus den Fingern und stecke sie ein. »Damit dürfte Onkel Rory hinkommen. Fürs Erste.«

Kati Keuken wirkt zufrieden, erhebt sich von ihrem Stuhl und lässt den Blick durchs Büro wandern, bevor sie in Richtung des schüchternen Detektivs säuselt: »Und wo ich jetzt schon mal hier bin ... Sie hätten nicht vielleicht doch Interesse an einer schönen Homestory? Ich weiß, dass unsere Zuschauer begierig darauf sind, mehr über Sie zu erfahren. Sie möchten den privaten Rory kennenlernen. Ich könnte einen Kameramann anrufen, der in fünf Minuten hier wäre. Und die Kleine« – sie wirft einen kurzen Seitenblick auf mich – »bringen wir auch in dem Bericht unter: *Der schüchterne Detektiv kümmert sich rührend um seine Nichte, die von ihren Rabeneltern alleingelassen wurde.* Sie könnte im Hintergrund mit dem Hüpfball rumhüpfen, während ich Sie interviewe.«

Rory schluckt und stammelt: »Also, das wäre mir eigentlich nicht so, öhm, recht.«

»Mir auch nicht. Und aus dem Hüpfball-Alter bin ich schon ein paar Jahre raus«, lasse ich die Journalistin wissen, marschiere in den Flur, halte ihr die Wohnungstür auf und verabschiede sie mit den Worten: »Danke für den Spesen-Vorschuss. Onkel Rory meldet sich bei Ihnen.«

Nachdem Kati Keuken auf ihren hohen Absätzen die Treppe runtergestöckelt ist und das Haus verlassen hat, traut sich Doktor Herkenrath aus seinem Versteck heraus und kommt ins Büro getrottet, während ich mich auf dem roten Hüpfball niederlasse. (Auch wenn ich der Journalistin gegenüber etwas anderes behauptet habe: Für Hüpfbälle ist man natürlich nie zu alt.)

Der Detektiv blickt mich forschend an, hüstelt und fragt: »Woher, ähm, woher wusstest du von dem Clown? Und davon, dass sich ein Zeuge das Kennzeichen des Wagens gemerkt hat?«

Ich berichte ihm, dass Frau Zeigler Zeugin des Unfalls war und mir alles brühwarm erzählt hat. »Das mit dem Clown hinterm Steuer habe ich allerdings für ein Hirngespinst gehalten. Aber nachdem wir nun wissen, dass die Agentur, für die Alexander Honnef arbeitet, Clowns vermittelt, erscheint es mir gar nicht mehr *so* abwegig. Was denken Sie?«

Schüchterne neigen nicht zu vorschnellen Antworten. Der Detektiv zupft an seinem Ohrläppchen und räuspert sich umständlich, bevor er mit leiser Stimme erklärt: »Nun, zunächst einmal klingt das, was Herr Honnef Kati Keuken erzählt hat, nach reinem, öhm, Verschwörungsgeschwurbel. Und dennoch ... Wenn man alle Umstände in ihrer Gesamtheit betrachtet, fällt es schwer, an einen Unfall zu glauben: erst der Anruf von Herrn Honnef, in dem er andeutet, in der *Agentur Lachmann* ginge etwas nicht mit rechten Dingen zu. Und wenige Stunden darauf wird er angefahren und schwer verletzt. Kurz bevor er Kati Keuken Informationen geben kann. Dazu die Zeugenaussagen, nach denen der Wagen nicht gebremst hat, und der Umstand, dass das Fahrzeug gestohlen war und ausgebrannt aufgefunden wurde ...« Rory kratzt sich an der Schläfe und murmelt: »Das, öhm, klingt verdächtig danach, als wäre an Alexander Honnefs Geschichte möglicherweise doch etwas dran. Und als hätte jemand versucht, ihn zum Schweigen zu bringen.«

»Ja«, bestätige ich nickend. »Und zwar ein Clown. Das ist so schräg, dass ich es noch immer nicht glauben kann. Mit Clowns verbindet man doch keinen Mordversuch. Sondern Spaß und Gelächter.«

Überrascht bemerke ich, dass Rory blass wird. Er betrachtet verlegen seine Fingernägel und gesteht murmelnd: »Also, ich, ähm, ich finde Clowns irgendwie ... gruselig. Und bei dem Gedanken, dass wir alle Clowns, die die *Agentur Lachmann* in ihrer Kartei führt, befragen müssen, fühle ich mich doch sehr, ähm, unwohl. Aber zunächst einmal sollten wir dafür sorgen, dass Herrn Honnef nicht noch einmal etwas zustößt. Wenn das wirklich ein Anschlag war, dann braucht er so schnell wie möglich Personenschutz. Dem Täter ist es beim ersten Mal nicht gelungen, ihn zum Schweigen zu bringen. Also wird er es mit großer Wahrscheinlichkeit noch einmal versuchen. Erinnere dich an den *Fall der Roten Libelle.* Da war es ähnlich. Wir müssen sofort jemanden organisieren, der vor dem Krankenzimmer von Herrn Honnef Wache hält.«

Leichter gesagt als getan. Fieberhaft überlege ich, wer dafür infrage käme. Ich könnte unseren alten Bekannten, Kommissar Valko, anrufen und ihn um Hilfe bitten. Aber so wie ich ihn kenne, würde er schlecht gelaunt knurren: *»Personenschutz? Geht es dir zu gut? Das ist ein simpler Fall von Fahrerflucht. Da gibt es keinen Personenschutz. Und meine Beamten haben sowieso schon viel zu viele Überstunden. Wiederhören!«*

Zum Glück habe ich noch eine andere Idee. »Was ist mit Amadeus?«, frage ich.

Amadeus ist Charlottes Chauffeur und hat uns schon bei einigen Fällen unterstützt. Er ist sechsundachtzig und manchmal etwas zitterig. Aber er war früher mal Boxer und hat noch immer einen beeindruckenden linken Haken. An Amadeus kommt so schnell keiner vorbei.

»Äh, ja. Guter Vorschlag«, entgegnet der Detektiv und greift nach seinem altmodischen Wählscheiben-Telefon.

Eigentlich telefoniert er nur höchst ungern. Gespräche mit Amadeus bilden dabei die Ausnahme. Weil der Chauffeur genauso viel Wert auf Höflichkeit legt wie Rory. Unterhaltungen zwischen den beiden klingen immer, als würden sie ein Endspiel um den Welt-Höflichkeits-Pokal austragen.

»Ähm, Amadeus? Hier ist Rory, öhm, Shy. Ich, *räusper,* hoffe sehr, mein Anruf kommt nicht ungelegen. Das wäre mir äußerst unangenehm und ich, ähm …«

»Aber nicht doch, Herr Shy«, krächzt es dienstbeflissen aus dem Hörer. »Anrufe von Ihnen kommen niemals ungelegen. Kann ich Ihnen in irgendeiner Weise eine Hilfe sein? Es wäre mir eine Freude.«

»Oh, das ist sehr … Das ist ausgesprochen freundlich von Ihnen, Amadeus. Es ist mir ein wenig peinlich, Sie damit zu behelligen, aber ich hätte tatsächlich ein Anliegen und fände es schön, wenn Sie …« Rory erklärt dem Chauffeur die Situation und bittet ihn (untermalt von viel verlegenem Geräusper), ins Martinus-Krankenhaus zu fahren, vor dem Zimmer von Alexander Honnef Wache zu stehen und niemandem Zutritt zu gewähren. »Natürlich nur, wenn es Ihnen wirklich keinerlei Umstände macht.«

»Keineswegs. Es ist mir ein Vergnügen, Ihnen zu Diensten sein zu dürfen, Herr Shy.«

»Ach, und … Wenn Sie vielleicht so freundlich wären, uns zu informieren, sobald Herr Honnef wieder ansprechbar ist?«

»Selbstverständlich, Herr Shy. Kann ich noch etwas für Sie tun?«

»Ähm, ja. Setzen Sie mich doch bitte in Kenntnis, wenn Ihnen ein, öhm, Clown im Krankenhaus auffallen sollte.«

Würde mich jemand bitten, nach einem Clown im Krankenhaus Ausschau zu halten, würde ich mich fragen, ob derjenige noch alle Speichen am Rad hat. Nicht so Amadeus, für den diese Bitte das Normalste der Welt zu sein scheint.

»Sehr gerne, Herr Shy«, entgegnet er in seinem diskreten Chauffeur-Tonfall und verabschiedet sich mit den Worten: »Bitte richten Sie Frau Bond und Herrn Doktor Herkenrath meine besten Grüße aus.«

Rory bedankt sich umständlich, murmelt ein paar abschließende Höflichkeiten und legt auf. Einen Moment scheint er zu überlegen, wie wir weiter vorgehen sollen, dann fährt er seinen Rechner hoch und sagt: »Bevor wir uns in der Künstleragentur umhören, sollten wir ein wenig Internet-Recherche betreiben. Sehen wir uns einmal den Facebook-Account von Alexander Honnef an. Und natürlich die Webseite der, ähm, *Agentur Lachmann*.«

Im Umgang mit Maus und Tastatur ist der schüchterne Detektiv ähnlich geschickt wie beim Wechseln von Druckerpatronen.

»Äh, was ist das denn jetzt auf einmal?«, nuschelt er und blickt ratlos auf den Monitor. »Warum komme ich denn nicht mehr auf …? Und warum blinkt das plötzlich so komisch? Ähm, könntest du vielleicht mal …?«

Nachdem ich das Problem mit zwei Mausklicks behoben habe, rufe ich den Facebook-Account von Alexander Honnef auf. Das Profilbild zeigt einen etwas übergewichtigen Mann mit einem freundlichen runden Gesicht, wässrigen blauen Augen und Halbglatze. Auf den Selfies, die er gepostet hat, ist er vor allem in relaxter Pose zu sehen: auf dem Sofa, in einer Hängematte im Garten, in einem Liegestuhl ... Er wirkt wie ein Mensch, der es gerne bequem und gemütlich hat. Einen Whistleblower (und das ist er ja, wenn Kati Keukens Geschichte stimmt) habe ich mir irgendwie anders vorgestellt. Neben den Selfies gibt es noch eine Menge Fotos, auf denen ein schwarzbrauner Zwergpinscher abgebildet ist. Beim Gassigehen, im Hundekörbchen, beim Fressen, Springen und Herumtollen oder ganz schmusig mit Herrchen auf der Couch. Die Bildunterschriften lauten: »Endlich wieder Besuch von Tiffy«, »Wunderschöner Sonntag mit Tiffy«, »Spaziergang mit Tiffy« oder einfach nur »Tiffy ♥♥♥«.

»Okay«, sage ich. »Damit wüssten wir schon mal, wie der gute Herr Honnef aussieht. Und dass er Hundefreund ist.«

Viel mehr verrät uns sein Account aber nicht.

Da ist der Internet-Auftritt der Künstleragentur weitaus aufschlussreicher: *Agentur Lachmann – Ihr Entertainment-Partner* empfängt mich ein blinkender Schriftzug auf der Startseite. Darunter der Text: *Ob Kindergeburtstag, Hochzeit, Betriebsfeier, Vereinsjubiläum oder Galaveranstaltung – bei uns finden*

Sie die passenden Unterhaltungskünstler für Ihre kleinen und großen Events. Viel Spaß bei der Auswahl!

Bevor wir uns ansehen, welche Künstler man buchen kann, klicke ich aber erst einmal auf *Unser Agentur-Team.* Es erscheint das Foto einer molligen blonden Dame mit einer großen Warze am Kinn. *Lilli Lachmann, Gründerin und Inhaberin der Agentur,* verrät uns die Bildunterschrift. Dann ein Foto unseres Unfallopfers: *Alexander Honnef, Kunden- und Künstlerbetreuung.* Und zu guter Letzt eine missmutig blickende Frau mit Goldrandbrille: *Ursula Dinzig, Finanzen und Verwaltung.*

Ich präge mir die Namen und dazugehörigen Gesichter ein und gehe zu der Seite, auf der die Künstler vorgestellt werden, die man über die Agentur engagieren kann. Und das sind eine ganze Menge. Es gibt zahlreiche Unterkategorien: Zauberkünstler, Messerwerfer, Jongleure, Feuerschlucker, Schlangenmenschen, Seiltänzer und andere Artisten. Aber auch Schlagersänger, Pantomimen, Bauchtänzerinnen, Orgelspieler und Comedians.

»Was, öhm, was, denkst du, könnte sich *dahinter* verbergen?«, fragt Rory und deutet mit gerunzelter Stirn auf die Kategorie *Außergewöhnliches.*

Während die Agentur an Zauberern und Comedians gleich mehrere Dutzend anzubieten hat, finden sich unter *Außergewöhnliches* nur wenige Künstler und Künstlerinnen. Dafür sind deren besondere Show-Talente bemerkenswert. Unter anderem gibt einen Herrn Ericson, dessen Programm darin besteht, Papier zu essen *(Honorar nach Menge)*, eine Frau Sonidis, deren Stimme angeblich Glas zerspringen lässt, und die Zwillingsbrüder Bernd und Björn, die einhundertfünfzig Nationalhymnen rülpsen können. Zweistimmig.

»Für welche Art von Festivität braucht man Menschen, die Nationalhymnen rülpsen?«, giggele ich. »Für einen bunten Abend bei der UNO? Oder um die Stimmung bei einem Botschaftsempfang aufzulockern?«

Rory ist nicht zu Scherzen aufgelegt. »Sehen wir uns die, öhm, Clowns an«, wispert er in beklommenem Ton und sieht dabei ganz elend aus.

Ich gehe auf den entsprechenden Link. Insgesamt sind es fünfzehn Clowns, die man über die *Agentur Lachmann* buchen kann. Der Detektiv schluckt nervös, während sein Blick über die Porträtfotos wandert. Angesichts der vielen roten Nasen, der Glatzen-Perücken, gepunkteten Fliegen, geschminkten Gesichter, bunten Latzhosen und riesigen Clown-Latschen scheint er sich extrem unbehaglich zu fühlen.

Die Spaßmacher haben Künstlernamen wie der *Lachende Luis*, der *Tapsige Tommy*, der *Pupsende Pavel* oder der *Stolpernde Stanislaus*. Ein paar weibliche Clowns gibt es auch. Die *Witzige Wanda* zum Beispiel. Und die *Kichernde Conny*.

»Du, öhm, kannst sagen, was du willst, aber – Clowns *sind* gruselig!«, wispert Rory mit matter Stimme. »Bei der Vorstellung, sie alle befragen zu müssen, wird mir … Da wird mir ganz, öhm …«

»Ist vielleicht gar nicht nötig, alle zu befragen«, entgegne ich und deute auf das Foto eines Spaßmachers mit roten Haarbüscheln, weit aufgerissenen Augen und breit grinsendem Mund. »Wenn Sie mich fragen: Mit dem sollten wir anfangen. Irgendwie vermittelt sein Name das Gefühl, dass er was mit der Sache zu tun haben könnte. Sehen Sie mal!«

»Der *Rasende Ritchie*«, murmelt Rory, während er mit entsetztem Blick auf das Porträt starrt. »Um Himmels willen! Das ist ja der Gruseligste von allen.«

~ 4 ~
Agentur Lachmann

Für den schüchternen Rory ist es mitunter etwas kompliziert, von A nach B zu gelangen. Der Detektiv ist leider nicht im Besitz einer gültigen Fahrerlaubnis. Und öffentliche Verkehrsmittel wie Bus und Bahn benutzt er nur ungern, da er dort sofort erkannt und von Fans belagert wird. So was ist der blanke Horror für Schüchterne. Auch wenn Rory natürlich viel zu höflich ist, um Autogrammwünsche abzulehnen, und auf jedem Selfie, das ein Fan mit ihm macht, tapfer lächelt.

Charlotte hat dem Detektiv daher angeboten, dass er jederzeit die Dienste von Amadeus in Anspruch nehmen und sich von ihm fahren lassen kann. Was diesmal leider nicht infrage kommt, da der Chauffeur ja zum Personenschutz von Alexander Honnef abkommandiert ist. Aber Rory ist der Meinung, dass wir gar keinen Wagen benötigen.

»Die *Agentur Lachmann* hat ihren Sitz in der Stadtmitte. Dahin könnten wir auch zu Fuß …«

»Haben Sie mal rausgeguckt?« Ich deute aus dem Fenster nach draußen, wo gerade ein herbstlicher Platzregen niedergeht, und entscheide kurzerhand: »Ich rufe uns ein Taxi.«

»Denkst du wirklich, das ist, öhm, nötig?«, haucht Rory und ringt verlegen die Hände. »Es wäre mir peinlich, Frau Keuken und dem Sender eine Taxifahrt in Rechnung zu stellen, wenn wir doch auch zu Fuß ... Vielleicht sollten wir einfach warten, bis der Regen etwas nachlässt.«

»Hallo!« Ich wedele mit dem Geldbündel vor seinem Gesicht herum. »Das können wir alles verbraten! Hat Kati Keuken doch gesagt. Also zieren Sie sich nicht so. Und meiner Meinung nach spricht auch nichts dagegen, dass Sie das Taxi unterwegs bei einer Bäckerei halten lassen und Ihrer Assistentin ein belegtes Brötchen und einen Erdbeer-Shake spendieren. Die hat außer einem Müsliriegel nämlich noch nichts gefrühstückt. Und Doktor Herkenrath hätte bestimmt auch nichts gegen ein kleines Leckerli.«

»Ja, öhm, natürlich«, stimmt Rory zu und ergänzt leise: »Aber das bezahle ich dann doch lieber aus eigener Tasche.«

Eine Viertelstunde später sitze ich neben Doktor Herkenrath und dem Detektiv auf dem Rücksitz eines Taxis, kaue auf einem Käsebrötchen herum, schlürfe genüsslich an meinem Milchshake und frage: »Wie gehen wir vor?«

»Nun, ich, äh, denke, wir sprechen zunächst mit der Inhaberin der Agentur. Frau, ähm, Lachmann.«

Wenn Rory sagt, dass *wir* mit der Inhaberin sprechen sollten, meint er eigentlich, dass *ich* mit ihr sprechen soll. Weil es dem schüchternen Detektiv hochpeinlich ist, Zeugen und Verdächtige mit Fragen zu belästigen. Er drückt sich davor, wann immer er kann.

»Haben Sie auch schon eine Idee, *wie* ich das tun soll?«, möchte ich wissen und blicke Rory forschend an: »Lasse ich die Frau im Unklaren darüber, weswegen wir ermitteln, und schleiche erst mal ums eigentliche Thema rum, oder überrumpele ich sie und falle gleich mit der Tür ins Haus?«

»Ich, äh, denke, wir sollten Frau Lachmann direkt mit dem konfrontieren, was wir wissen«, entgegnet Rory nach kurzem Nachdenken. »Ich bin sehr auf ihre Reaktion gespannt. Außerdem müsstest du diese Frau Dinzig befragen, die Kollegin von Herrn Honnef. Und natürlich sollten wir überprüfen, ob der, ähm ...«, Rory verzieht schmerzvoll das Gesicht, »Ob der, öhm, *Rasende Ritchie* ein Alibi für den gestrigen Abend hat.«

»Dann hoffe ich für Sie mal stark, dass er keins hat«, entgegne ich kichernd. »Und dass er die Tat an Ort und Stelle gesteht. Sonst müssen wir nämlich noch vierzehn weitere Clowns befragen.«

»Ja«, nuschelt der Detektiv und nestelt nervös an seinem Hemdkragen rum. »Und das, öhm, wird kein Spaß.«

Der Firmensitz der *Agentur Lachmann* liegt etwas versteckt und sieht weitaus weniger glamourös aus, als ich ihn mir vorgestellt habe. Als wir an der angegebenen Adresse aus dem Taxi steigen, müssen wir zunächst durch einen Torbogen und durchqueren dann einen gepflasterten Hinterhof, an dessen Ende ein schmuckloses, flaches Gebäude steht.

Die Schrift auf der stählernen Eingangstür ist teilweise abgeblättert. *Kü stler gentur achmann* lese ich und strecke die Hand nach der Klinke aus – als die Tür auffliegt und mir eine gewaltige Stichflamme entgegenschlägt!

Ich kann gerade noch den Kopf einziehen und mich flach auf den Boden werfen, Doktor Herkenrath jault hysterisch und macht einen Satz rückwärts, während Rory sich mit einem Hechtsprung zur Seite rettet. Im nächsten Moment kommt ein muskelbepackter Mann mit zornesrotem Gesicht aus dem Gebäude gestürmt. Er riecht nach Benzin, hält eine Pechfackel in der Hand und schimpft lautstark: »Was soll das heißen: Im Moment gibt es keine Aufträge für Feuerschlucker? Ihr seid meine Agentur. Es ist euer verdammter Job, mir Aufträge zu beschaffen! Euch muss mal einer richtig Feuer unterm Hintern machen!« Er stapft mit weit ausholenden Schritten davon, schimpft ohne Pause vor sich hin und spuckt bei seinem Weg über den Hinterhof noch mehrmals Feuer.

Nachdem ich mich vom ersten Schreck erholt habe, vergewissere ich mich, dass Doktor Herkenrath unverletzt ist. Er bibbert vor Angst, scheint aber glücklicherweise keinen Schaden davongetragen zu haben.

»Was ist mit Ihnen? Sind Sie in Ordnung?«, erkundige ich mich bei dem Detektiv.

»Ich befürchte, meine rechte Augenbraue ist etwas, ähm, versengt«, kiekst Rory. »Und du? Geht es dir gut, Matilda?«

»So weit alles okay«, murmele ich. »Aber wenn einem bereits an der Tür Flammen entgegenlodern, beginnt man sich schon zu fragen, was einen da drin erwartet.«

Zum Glück kein weiterer aufgebrachter Feuerschlucker. Doch nach Glitter, Flitter und der bunten Welt des Showgeschäfts sieht es auch nicht unbedingt aus.

Der Detektiv und ich finden uns in einer Art Wartezimmer wieder, an dessen Wänden ausgeblichene Veranstaltungsplakate hängen. Der Holzboden wölbt sich an mehreren Stellen und macht den Eindruck, als hätte er mal unter Wasser gestanden. In einer Ecke ist eine schon lange verwelkte Zimmerpflanze zu bewundern, an einer der Längsseiten des Raumes sind wacklig aussehende Stühle mit rotem Kunststoffbezug aufgereiht.

Auf einem sitzt ein älterer Herr mit Zylinder und Umhang – ganz offensichtlich ein Zauberkünstler – und liest in einer Zeitschrift. Er blickt nur kurz auf, als wir eintreten, und vertieft sich dann wieder in seine Illustrierte. Zwei Stühle weiter hat eine junge Frau mit Zöpfen Platz genommen, die ohne Unterlass mit kleinen Stoffbällen jongliert und uns keinerlei Beachtung schenkt. Des Weiteren gibt es eine rothaarige Dame, bei der nicht sofort ersichtlich ist, welche Kunst sie ausübt. Vielleicht ist sie auch eine Papier-Vertilgerin. Obwohl, wenn ich ihren Kiefer betrachte, würde ich eher darauf tippen, dass sie auf der Bühne Kieselsteine zerkaut. Etwas abseits sitzt ein kleiner, schmächtiger Mann mit einer Bauchrednerpuppe auf dem Schoß und beobachtet Rory, Doktor Herkenrath und mich interessiert.

Mein Blick wandert über zwei Türen am gegenüberliegenden Ende des Wartezimmers, hinter denen sich allem Anschein nach Büros befinden. Zwischen den Türen steht ein Empfangstresen, an dem eine hagere, grauhaarige Frau mit Goldrandbrille die Stellung hält: Ursula Dinzig, die Kollegin von Alexander Honnef. Sie führt ein Telefonat und guckt dabei genauso missmutig wie auf dem Foto, das ich von ihr gesehen habe.

»Ja, ich weiß, dass es der fünfte Geburtstag von Ihrem Sören war«, knurrt sie in den Hörer. »Aber wenn ein Zauberer auf einem Kindergeburtstag ein Kaninchen aus dem Hut zaubert, heißt das nicht, dass das Geburtstagskind das Kaninchen behalten darf. Was? Na, weil das Kaninchen nun mal nicht im Preis mit inbegriffen ist. Und weil es nicht Ihrem Sohn, sondern dem *Großen Eduardo* gehört. Der braucht es für seine Zaubernummer. Und zwar dringend. Er hat heute Abend einen Auftritt. Also bringen Sie das Kaninchen gefälligst hier vorbei. Was heißt, der Sören hat sich schon so an das Tier gewöhnt? Das ist doch nicht mein Problem. Klären Sie das mit Ihrem Sohn. Nein … nein, Sie hören mir jetzt mal zu!«

Das klingt, als könnte es noch ein bisschen dauern.

Während wir darauf warten, dass Frau Dinzig ihr Gespräch beendet, erhebt sich der Bauchredner von seinem Stuhl und kommt mit einem unheimlichen, hölzern wirkenden Lächeln auf uns zugeschlichen. Erst da fällt mir auf, dass er und seine Puppe die gleichen Gesichtszüge haben. Doktor Herkenrath ist die Sache nicht geheuer. Eilig geht er hinter meinem Rücken in Deckung.

»Einen schönen guten Tag. Wir sind Beppo und Beppi«, stellt der Bauchredner sich und seine Puppe vor. »Ja, schau einmal, wer hier ist, Beppi. Ist das zu glauben? Der berühmte schüchterne Detektiv!«

»Ist ja Wahnsinn!«, ertönt eine krähende Stimme, während der Mund der Beppi-Puppe auf- und zuklappt. »Rory Shy. Eieiei. Freut mich sehr, Sie zu treffen, mein Bester!«

»Ähm, ja, sehr, öhm, angenehm«, nuschelt Rory, der Puppen ähnlich gruselig findet wie Clowns. Er blickt konzentriert auf seine Schuhspitzen und hofft wahrscheinlich, damit wäre dieses merkwürdige Gespräch beendet.

Aber so schnell lassen Beppo und Beppi nicht locker. »Verraten Sie mir nur eines!«, kreischt die Puppe in übergeschnapptem Ton. »Ist es wahr, dass Sie den Fall der *Katzenfutter-Bande* beinah nicht gelöst hätten, weil Sie zu schüchtern waren, um nach einem Dosenöffner zu fragen?«

»Ähm, das ist, *räusper, räusper,* so nicht korrekt. Ich, ähm, wollte nur ... Ich habe lediglich ...«

»Sie müssen nicht antworten«, helfe ich dem Detektiv aus der Verlegenheit. »Das ist nur eine Puppe.«

»Nur eine Puppe? Wie kannst du so was sagen? Wer gibt dir das Recht, so auf Beppis Gefühlen herumzutrampeln? Du hältst dich wohl für was Besseres, junge Dame.« Der Bauchredner funkelt mich wütend an und fuchtelt mit der Puppe vor meinem Gesicht herum, während es aus Beppis hölzernem Mund beleidigt zischt:

»Nur eine Puppe? Du bist gemein. Böse und gemein. Böses Mädchen. Böses, böses, gemeines Mädchen!«

Himmel! Erst ein wütender Feuerschlucker und jetzt auch noch ein durchgeknallter Bauchredner. Was kommt als Nächstes? Ein schlecht gelaunter Messerwerfer?

Aus dem Augenwinkel sehe ich, dass Frau Dinzig ihr Telefonat hinter sich gebracht hat, lasse die erzürnten Beppo und Beppi einfach stehen, packe Rory am Ärmel und zerre ihn mit mir zum Empfangstresen.

Die Agenturmitarbeiterin ist damit beschäftigt, etwas auf einen Zettel zu notieren, dann blickt sie auf und erkennt, wer ihr gegenübersteht. »Sie sind doch dieser Detektiv: Rory Shy«, brummt sie mit sauertöpfischer Miene. Offenbar verfügt sie über keinen anderen Gesichtsausdruck. »Was wollen Sie denn hier?«

»Wir, ähm, wir, öhm …«

»Wir würden uns gerne mit der Agenturinhaberin unterhalten«, kürze ich die Sache ab.

Frau Dinzig blickt zu der geschlossenen Tür links neben dem Tresen und erklärt: »Da müssen Sie sich noch einen Augenblick gedulden. Frau Lachmann ist gerade im Gespräch mit einem unserer Künstler.«

Aber kaum hat sie zu Ende gesprochen, als sich die Tür öffnet. Im Rahmen erscheint die blonde Agenturchefin, die einen traurig aussehenden bärtigen Herrn aus ihrem Büro geleitet. Der untersetzte Mann trägt eine Pluderhose und stellt einen stark behaarten freien Oberkörper zur Schau.

»Tut mir leid, dass ich schon wieder nichts für Sie habe«, sagt Frau Lachmann in mitfühlendem Ton. »Ich weiß auch nicht, woran es liegt. Sie haben einen Bauch. Und tanzen können Sie auch. Aber Bauchtänzer sind einfach nicht gefragt. Aus irgendeinem Grund bucht unsere Kundschaft ausschließlich Bauchtänzer*innen*.«

»Ist doch diskriminierend, so was«, murmelt der Bauchtänzer in betrübtem Tonfall, lässt enttäuscht den Kopf hängen und trottet mit schwabbelndem Bauch von dannen.

»Sollte doch noch eine Anfrage reinkommen, melden wir uns«, ruft Frau Lachmann ihm hinterher. Dann fällt ihr Blick auf Rory und mich, und sie starrt den Detektiv mit großen Augen an. »Rory Shy!«

»Ähm, ja«, nuschelt der schüchterne Detektiv. »Und das ist Matilda Bond. Meine Mitarbeiterin. Und Doktor Herkenrath, unser, ähm, detektivischer Hund. Wir würden gerne kurz mit Ihnen sprechen. Wenn es Ihnen keine Umstände ...«

Auf dem Schreibtisch von Lilli Lachmann steht ein angelaufener Silberpokal mit der Gravur *Künstleragentur des Jahres 2012.*

Nichts ist vergänglicher als Ruhm. Das scheint auch in diesem Fall so zu sein. Der Zustand des Büros lässt erahnen, dass die besseren Tage der Agentur schon eine Weile vorbei sind. Der Computer macht den Eindruck, als hätte er so einige Jährchen auf dem Buckel, die Fenster sind ewig nicht mehr geputzt worden, die Tapete löst sich von der Wand und auf dem Schreibtisch liegt ein angebissenes Salami-Baguette, das aussieht, als würde es dort schon seit geraumer Zeit vor sich hingammeln.

Trotzdem schielt Doktor Herkenrath gierig auf die Wurstscheiben. »Denk nicht mal daran«, sage ich in strengem Ton, worauf er beleidigt winselt und mir einen vorwurfsvollen Blick zuwirft.

Die abgewetzte Besuchercouch, auf der Rory und ich Platz nehmen, ist so durchgesessen, dass man jede einzelne Sprungfeder spürt.

Frau Lachmann sieht ein bisschen so aus, als würde sie in

ihrer Freizeit in einer Country-Band spielen: Karohemd, Jeansweste, Jeansrock, Halstuch, eine Gürtelschnalle in Form eines Bisonkopfs und ein Paar braune Cowboystiefel. Die Agenturinhaberin scheint für gewöhnlich eine ausgesprochene Frohnatur zu sein. Die Wand hinter ihrem Schreibtisch ist mit Fotografien tapeziert, auf denen sie mit Zauberern, Clowns und anderen Agenturkünstlern um die Wette grinst.

Gegenwärtig wirkt sie aber eher betrübt, lässt sich mit müdem Gesicht in ihren Schreibtischstuhl fallen und fragt in abwesendem Ton: »Was führt Sie zu mir? Suchen Sie einen passenden Unterhaltungskünstler für den diesjährigen *Ball der Detektive*? Einen Entfesselungskünstler vielleicht? Oder einen Kunstschützen?«

Bevor ich antworten kann, ist aus dem Wartezimmer lautes Gezeter zu hören, das stark danach klingt, als hätten sich Beppo und Beppi mit Frau Dinzig in die Wolle gekriegt.

»Du gibst jetzt gefälligst mal Ruhe, Beppo. Und das gilt auch für deinen Beppi!«, brüllt Lilli Lachmann durch die geschlossene Tür und sagt mit entschuldigendem Blick zu Rory: »Tut mir leid. Im Moment geht es hier drunter und drüber. Der Mitarbeiter, der für die Künstlerbetreuung zuständig ist, hatte einen Unfall. Frau Dinzig hat seine Arbeit fürs Erste mitübernommen. Neben ihrer Verwaltungstätigkeit. Ich bin ihr natürlich dankbar dafür, und sie ist sehr … bemüht. Aber der Umgang mit Kunden und Künstlern ist nicht gerade ihre Stärke.«

»Deswegen sind wir hier«, eröffne ich ihr.

Lilli Lachmann blickt mich verwundert an: »Weil Ursula nicht so gut im Umgang mit Künstlern ist?«

»Nein. Wegen des Unfalls von Alexander Honnef«, stelle ich klar.

Die Agenturinhaberin zieht die Stirn kraus und wirkt stark irritiert. »Seit wann ermitteln Detektive in Verkehrsunfällen?«, fragt sie mit einem misstrauischen Unterton.

»Nun, öhm, möglicherweise handelt es sich nicht um einen Unfall«, entgegnet Rory und hüstelt verlegen. »Es ist natürlich bisher nur eine Vermutung. Und keinesfalls möchte ich Sie beunruhigen, aber es könnte eventuell … Es könnte unter Umständen auch ein, *hüstel, hüstel,* ähm, Mordanschlag gewesen sein.«

»Was?«, entfährt es Frau Lachmann, während ihr Blick konfus zwischen Rory und mir hin und her wandert. »Das ist doch völlig … Wer sollte einen Grund haben, Alex zu ermorden?«

»Genau das wüssten wir auch gerne. Daher wäre es hilfreich, wenn Sie uns ein wenig über Herrn Honnef erzählen würden«, bitte ich sie.

»Also … Alexander arbeitet seit fünfzehn Jahren hier«, antwortet die Agenturchefin stockend. »Wir – die Künstler und Agenturmitarbeiter – sind wie eine große Familie. Und Alex ist die Seele der Agentur. Egal, ob es um einen unzufriedenen Kunden oder um einen eingeschnappten Künstler geht – er findet immer den richtigen Ton und schafft es, für Harmonie zu sorgen. Alex ist so einfühlsam und liebenswert. Jeder hier mag ihn.« Frau Lachmann seufzt tief. »Und jetzt, wo er nicht da ist … Sie sehen ja, was los ist: Die Künstler drehen alle am Rad. Als Ursula und ich von dem Unfall erfahren haben, waren wir völlig geschockt. Ich habe sogar überlegt, die Agentur für ein paar Tage zu schließen, doch das geht natürlich nicht. Egal was passiert, im Unterhaltungsgeschäft heißt es nun mal: Die Show muss weitergehen!« Ich bemerke, dass Lilli Lachmann Tränen in die Augen steigen. »Der arme Alex!«, schluchzt sie. »Ich hoffe inständig, dass es ihm bald besser geht und dass er wieder vollständig gesund wird.«

»Wie haben Sie denn von dem Unfall erfahren?«, möchte ich wissen. »Aus der Zeitung?«

»Timo Leusing, Alexanders Halbbruder, hat mich angerufen. Die beiden stehen sich sehr nahe und wohnen nur ein paar Häuser voneinander entfernt. Er war völlig mit den Nerven runter und wäre am Telefon beinah in Tränen ausgebrochen.«

Ich notiere mir den Namen und frage: »Können Sie noch mehr zu Herrn Honnefs privaten Umfeld sagen? Nur, damit wir uns ein Bild von ihm machen können. Ist er verheiratet? Hat er Kinder?«

Die Agenturchefin schüttelt den Kopf. »Kinder hat er keine. Er war zehn Jahre lang verheiratet, aber vor einem Jahr haben er und seine Frau sich scheiden lassen. Weil sie jemand anderen kennengelernt hatte.«

»Was ist mit sonstigen Familienangehörigen? Außer seinem Halbbruder?«, hake ich nach.

»Es gibt da noch eine alte Großtante, die in einer Senioren-Einrichtung lebt. Alex kümmert sich aufopfernd um sie. Er ist einfach ein feiner Mensch. So mitfühlend und hilfsbereit. Deswegen fällt es mir schwer, mir vorzustellen, jemand könnte ...«

»Sie wissen aber schon, dass der Fahrer des Unfallwagens geflüchtet ist?« Prüfend blicke ich Frau Lachmann an.

»Ja«, bestätigt sie. »Dass es um Fahrerflucht geht, hat mir Herr Leusing bereits gesagt. Und vorhin habe ich im Lokalradio gehört, dass der Wagen gestohlen war und ausgebrannt aufgefunden wurde. Aber ... ein Mordversuch? Könnte es nicht so gewesen sein, dass ein Jugendlicher den Wagen gestohlen hat, um eine Spritztour zu unternehmen? Und dann hat er die Kontrolle über das Fahrzeug verloren, es kam zu dem Unfall, er ist in Panik geraten und abgehauen. So habe ich es mir erklärt. Oder, dass der Fahrer betrunken war und deshalb geflüchtet ist. Von so etwas hört man schließlich des Öfteren.«

»Nun, wir, öhm, verfügen noch über ein paar zusätzliche Informationen, die ein etwas anderes Licht auf diesen, ähm, Vorfall werfen«, merkt Rory schüchtern an und nickt mir auffordernd zu. Worauf ich Lilli Lachmann darüber ins Bild setzte, was wir von Kati Keuken wissen: dass Alexander Honnef die Journalistin angerufen hat und ihr Beweise für illegale Aktivitäten in der Agentur übergeben wollte.

Die Agenturchefin starrt mich an, als hätte ich ihr eröffnet, dass ein UFO vor ihrer Haustür gelandet sei. Dann bricht sie in schallendes Gelächter aus.

»Entschuldigung«, stößt sie hervor, japst nach Luft und versucht, sich wieder einzukriegen. »Es gehört sich nicht, in so einer Situation zu lachen, aber das ist so absurd … Erstens würde Alex niemals etwas Derartiges tun. Das passt überhaupt nicht zu ihm. Und zweitens: Die *Agentur Lachmann* vermittelt Magier, Artisten, lustige Clowns und singende Liebesboten. Wir haben sogar einen Herrn, der Papier verspeist, und eine Dame, die Kieselsteine zerkaut. Was man hier ganz bestimmt *nicht* findet, ist irgendetwas Illegales. Das ist der größte Unfug, den ich je gehört habe. Und bevor Sie auf die Idee kommen, es ginge vielleicht um Steuerbetrug oder Schwarzarbeit oder etwas Ähnliches: Unsere Geschäftsbücher sind völlig in Ordnung. Die können Sie gerne überprüfen.«

»Apropos *überprüfen*«, greife ich das Stichwort auf. »Nehmen Sie es nicht persönlich, ist nur Routine, aber ich muss Sie das fragen: Wo waren Sie gestern um sechs Uhr abends?«

Frau Lachmann klappt die Kinnlade runter. Sie wirkt ernsthaft erschüttert. »Du fragst mich nach einem Alibi?«, krächzt sie mit betroffener Stimme.

»Ähm, wie gesagt«, versucht Rory, sie zu beruhigen. »Es geht nur darum, so viele Personen wie möglich als Täter auszuschließen. Keinesfalls möchte ich, dass der Eindruck entsteht, wir würden ein, ähm, persönliches Misstrauen gegen Sie hegen. Das wäre mir aufs Höchste unangenehm. Aber Sie würden uns wirklich sehr helfen, wenn Sie so freundlich wären und ...«

»Ich war hier«, sagt die Agenturchefin mit leiser Stimme. »Zusammen mit Frau Dinzig. Wir beide haben erst gegen neunzehn Uhr Feierabend gemacht. Wir mussten noch eine Kundenbeschwerde bearbeiten: Einer unserer Feuerschlucker hat bei einem Auftritt ein Gartenhäuschen in Brand gesetzt.«

»Na sehen Sie. War doch gar nicht so schwer«, sage ich. »Und wenn Frau Dinzig Ihre Angaben bestätigt, wissen wir schon mal, dass Sie beide als Verdächtige ausscheiden.«

Frau Lachmann kratzt abwesend an ihrer Warze, schüttelt den Kopf und brummt: »Verdächtige ... illegale Vorgänge ... Das ist einfach Blödsinn. Kann es nicht sein, dass sich diese Journalistin nur wichtigmachen will?«

Rory räuspert sich mehrfach und sagt: »Nun, ähm ... Herr Honnef hat gegenüber Kati Keuken von *illegalen Vorgängen in der Agentur* gesprochen. Möglicherweise meinte er aber gar nicht die Agentur als solche, sondern, ähm ... Könnte es sein, dass einer der Künstler, die Sie vertreten, in irgendeiner Form in ein Verbrechen verwickelt ist? Und dass Alexander Honnef davon Kenntnis erlangt hat?«

»Einer unserer Künstler – ein Verbrecher?«, sagt sie in zweifelndem Ton und ergänzt nach kurzem Nachdenken: »Na ja, Bela Porosi zersägt manchmal Frauen.«

»Ähm, was?« Der Detektiv reißt erschrocken die Augen auf.

»Natürlich nicht in echt«, beeilt sich die Agenturinhaberin zu versichern. »Nur auf der Bühne. Als Teil seiner Show. Und ansonsten fällt mir auch kein Künstler ein, der in etwas Illegales verstrickt sein könnte. Und ich kenne sie gut. Die meisten von ihnen vertrete sich seit vielen Jahren.«

»Wir fragen aus einem bestimmten Grund«, sage ich und nehme Frau Lachmann ins Visier, um zu sehen, wie sie reagiert. »Sie wissen es offenbar noch nicht, aber – am Steuer des Wagens saß ein Clown!«

~ 5 ~
Streit um Tiffy

Lilli Lachmann sieht aus wie vom Blitz getroffen und stiert mich mit dem gleichen ungläubigen Blick an, mit dem ich Frau Zeigler bedacht habe, als sie *mir* von dem Clown erzählt hat.

»Im Ernst?«, sagt sie. »Du meinst ... Alex könnte herausgefunden haben, dass einer unserer Clowns in kriminelle Aktivitäten verstrickt ist – und der hat ihn überfahren? Um zu verhindern, dass er darüber mit dieser Journalistin spricht?«

»Nun, der Gedanke erscheint zumindest nicht ganz, öhm, abwegig«, entgegnet Rory in leisem Ton.

»Wenn Sie unsere Clowns kennen würden, schon. Ich kann mir beim besten Willen nicht vorstellen, dass einer oder eine von ihnen etwas Böses im Schilde führt. Geschweige denn, dass er oder sie fähig wäre, einen Mordanschlag auf Alex zu verüben.« Die Agenturchefin knibbelt nervös an ihrer Kinnwarze herum. »Und was heißt das jetzt? Wollen Sie alle Clowns befragen?«

»Von Wollen kann keine Rede sein«, nuschelt Rory in sich hinein und gibt ein gequältes Stöhnen von sich.

»Wir haben auf Ihrer Webseite gesehen, dass fünfzehn Clowns bei der Agentur unter Vertrag stehen«, gehe ich in die Offensive. »Ganz besonders interessiert uns der *Rasende Ritchie*.«

»Schon klar: Der Name macht ihn natürlich zum Verdächtigen Nummer eins«, entgegnet Frau Lachmann und kann sich ein Schmunzeln nicht verkneifen. »Aber da muss ich dich leider enttäuschen. Die Webseite habe ich schon länger nicht mehr aktualisiert. Ich komme einfach nicht dazu. Jedenfalls haben wir keine fünfzehn Clowns mehr unter Vertrag, sondern nur noch zwölf: Der *Zitterige Zacharias* hat sich vor ein paar Monaten zur Ruhe gesetzt. Die *Kichernde Conny* hat das Fach gewechselt und ist jetzt Trauerrednerin. Und den *Rasenden Ritchie* gibt es hier auch nicht mehr. Er hat Anfang des Jahres eine argentinische Trapezkünstlerin kennengelernt und lebt mit ihr in Buenos Aires. Er kann definitiv nichts mit Alexanders Unfall zu tun haben.«

Schade, denke ich. Aber das wäre ja auch zu schön und vor allem viel zu einfach gewesen. Der *Rasende Ritchie* ist damit jedenfalls aus dem Rennen. Was im Umkehrschluss bedeutet, dass wir nicht umhinkommen, alle zwölf Clowns zu befragen, die aktuell von der Agentur vertreten werden.

Rorys rechtes Augenlid zuckt angesichts dieser Herausforderung nervös, aber er wispert tapfer: »Könnten Sie uns die

Namen und Adressen der Clowns geben? Damit wir sie aufsuchen und uns mit ihnen, ähm, unterhalten können?«

»Da hätte ich eine bessere Idee. Kommen Sie doch einfach morgen früh um elf noch mal hierher«, schlägt Frau Lachmann vor. »Freitagsmorgens ist immer Clown-Treffen in der Agentur. Da gibt es ein gemeinsames Frühstück, wir besprechen, was bei den jüngsten Auftritten gut und was nicht so gut gelaufen ist, und es werden Engagements für die kommende Woche vergeben. Alle Clowns werden hier sein.«

»Alle, öhm, zwölf? In einem Raum?«, wispert Rory, wird blass und muss aufstoßen.

»Besser, als sie einen nach dem anderen abzuklappern«, raune ich ihm zu. »Das ist wie mit einem Pflaster. Lieber ein kurzer schmerzhafter Ruck als endloses Rumgeziepe. Denken Sie nicht?«

»Also, öhm, schön«, stammelt der Detektiv, macht dabei aber ein Gesicht wie Doktor Herkenrath, wenn der Fleischwurstvorrat zu Ende geht.

»Entschuldigen Sie, wenn ich noch mal nachhake«, sage ich zu Lilli Lachmann. »Sie haben vorhin behauptet, alle hier wären wie eine große Familie. Das ist schön. Aber ... meiner Erfahrung nach herrscht auch in der harmonischsten Familie nicht immer eitel Sonnenschein. Gab es wirklich nie ein Problem zwischen Alexander Honnef und den Clowns? Oder hatte er mit einem der anderen Künstler mal eine Streitigkeit?«

»Na ja … es kommt gelegentlich vor, dass sich ein Künstler bei der Auftragsvergabe benachteiligt glaubt«, seufzt die Agenturinhaberin. »Beppo, der Bauchredner, ist zum Beispiel jemand, der sich gerne beschwert und ungerecht behandelt fühlt. Da kann es schon mal zu dem ein oder anderen Wortgefecht kommen. Aber Alex ist wirklich mit einer Engelsgeduld gesegnet und schafft es immer wieder, auch die schwierigen Kandidaten zu beruhigen.«

»Kleine Zwischenfrage«, unterbreche ich sie. »Warum sitzen der Bauchredner und der Zauberer und diese Jongleurin eigentlich da draußen im Wartezimmer? Worauf warten sie?«

»Sie spekulieren auf einen Express-Auftrag«, antwortet Frau Lachmann und erklärt, als ich sie verständnislos anblicke: »Manchmal kommt es vor, dass ein Künstler, der für eine Veranstaltung gebucht ist, krank wird oder aus anderen Gründen ausfällt. Dann suchen die Veranstalter händeringend nach einem Ersatz, der auf die Schnelle einspringen kann. Für so einen Fall halten sich immer Künstler, die für den betreffenden Tag keinen Auftritt ergattern konnten, hier bereit. Wenn der Anruf eines Veranstalters kommt, können sie sofort losflitzen.«

»Verstehe«, sage ich, während sich der schüchterne Detektiv umständlich räuspert und mit leiser Stimme fragt:

»Ist Ihnen vielleicht aufgefallen, dass Herr Honnef sich in letzter Zeit anders verhalten hat als, ähm, üblich?«

Frau Lachmann überlegt kurz und schüttelt den Kopf. »Nein. Alex war wie immer. Er hatte mit niemandem ein nennenswertes Problem und …« Frau Lachmann unterbricht sich, und zieht die Stirn kraus, bevor sie in sich hinein murmelt: »Jedenfalls mit niemandem aus der Agentur.«

Überrascht ziehe ich die Augenbrauen hoch, frage neugierig: »Aber mit jemand anderem schon?«, und rutsche gespannt zur Sofakante vor.

Lilli Lachmann lässt sich tiefer in ihren Stuhl sinken und gibt ein erbostes Schnaufen von sich. »Ja. Mit Jessica. Seiner Ex-Frau. Weil sie eine hysterische, streitsüchtige Mecker-Schnepfe ist. Letzte Woche ist sie hier aufgetaucht und hat Alex eine üble Szene gemacht. Seitdem hat sie Hausverbot. Ich will sie natürlich nicht beschuldigen, aber wenn es jemanden gibt, der verrückt genug wäre, Alexander etwas anzutun, dann ist es Jessica. Die Frau ist völlig übergeschnappt, der traue ich alles zu.«

Frau Lachmanns Behauptung bringt mich für einen Moment aus dem Konzept. Auch Rory schaut verdutzt drein. *Besteht die Möglichkeit, dass der Anschlag auf Alexander Honnef gar nichts mit der Agentur zu tun hat?*, schießt es mir durch den Kopf. Bei meinen bisherigen Ermittlungen mit dem schüchternen Detektiv habe ich eine Sache gelernt: Gerade zu Beginn der Untersuchung sollte man nichts ausschließen und in jede Richtung ermitteln. Nach dem, was wir bisher wissen, erscheint ein Zusammenhang zwischen Herrn Honnefs Anruf bei Kati Keuken und dem Anschlag sehr wahrscheinlich. Aber wir dürfen auch nicht die Möglichkeit außer Acht lassen, dass beide Ereignisse nichts miteinander zu tun hatten, sondern nur zufällig am selben Tag stattfanden. Rein theoretisch könnte das Motiv für die Tat auch im Privatleben des Opfers zu finden sein.

Und wenn man genauer darüber nachdenkt: Dass ein Clown hinter dem Steuer saß, muss nicht zwangsläufig bedeuten, dass es jemand aus der Agentur war. Ein Clownskostüm kann sich jeder besorgen. Auf jeden Fall kann es nicht schaden, ein bisschen mehr über das angespannte Verhältnis zwischen Alexander Honnef und seiner Ex-Frau zu erfahren.

Das scheint Rory genauso zu sehen. Er hüstelt verlegen, räuspert sich und wispert: »Welche, ähm, Probleme gab es denn konkret zwischen Herrn Honnef und seiner Frau? Wenn das nicht zu, öhm, privat …?«

»Jessica hatte einen so herzensguten Menschen wie Alex überhaupt nicht verdient«, entgegnet die Agenturinhaberin mit grimmigem Blick. »Er hat seine Frau auf Händen getragen und alles für sie getan. Aber sie hatte immer was zu meckern und musste ständig an ihm rummäkeln. Er war ihr nicht ehrgeizig genug, nicht sportlich genug, nicht unternehmungslustig genug … Alex ist ein bescheidener und genügsamer Mensch. Er arbeitet gerne hier, auch wenn ich ihm nicht gerade ein Riesengehalt zahlen kann. Für ihn ist nur wichtig, dass ihm seine Tätigkeit Spaß macht. Aber für Jessica war das nicht genug. Sie wollte immer, dass er Karriere macht.« Lilli Lachmann verzieht verächtlich die Mundwinkel. »Vor anderthalb Jahren hat sie ein Verhältnis mit ihrem Fitness-Trainer begonnen und kurz darauf haben sie und Alex sich scheiden lassen. Jetzt lebt sie mit dem Fitness-Heini zusammen. Wenn man mich fragt: Alex kann von Glück sagen, dass er diese Mecker-Hyäne los ist. Aber sie konnte ja selbst nach der Scheidung nicht aufhören, ihn zu triezen …«

»Worum genau ging es, als sie hier aufgetaucht ist und ihm eine Szene gemacht hat?«, möchte ich wissen.

»Sie hat mit ihm wegen des Sorgerechts gestritten«, seufzt Frau Lachmann in resigniertem Ton.

»Sorgerecht?«, entfährt es mir perplex. »Sie sagten doch vorhin, die beiden hätten keine Kinder.«

»Haben sie auch nicht. Es ging um Tiffy, ihren Zwergpinscher«, eröffnet uns die Agenturchefin.

Rory guckt genauso dumm aus der Wäsche wie ich. »Es gibt ein, öhm, Sorgerecht für Hunde?«, fragt er ungläubig.

»Na ja, nicht wirklich. Bei Tieren heißt das natürlich anders«, entgegnet Frau Lachmann. »Aber das Prinzip ist das Gleiche: Wenn sich die geschiedenen Ehepartner nicht einigen können, muss ein Richter entscheiden, was passiert. Alex ist davon ausgegangen, dass Tiffy nach der Trennung bei ihm bleibt. Er hängt abgöttisch an dem Hund und war derjenige, der sich immer um ihn gekümmert hat. Jessica hatte nie Interesse an dem Tier. Aber nach dem Auszug hat sie darauf bestanden, dass Tiffy in Zukunft bei ihr lebt. Nur um Alexander eins auszuwischen. Ein Richter hat entschieden, das Sorgerecht zu teilen: Die Woche über ist der Hund bei Jessica, am Wochenende ist er bei Alexander. Er war todunglücklich mit dieser Regelung, hat sich einen Anwalt genommen, gegen das Urteil Einspruch eingelegt und das alleinige Sorgerecht beantragt. Woraufhin seine Ex hier wie eine Furie reingestürmt kam und einen Riesen-Zinnober veranstaltet hat. Wenn sie Einzelheiten wissen wollen, sollten Sie mit Ursula Dinzig reden. Sie hat Jessicas Ausraster hautnah miterlebt.«

»Ja, wir, öhm, wollten später sowieso noch mit Frau Dinzig sprechen«, entgegnet Rory und fragt schüchtern an: »Wäre es unter Umständen möglich, dass meine Mitarbeiterin und ich uns vorher kurz den Arbeitsplatz von Herrn Honnef ansehen? Natürlich nur, wenn es die, *räusper,* Betriebsabläufe nicht stört.«

Die Agenturinhaberin stimmt zu und führt uns in Alexander Honnefs Büro. »Ich gebe Ursula Bescheid, dass Sie später mit ihr sprechen möchten«, sagt sie. Dann schließt sie die Tür hinter sich und lässt uns alleine.

Rorys detektivischer Blick wandert durch Herrn Honnefs Büro, das ähnlich verwahrlost wirkt wie das von Lilli Lachmann. An der Wand hängt ein Kalender von 2015, in einer Ecke steht ein Stuhl mit gebrochener Lehne, daneben ein ausrangiertes, mit Algen zugesetztes kleines Aquarium, in dem schon lange kein Fisch mehr geschwommen ist. Auf einem Beistelltisch befindet sich eine Kaffeemaschine, die so altersschwach aussieht, als würde sie für die Zubereitung einer Tasse Kaffee mindestens eine halbe Stunde brauchen. Der Schreibtisch ist übersät mit losen Papieren, dazwischen finden sich ein Telefon, Locher, Tacker, Heftzwecken, Büroklammern, eine verfaulte Bananenschale – und drei gerahmte Fotografien, die ich genauer unter die Lupe nehme.

Ein Foto zeigt Alexander Honnef gemeinsam mit einem eierköpfigen Mann und einer gebrechlich wirkenden Dame mit schlohweißem Haar. Das dürften der Halbbruder und die Großtante sein, von denen uns Frau Lachmann erzählt hat. Auf den beiden anderen Fotos ist Tiffy, der schwarzbraune Zwergpinscher, zu sehen. Auf einem springt er einer Frisbeescheibe hinterher, auf dem zweiten jagt er mit schlackernden Ohren über eine Wiese.

Ich fotografiere die Bilder mit meinem Smartphone ab, werfe einen kurzen Seitenblick auf Doktor Herkenrath und denke: *Von so viel Aktivität könnte er sich mal eine Scheibe abschneiden.* Mein Cockerspaniel lässt es eher ruhig angehen. Seine Lieblingsaktivitäten sind Schlafen, Dösen, Nickerchen machen und sich Fleischwurst einverleiben. Er bewegt sich nur, wenn er vor irgendwem oder irgendwas flüchtet. Dann allerdings in beeindruckendem Tempo.

Der schüchterne Detektiv betrachtet die Fotos interessiert und murmelt: »Auch wenn Frau Lachmanns Informationen über den, öhm, Sorgerechtsstreit zwischen Herrn Honnef und seiner Ex-Frau dem Fall eine neue Richtung geben könnten, sollten wir unser Augenmerk zunächst einmal auf die Agentur richten. Das ist schließlich der, ähm, Auftrag, den wir von Kati Keuken bekommen haben.« Rory wendet den Blick von den Fotografien und geht zu einem breiten Regal hinüber, das überquillt von prall gefüllten Aktenordnern mit Aufschriften wie *Bauchredner-Verträge 2016*, *Kundenbeschwerden 2018*, *Papieresser-Aufträge 2019* und *Clown-Abrechnungen 2020.*

Theoretisch könnte sich in jedem einzelnen dieser Ordner ein Hinweis darauf befinden, was Alexander Honnef angeblich herausgefunden hat. Natürlich sind insbesondere die Akten, in denen es um Clowns geht, von Interesse für uns. Aber selbst das sind so viele, dass es Tage dauern würde, sie alle zu durchforsten – jedenfalls für jemanden, der nicht Rory ist.

Ein Großteil der Arbeit besteht für Ermittler darin, nach Spuren zu suchen. Bei dem schüchternen Detektiv verhält es sich anders. Er muss nicht nach Spuren suchen. Man könnte sagen: Die Spuren finden ihn.

Bevor ich genauer erkläre, wie das vor sich geht, möchte ich eine Sache vorausschicken: Mir ist klar, dass jemand wie ich, der gerne mal flunkert und ein Ass im Erfinden spontaner Ausreden ist, nicht gerade als Musterbeispiel für Glaubwürdigkeit dient. Vor allem, wenn die Sache, um die es geht, so klingt, als hätte ich sie in einem Fantasy-Roman aufgeschnappt. Aber es ist die Wahrheit und nichts als die Wahrheit. Ich schwöre. Beim gezwirbelten Schnurrbart von Hercule Poirot!

Es gibt etwas, von dem außer Rory selbst, nur noch Charlotte Sprudel und ich wissen: Der Detektiv hat bei einer Ermittlung mal einen heftigen Schlag auf den Kopf abbekommen, der neben starken Kopfschmerzen auch eine seltsame Nebenwirkung zur Folge hatte: Seit dem Schlag verfügt Rory über eine ganz ungewöhnliche Fähigkeit: Betritt der schüchterne Detektiv einen Raum, in dem sich ein Gegenstand befindet, der in irgendeiner Weise mit einem Verbrechen in Zusammenhang steht, empfängt er von diesem Gegenstand ein Signal. Als er mir zum ersten Mal davon erzählt hat, habe ich mir dieses Signal als eine Art Fiepen oder wie einen Pfeifton vorgestellt, der umso lauter wird, je näher Rory dem Gegenstand kommt. Bis mir der Detektiv erklärt hat: »Nein, es ist kein Fiepen. Es ist überhaupt kein, öhm, Geräusch. Es ist mehr so eine Art … magnetische Energie. Als würde mich der Gegenstand anziehen.«

Das ist aber noch nicht alles. Hat Rory den Gegenstand mittels dieses Signals geortet und berührt ihn, dann passiert es häufig, dass vor seinem inneren Auge Bilder erscheinen (manchmal hört er auch Stimmen oder nimmt ein Gefühl wahr), die ihm wichtige Hinweise für seine Ermittlung liefern. Auch wenn diese Hinweise meistens reichlich schwurbelig und mysteriös sind, gelingt es dem schüchternen Detektiv fast immer, sie miteinander in Verbindung zu bringen und so der Lösung des Falles näherzukommen.

Natürlich hoffe ich, dass Rory auch diesmal ein Signal empfängt. Von einem bestimmten Ordner in Alexander Honnefs Regal, zum Beispiel. Dann wüssten wir genau, wo wir zu suchen hätten, und müssten uns nicht durch Berge von Akten lesen.

Der Detektiv bezieht vor dem Regal Stellung, konzentriert sich und fährt mit den Händen behutsam über die Aktenordner. Beinahe fünf Minuten lang. Aber offenbar ohne Ergebnis.

»Kein Signal. Das ist merkwürdig«, murmelt er, wirkt verwundert und weitet seine Suche auf das übrige Büro aus. Doktor Herkenrath und ich beobachten gespannt, wie seine Finger über den Computer, den Schreibtisch, den Papierkorb und über einen Akten-Schredder gleiten. Aber Rorys Bemühungen sind nicht von Erfolg gekrönt. Schließlich seufzt er enttäuscht und lässt sich mit gerunzelter Stirn in dem wackligen Schreibtischstuhl nieder, der besorgniserregend quietscht.

»Ich verstehe es nicht«, wispert er und kratzt sich nervös am Hals. »Wenn in der Agentur irgendetwas Illegales vor sich geht, das letztlich zu dem Anschlag auf Alexander Honnef geführt hat, dann sollte man doch erwarten, dass ich von irgendeinem Gegenstand in diesem Büro ein Signal empfangen könnte. Aber da ist … nichts.«

»Erinnern Sie sich an unseren letzten Fall?«, sage ich. »Da haben Sie auch zunächst kein Signal bekommen. Und ich weiß noch genau, was Sie damals gesagt haben: ›*Kein Signal ist in gewisser Weise auch ein Signal.*‹ Wenn Sie hier keines bekommen, könnte das doch auch einfach bedeuten, dass der Anschlag nichts mit der Agentur zu tun hat. Ich meine … Diese Geschichte von wegen: *Ich weiß nicht, wem ich noch trauen kann. Die haben ihre Leute überall.* Das klingt doch sehr danach, als wäre Alexander Honnef irgendwelchen kruden Verschwörungs-Theorien auf den Leim gegangen. Vielleicht hat er ja tatsächlich *geglaubt,* irgendetwas auf der Spur zu sein, aber … Momentan gibt es genug Aluhut-Träger, die an jeden möglichen Schwachsinn glauben: an Echsenmenschen. Oder daran, dass die Erde eine Scheibe ist. Da wundert es einen auch nicht mehr, wenn plötzlich jemand mit einer Weltverschwörung der Clowns um die Ecke kommt. Aber da die nur im Kopf von Herrn Honnef existiert, hatte auch niemand aus der Agentur einen Grund, ihn zu überfahren.« Ich streichle Doktor Herkenrath mit der Hand übers Fell und sage nach kurzem Überlegen: »Halten Sie es nicht für viel realistischer, dass das Motiv für den Anschlag in Alexander Honnefs Privatleben zu finden ist? Ein Motiv hat auf jeden Fall seine Ex-Frau. Wegen des Sorgerechtstreits um den Hund. Und wenn Jessica Honnef wirklich so verrückt ist, wie Frau Lachmann behauptet … Ich bin beinah versucht zu sagen: Sparen wir uns weitere Ermittlungen in der Agentur und konzentrieren uns auf die Ex-Frau. Oder, was denken Sie?«

»Nun, ähm …« Rory erhebt sich aus dem Stuhl und beginnt, im Büro auf und ab zu laufen. Offenbar teilt er meine Meinung nicht hundertprozentig, aber Schüchternen ist es höchst unangenehm, jemandem zu widersprechen.

Menschen wie Tante Wally widersprechen einem schon, ehe man ausgeredet hat. Weil sie felsenfest davon überzeugt sind, alles besser zu wissen. Und zwar immer und überall. Schüchterne Menschen hingegen tun sich mit jeder Art von Widerspruch schwer. Nicht, weil sie keine eigene Meinung hätten, sondern weil sie mehr als rücksichtsvoll sind und es vermeiden möchten, ihr Gegenüber vor den Kopf zu stoßen.

»Nun, ähm, das, was Herr Honnef Kati Keuken erzählt hat, klingt zugebenermaßen wirklich sehr, öhm, schwurbelig. Aber nach dem, was wir auf seinem Facebook-Account gesehen haben, und so wie Frau Lachmann ihn beschrieben hat, scheint er doch ein eher, ähm, bodenständiger Mensch zu sein. Nicht jemand, der zu Verschwörungstheorien neigt«, haucht Rory verlegen und ringt nervös die Hände. »Zwar gebe ich dir insofern recht, dass aktuell auch einiges auf seine Ex-Frau hindeutet. Und wir sollten uns sicherlich einmal mit der Dame unterhalten. Aber dennoch, öhm … Für mich wäre in dem Fall doch ein bisschen sehr viel, *räusper, räusper,* Zufall im Spiel: Herr Honnef ruft morgens beim Fernsehsender an und berichtet von merkwürdigen Geschehnissen in der Agentur. Er vereinbart ein Treffen, bei dem er Beweise vorlegen will. Und auf dem Weg dorthin wird er dann von seiner Ex-Frau überfahren, die wegen eines Streits um einen Zwergpinscher wütend auf ihn ist? Ich, äh … nein. Es fällt mir schwer, das zu glauben. Außerdem frage ich mich, warum sie sich bei diesem Anschlag als Clown verkleidet haben sollte.«

»Na ja, damit sie nicht erkannt wird. Zudem könnte sie so den Verdacht von sich ab- und stattdessen auf die Agentur lenken.«

Der schüchterne Detektiv kratzt sich nachdenklich an der Schläfe. »Aber woher hätte sie wissen sollen, dass er um achtzehn Uhr am Flora-Park verabredet war? Ich kann mir nicht vorstellen, dass er ausgerechnet ihr davon erzählt hat. Sie hätte nur davon wissen können, wenn sie das Telefonat mitangehört hätte, das er mit Kati Keuken geführt hat. Und dazu hätte sie …«

Rory verstummt, legt den Kopf in den Nacken und erinnert in diesem Moment an einen Spürhund, der Witterung aufgenommen hat. »Natürlich«, murmelt er. »Natürlich. Das Telefonat mit Kati Keuken könnte der entscheidende Knackpunkt sein.«

»Inwiefern?«, frage ich verdattert.

»Sie hat doch gesagt, sie hätte den Anruf um zehn Uhr bekommen. Zu dieser Zeit dürfte sich Alexander Honnef hier in der Agentur aufgehalten haben.«

»Ja? Und?«, mache ich und weiß immer noch nicht, worauf der schüchterne Detektiv hinauswill.

»Wer immer versucht hat, ihn zu, öhm, überfahren, muss dieses Telefonat mitangehört haben. Nur so konnte er oder sie wissen, dass Herr Honnef um achtzehn Uhr im Flora-Park verabredet war. Und das grenzt unseren Kreis an Verdächtigen stark ein. Die Person, nach der wir suchen, muss gestern Morgen ebenfalls in der Agentur gewesen sein!«

Das ist so verblüffend schlüssig, dass ich für einen Moment wie vor den Kopf geschlagen bin und mich frage, warum ich eigentlich nicht auf diesen Gedanken gekommen bin.

»Ja. Sie haben völlig recht. Und das schließt seine Ehefrau schon wieder aus. Die hat ja seit einer Woche Hausverbot«, stimme ich dem Detektiv zu. »Aber wie finden wir raus, wer gestern Morgen hier war?«

»Ich bin mir beinah, öhm, sicher, dass uns Frau Dinzig diesbezüglich weiterhelfen kann«, entgegnet Rory mit einem scheuen Lächeln. »Verlieren wir keine Zeit und befragen sie.«

»Wir?«, sage ich in zweifelndem Ton. »Sie meinen doch wohl eher –«

»Ähm, in erster Linie natürlich, öhm, du«, haucht Rory und ergänzt verlegen: »Ich würde zunächst lieber etwas im, äh, Hintergrund bleiben.«

Na klar. Wie üblich, denke ich und seufze innerlich.

Würde man unter Schüchternen eine Umfrage starten und

danach fragen, wo sie sich am liebsten aufhalten, würden wahrscheinlich neunundneunzig Prozent antworten: »Im, öhm, *räusper*, Hintergrund. Wenn es keine allzu großen Umstände macht.«

~ 6 ~
Das schnellste Geständnis aller Zeiten

Als wir aus dem Büro ins Wartezimmer treten, bemerke ich verblüfft, dass sich, abgesehen von Frau Dinzig, niemand mehr dort aufhält.

»Wo sind alle hin?«

»Für den Zauberer und die Jongleurin sind Express-Aufträge reingekommen. Die sind zu ihren Auftritten unterwegs«, entgegnet die Agenturangestellte. »Veronika, die Steinbeißerin, bekam plötzlich Zahnschmerzen. Sie ist zum Zahnarzt. Und Beppo und seinen Beppi habe ich vor die Tür gesetzt, weil mir ihr Gemecker auf die Nerven ging.« Ursula Dinzig ist sichtlich bemüht, weniger missmutig zu erscheinen, und quält sich ein Lächeln ab, das aber alles andere als echt wirkt. »Lilli hat mir erzählt, warum Sie hier sind«, sagt sie. »Sie denken wirklich, jemand hat versucht, Alexander absichtlich zu überfahren? Das … das erscheint mir völlig abwegig.«

»Dann hat Frau Lachmann sicher auch erwähnt, dass Herr Honnef gegenüber einer Journalistin behauptet hat, in der Agentur ginge etwas Illegales vor sich. Ihre Chefin kann sich das nicht vorstellen, aber …« Ich nehme Frau Dinzig ins Visier und fixiere sie mit einem durchdringenden Blick. »Wie steht es mit Ihnen? Haben Sie etwas bemerkt?«

»Etwas Illegales? Ich, also, ich …« Ursula Dinzig rückt nervös an ihrer Goldrandbrille herum, schluckt, beugt sich zu mir vor und flüstert mit verängstigtem Gesicht: »Können wir uns darüber vielleicht irgendwo anders unterhalten? Ich habe jetzt sowieso Mittagspause und … gegenüber gibt es ein kleines Café.«

Sieh mal einer an, denke ich, während ich zusehe, wie die Agenturangestellte eilig in ihre Jacke schlüpft und eine Handtasche unter den Arm klemmt. Da bin ich doch mal sehr gespannt, was uns die gute Frau zu erzählen hat.

Fünf Minuten später sitzen wir in dem Café auf der anderen Straßenseite. Frau Dinzig bestellt einen Kamillentee, ich nehme eine Waldmeisterbrause und bitte um eine Schale mit Wasser für Doktor Herkenrath. Rory möchte eigentlich nur einen Kaffee und gerät in Stress, als die Bedienung in gelangweiltem Ton von ihm wissen will: »Tasse oder Kännchen? Mit Koffein oder koffeinfrei? Kolumbianisch oder brasilianisch? Dunkle Bohne oder helle Bohne? Sanfte Röstung oder –«

»Ähm, egal«, stottert der Detektiv überfordert. »Wenn Sie ihn vielleicht nur etwas, öhm, dünner machen könnten?«

Die Kellnerin guckt so angeekelt, als hätte er ein Tässchen Schneckenschleim bestellt, marschiert kopfschüttelnd zum Tresen und macht sich daran, die Getränke zuzubereiten.

»Also?«, frage ich in erwartungsvollem Ton und blicke Ursula Dinzig neugierig an. »Das klang eben so, als wüssten Sie tatsächlich etwas über illegale Vorgänge in der Agentur?«

»Na ja, eine Sache wäre da schon«, murmelt sie, hält sich dabei krampfhaft an ihrer Handtasche fest und stiert auf die Tischplatte.

»Hat einer der Clowns damit zu tun?«, bohre ich nach.

»Einer der Clowns?«, stößt sie überrascht hervor. »Nein, nein.«

»Wer dann?«, will ich wissen.

»Nun, also, genaugenommen geht es dabei ... um mich«, gesteht uns die Angestellte und läuft vor Scham rot an.

»Ich verstehe nicht ganz«, murmelt Rory und rutscht angespannt auf seinem Stuhl hin und her. »Könnten Sie das etwas konkreter ...?«

Ursula Dinzig nimmt einen tiefen Atemzug. »Ich hatte kürzlich einen finanziellen Engpass. Meine Miete wurde erhöht, kurz darauf ging meine Waschmaschine kaputt und dann kam auch noch ein Motorschaden an meinem Wagen hinzu. Ich wusste nicht, wie ich das alles bezahlen sollte, und da habe ich ...

ein bisschen Geld vom Konto der Agentur abgezweigt. Tausend Euro. Nur vorübergehend. Als Darlehen. Mittlerweile habe ich alles wieder zurückgezahlt. Ich dachte, niemand hätte etwas davon mitbekommen. Aber Alex muss es irgendwie aufgefallen sein. Welche *illegalen Aktivitäten* hätte er sonst meinen können? Oh, Gott, die Sache ist mir so unendlich unangenehm.«

Alle Achtung!, schießt es mir durch den Kopf. Da hat Frau Dinzig aber einen beeindruckenden Rekord hingelegt: Das schnellste Geständnis aller Zeiten! Ich habe noch nie jemanden erlebt, der es so eilig hatte, sein Vergehen zu beichten.

Die Agenturangestellte ist völlig mit den Nerven runter, zittert und sieht aus, als könnte sie jeden Moment ohnmächtig vom Stuhl rutschen. Völlig aufgelöst stammelt sie: »Aber mit Alexanders Unfall habe ich nichts zu tun. Ich habe doch überhaupt nicht geahnt, dass er etwas von den tausend Euro wusste. Und zweitens hätte ich ihn doch deswegen nicht … Zu so etwas wäre ich niemals fähig.«

Frau Dinzig betrachtet Rory mit einem angsterfüllten Blick, so als befürchte sie, dass er sie augenblicklich in Handschellen legen und vor einen Richter zerren könnte. Sie ist kurz davor, in Tränen auszubrechen.

Der Detektiv kann nicht gut damit umgehen, wenn jemand weint. Sobald Tränen fließen, kriegt er Atemnot. Weil er nie weiß, wie er sich in so einer Situation verhalten soll: Etwas Tröstendes sagen? Wenn man dabei die falschen Worte wählt, macht das die Sache unter Umständen noch schlimmer. Also, lieber nichts sagen? Der betreffenden Person ein Taschentuch reichen? Einen Beruhigungstee anbieten? Oder besser einen Eierlikör?

Um diesem Dilemma zu entgehen, versichert er Ursula Dinzig in aller Eile: »Ich denke nicht, dass Alexander Honnef Ihre, öhm, Unterschlagung meinte, als er von illegalen Vorgängen sprach. Ich glaube, ihm ging es um eine etwas, äh, größere Sache. Natürlich war das, was Sie getan haben, nicht korrekt. Sie haben Geld der Agentur veruntreut. Aber wegen dieser tausend Euro hätte Ihr Kollege bestimmt nicht die Medien kontaktiert, sondern wäre doch wahrscheinlich erst einmal zu Frau Lachmann gegangen.«

»Meinen Sie?«, krächzt die Agenturmitarbeiterin und wirkt zumindest ein wenig erleichtert. Dann wirft sie Rory und mir einen flehenden Blick zu. »Bitte erzählen Sie Lilli nichts von der Unterschlagung. Ich schwöre, ich werde so etwas nicht noch einmal tun.«

»Machen Sie sich mal keine Sorgen«, sage ich. »Das bleibt unter uns. Sie haben das Geld ja zurückgezahlt. Und wenn es Sie beruhigt: Wir glauben nicht, dass Sie etwas mit dem Anschlag auf Ihren Kollegen zu tun haben. Sie und Frau Lachmann haben schließlich ein Alibi. Sie waren doch gestern gemeinsam bis neunzehn Uhr in der Agentur. Oder?«

»Ja, ja«, bestätigt sie und nickt eifrig. »Lilli und ich haben Telefonate geführt und Mails geschrieben. Das lässt sich alles belegen.« Frau Dinzig atmet auf. Eine Riesenlast scheint ihr von den Schultern zu fallen. »Danke«, wispert sie. »Und wenn ich Ihnen irgendwie bei Ihrer Ermittlung behilflich sein kann …«

»Das können Sie. Indem Sie uns ein paar Fragen beantworten«, sage ich und will gerade loslegen, als die Bedienung die Getränke an den Tisch bringt.

»Ein Kamillentee, eine Waldmeisterbrause und für den Herrn, wie gewünscht, ein dünner Kaffee«, sagt sie und fragt Rory in spöttischem Ton: »Möchten Sie vielleicht auch noch dünne Milch dazu?«

»Äh, nein. Das ist nett, aber, öhm … Nein, danke.«

Sobald die Kellnerin außer Hörweite ist, starte ich meine Befragung. »Wenn Herr Honnef in seinem Büro arbeitet – steht seine Tür dann auf oder ist sie geschlossen?«

»Meistens lässt er die Tür auf«, antwortet Frau Dinzig. »Wieso?«

»Haben Sie gestern Morgen mitbekommen, dass er ein privates Gespräch von seinem Handy aus geführt hat? Gegen zehn Uhr?«

»Na ja, es ist so«, sagt die Agenturmitarbeiterin nach kurzem Nachdenken. »Er telefoniert den ganzen Tag. Das ist Teil seines Jobs. Und zwischendurch führt er bestimmt auch das ein oder andere private Gespräch. Aber ich bin ja mit meiner eigenen Arbeit beschäftigt. Ich nehme diese Telefonate eher als eine Art Hintergrundrauschen wahr. Ich höre, wie Alex spricht, aber ich achte dabei nicht darauf, was er sagt. Vielleicht hat er ein privates Gespräch geführt, aber ich kann mich nicht daran erinnern.«

»Wissen Sie vielleicht noch, wer sich gestern Morgen um zehn Uhr in der Agentur aufgehalten hat – außer Ihnen, Herrn Honnef und Frau Lachmann?«

»Lassen Sie mich mal nachdenken.« Ursula Dinzig legt die Stirn in Falten. »Liane, die Frau mit der singenden Säge, hat kurz reingeschaut und gefragt, ob es einen Auftrag für sie gäbe. Genauso wie Beppo, der Bauchredner. Aber die waren beide um zehn schon wieder weg. Wenn ich mich recht entsinne, saßen zu dem fraglichen Zeitpunkt nur drei Personen im Wartezimmer: Der *Lallende Leopold*, die *Witzige Wanda* und der *Torkelnde Toni.*«

Ich notiere die Namen, derweil Rory erstaunt die Augenbrauen hochzieht. »Drei, öhm, Clowns?«, will er von der Agenturmitarbeiterin bestätigt haben.

»Ja.«

»Und die konnten theoretisch die Telefonate von Herrn Honnef mithören?«, hake ich nach.

»Durchaus möglich«, antwortet die Agenturangestellte nach kurzem Überlegen.

»Können Sie sich vorstellen, dass einer dieser Clowns in etwas, öhm, Illegales verstrickt ist?«, erkundigt sich Rory mit leiser Stimme.

»Beim besten Willen nicht«, entgegnet Frau Dinzig und schüttelt energisch den Kopf. »Auch wenn man sagen muss, dass nicht alle Clowns privat spaßige Frohnaturen sind. Der *Lallende Leopold*, zum Beispiel, ist ständig schlecht gelaunt. Die *Witzige Wanda* ist schnell eingeschnappt und beleidigt. Und der *Torkelnde Toni* neigt zu aufbrausendem Verhalten. Aber – zu einem Verbrechen wäre bestimmt keiner von ihnen fähig.«

»Hat Herr Honnef sich gegenüber einer dieser Personen in letzter Zeit anders als üblich verhalten?«, frage ich. »Vielleicht so, als hätte er sie aus einem bestimmten Grund im Auge? Oder ist Ihnen sonst etwas Ungewöhnliches an seinem Verhalten aufgefallen?«

»Nein.« Ursula Dinzig schüttelt den Kopf. »Höchstens, dass … dass Alex gestern früher Feierabend gemacht hat. Das war schon etwas ungewöhnlich. Normalerweise arbeitet er bis neunzehn Uhr. Aber gestern ist er bereits um siebzehn Uhr dreißig gegangen.«

Natürlich ist er das. Weil er um achtzehn Uhr mit Kati Keuken im Flora-Park verabredet war, denke ich – als Frau Dinzig zu meiner Überraschung sagt: »Das muss mit dem Anruf zusammengehangen haben, den er kurz vorher bekommen hatte. Er war ganz freudig und aufgekratzt, sagte, er müsse sofort los, und dass es um Tiffy ginge, seinen Hund.«

Einen Moment bin ich verwirrt und versuche angestrengt, meine Gedanken zu ordnen: Ein Anruf, kurz vor halb sechs, in dem es um Tiffy ging? Und so, wie Frau Dinzig davon erzählt, könnte man den Eindruck bekommen, als hätte Alexander Honnef sich ganz spontan, nach eben jenem Telefonat, dazu entschlossen, seinen Arbeitstag früher zu beenden. Dabei wusste er doch schon morgens, bei seinem Gespräch mit Kati Keuken, dass er früher Feierabend machen würde, um sich um achtzehn Uhr mit ihr zu treffen. Wie passt das zusammen? Ist er nun wegen seiner Verabredung mit der Journalistin zeitiger gegangen? Oder wegen des Anrufs, in dem es um Tiffy ging?

Ich werfe einen Blick auf Rory, der die Stirn krauszieht und aussieht, als würde er sich ebenfalls fragen, welche Rolle dieses Telefonat bei unserem Fall spielen könnte.

»Näheres hat Herr Honnef nicht gesagt?«, hake ich bei Ursula Dinzig nach. »Zum Beispiel, wer der Anrufer oder die Anruferin war? Seine Ex-Frau möglicherweise?«

»Nein, er hat nichts gesagt. Aber ich glaube nicht, dass es Jessica war. Dann wäre er bestimmt nicht so guter Laune gewesen«, entgegnet sie und verzieht das Gesicht zu einer Grimasse. »Die Frau ist eine Landplage.«

Rory kratzt sich nervös am Hals und nuschelt: »Ähm, möglicherweise spielt es für unsere Ermittlung gar keine Rolle, aber … Frau Lachmann sagte uns, dass Sie kürzlich Zeugin eines Streits waren, den Herr Honnef und seine geschiedene Frau in der Agentur hatten?«

»Ja. Da ging es auch um Tiffy«, sagt Frau Dinzig seufzend. »Als Jessica spitzkriegte, dass Alex das alleinige Sorgerecht für den Hund beantragt hatte, ist sie in der Agentur aufgeschlagen und hat einen Riesenwirbel veranstaltet. Als Streit würde ich das allerdings nicht bezeichnen. Zu einem Streit gehören mindestens zwei. Aber Alex hat überhaupt nichts gesagt. Er stand nur da und hat Jessicas Schimpftirade über sich ergehen lassen. Dass er so ruhig blieb, hat sie nur noch wütender gemacht. Sie hat geschrien, dass sie sich auch einen Anwalt nehmen würde, und dann ist sie völlig durchgedreht und hat ihm gedroht.«

»Ach, ja? Inwiefern?«, möchte ich wissen.

»Sie hat gebrüllt: ›Das wirst du noch bereuen, Alex! Glaub nicht, dass ich mir das gefallen lasse!‹«

Der Detektiv räuspert sich und fragt Frau Dinzig: »Sie wissen nicht zufällig, wo Frau Honnef wohnt?«

»Doch. Alex hat mir erzählt, dass sie mit ihrem neuen Lebenspartner am *Pieselberg* lebt. Ich kann Ihnen die Anschrift geben.«

Der *Pieselberg* ist mir ein Begriff, weil Frau Zeiglers Tochter dort wohnt: Ein Neubaugebiet am Rand der Stadt, wo ein Haus aussieht wie das andere.

Die Agenturmitarbeiterin kramt Zettel und Stift aus ihrer Handtasche und schreibt uns die Adresse auf.

»Vielen, öhm, Dank«, murmelt der Detektiv. »Meinen Sie, es wäre vielleicht auch möglich … Ich, öhm, würde mich gerne einmal bei Herrn Honnef zu Hause umsehen. Eventuell stoßen wir dort auf einen Hinweis, der unsere Ermittlung voranbringen könnte. Sehen Sie eine Möglichkeit, dass ich …«

»Das geht bestimmt«, entgegnet Ursula Dinzig. »Am besten, Sie wenden sich an Timo Leusing, Alexanders Halbbruder. Der hat sicher einen Schlüssel fürs Haus. Er und Alex sind ganz eng miteinander. Timo hat Alex häufig nach Feierabend in der Agentur abgeholt und dann sind sie gemeinsam ins Seniorenheim gefahren, um ihre Großtante zu besuchen. Timo wohnt in der Amselgasse 9, Alex lebt zwei Häuser entfernt. Hausnummer 5.« Die Agenturmitarbeiterin nimmt einen Schluck Tee, blickt auf ihre Uhr und wirkt erschrocken: »Oh, schon so spät. Ich muss zurück zur Arbeit. Haben Sie noch Fragen, oder …?«

»Nein, ähm, vielen Dank«, sagt Rory mit einem höflichen Lächeln. »Sie haben uns sehr geholfen.«

Frau Dinzig erhebt sich, zieht ihre Jacke über und eilt davon. An der Tür dreht sie sich um, lächelt verschämt und haucht: »Vielen Dank noch mal, dass Sie Frau Lachmann nichts von den tausend Euro erzählen. Und alles Gute für Ihre Ermittlung. Wenn das wirklich ein Anschlag war, dann … dann hoffe ich von ganzem Herzen, dass Sie denjenigen erwischen, der Alexander das angetan hat.«

Wir blicken der Agenturmitarbeiterin hinterher, als sie die Fahrbahn überquert und durch den Torbogen auf der anderen Straßenseite verschwindet. Rory nimmt einen Schluck Kaffee, der, seinem Gesichtsausdruck nach zu urteilen, bei Weitem nicht dünn genug ist. Dann entschließt er sich, mal wieder eine kleine Nachwuchsdetektivinnen-Zwischenprüfung abzuhalten. Er blickt mich forschend an und sagt: »Nach dem, was wir zum jetzigen Zeitpunkt wissen, gibt es meiner, öhm, Meinung nach zwei Möglichkeiten. Möglichkeit eins: Der Anschlag auf Alexander Honnef hatte in irgendeiner Weise mit Vorgängen in der Agentur oder mit einem der Agenturkünstler zu tun. Was spricht deiner Meinung nach für diese, ähm, Theorie? Und was spricht dagegen?«

Ich lege die Stirn in Falten und entgegne mit grüblerischer Miene: »Dafür spricht auf den ersten Blick sicher mal, dass die Person am Steuer des Unfallwagens ein Clownskostüm trug. Das ist ein deutlicher Fingerzeig in Richtung Agentur. Weiterhin spricht dafür, dass das Telefonat, das Herr Honnef mit Kati Keuken geführt hat, von drei der Clowns mitgehört werden konnte. Alle drei wussten also, dass er etwas auf der Spur war, und dass er sich um achtzehn Uhr mit der Journalistin am Flora-Park treffen wollte. Allerdings gibt es meinem Empfinden nach auch so einiges, was gegen diese Theorie spricht.«

»Und das wäre?«, fragt der Detektiv und bedenkt mich mit einem neugierigen Blick.

»Wir haben in der Agentur nicht den geringsten Hinweis auf illegale Vorgänge gefunden. Mal abgesehen von Frau Dinzigs kleiner Unterschlagung. Aber darum ging es bestimmt nicht. Und sowohl Frau Lachmann als auch Frau Dinzig schließen aus, dass einer der Künstler in ein Verbrechen verwickelt sein könnte. Und Clownsschminke und ein Kostüm kann sich jeder beschaffen. Dazu muss man nicht wirklich ein Clown sein.«

»Was uns zu Möglichkeit zwei bringt«, sagt der Detektiv in nachdenklichem Ton. »Das Motiv für den Anschlag könnte auch in Alexander Honnefs Privatleben zu finden sein. Genauer gesagt, in dem Konflikt, den er mit seiner Ex-Frau wegen des Zwergpinschers hatte. Auch hier die Frage: Was spricht dafür, dass sie hinter diesem Anschlag steckt? Und was spricht dagegen?

»Dafür spricht eine ganze Menge«, schießt es aus mir raus. »Jessica Honnef hat ein Motiv: der Streit um Tiffy. Außerdem hat sie ihrem Ex-Mann gedroht! Nach dem, was wir bisher über sie gehört haben, scheint sie ein eher unangenehmer Mensch und ziemlich unberechenbar zu sein. Und dann ist da noch dieses merkwürdige zweite Telefonat und der plötzliche Aufbruch von Herrn Honnef. Auch da ging es ja um den Hund.«

»Tja … das alles deutet auf Jessica Honnef als mögliche Täterin hin«, murmelt der Detektiv. »Aber dagegen spricht eindeutig, dass sie nichts von dem Telefonat mit Kati Keuken wissen konnte. Und folgerichtig auch nicht, dass ihr, öhm, Ex-Mann um achtzehn Uhr am Flora-Park sein würde.«

»Es sei denn, sie hat auf andere Weise davon erfahren«, gebe ich zu bedenken. »Vielleicht war ja doch sie diejenige, die ihn kurz vor halb sechs angerufen hat. Und dabei ist ihm rausgerutscht, dass er noch eine Verabredung am Flora-Park hatte.«

Rory bleibt weiterhin skeptisch. »Glaubst du, öhm, wirklich?«, sagt er. »Und wie soll das vor sich gegangen sein? Sie denkt sich: *Oh, das ist ja die Gelegenheit, mich zu rächen.* Dann schnappt sie sich ein Clownskostüm, das rein zufällig in ihrem Kleiderschrank hängt, stiehlt kurz entschlossen ein Auto und schreitet zur Tat? Ich, ähm, weiß nicht ...«

»Sehr wahrscheinlich klingt das wirklich nicht«, muss ich eingestehen. »Was bedeutet, dass wir doch wieder bei Möglichkeit eins landen: Der Anschlag hat mit der Agentur zu tun. Dann kann es nur einer der drei Clowns gewesen sein, die morgens im Wartezimmer saßen.« Ich werfe einen kurzen Blick auf meine Notizen. »Der *Lallende Leopold*, die *Witzige Wanda* oder der *Torkelnde Toni*.«

»Ja«, sagt der schüchterne Detektiv und nickt. »Aber auch da gibt es etwas, das mir nicht ganz, öhm ... einleuchtet: Wenn Herr Honnef einen dieser Clowns verdächtigt hat, in verbrecherische Machenschaften verstrickt zu sein – warum hat er dann bei offener Bürotür telefoniert? Es muss ihm doch klar gewesen sein, dass die Person sein Gespräch mitanhören konnte. Warum hat er die Tür nicht geschlossen oder ist auf den Hof gegangen, um zu telefonieren?«

»Stimmt. Das ist wirklich merkwürdig«, murmele ich und ärgere mich darüber, dass mir diese Ungereimtheit nicht aufgefallen ist.

Wie man es auch dreht und wendet, nichts scheint in diesem Fall wirklich zusammenzupassen.

Ich gebe einen resignierten Seufzer von mir und frage: »Was machen wir jetzt?«

»Tja …« Der schüchterne Detektiv kratzt sich mit dem Zeigefinger am Kinn und erklärt nach kurzem Nachdenken: »Wir müssen natürlich prüfen, ob die drei Clowns ein Alibi für die Tatzeit haben. Wir werden sie bei dem morgigen Clown-Treffen befragen. Wobei es mich schon gruselt, wenn ich nur daran denke. Und den heutigen Nachmittag sollten wir nutzen, um, ähm … Sicher wäre es sinnvoll, Jessica Honnef einen kurzen Besuch abzustatten.«

Verdutzt blicke ich Rory an. »Eben klang es für mich noch schwer danach, als würden Sie sie für unverdächtig halten.«

»Dennoch, ähm, gebietet es die detektivische Sorgfaltspflicht, zu überprüfen, ob sie ein Alibi hat«, erklärt mir der Detektiv. »Und zudem war sie zehn Jahre lang mit Alexander Honnef verheiratet. Eventuell kann sie uns etwas über ihren Ex-Mann erzählen, das uns bei der Ermittlung weiterhilft und etwas Licht in diesen Fall bringt.«

»Okay«, stimme ich kopfnickend zu.

»Danach sollten wir uns mit diesem Halbruder von Alexander Honnef unterhalten, diesem, ähm … Wie war doch gleich sein Name?«

»Timo Leusing.«

»Ja, öhm, genau. Wenn die beiden wirklich ein so enges Verhältnis haben, wie Frau Lachmann und Frau Dinzig behaupten, dann weiß er vielleicht etwas. Möglicherweise hat Alexander Honnef ihm gegenüber etwas von merkwürdigen Vorgängen an seinem Arbeitsplatz erwähnt. Und falls Herr Leusing so nett ist, uns den Schlüssel zu geben, sehen wir uns einmal bei Herrn Honnef zu Hause um. Wer weiß, ob wir da nicht auf eine, ähm, Spur stoßen.«

»Na, da haben wir für heute ja noch ein gutes Programm«, kommentiere ich und greife nach meinem Mantel. »Machen wir uns auf die Socken.«

»Ähm, ja«, nuschelt der Detektiv, fummelt seine Geldbörse aus der Jackettasche und haucht in Richtung der Bedienung: »Könnte ich, öhm, könnte ich zahlen, bitte?«

»Lassen Sie Ihr Portemonnaie mal stecken!«, sage ich und wedele mit einem der Geldscheine, die wir von Kati Keuken bekommen haben, vor Rorys Nase rum. »Schon wieder vergessen? Geht alles auf Spesen.«

~ 7 ~
Bärchen und Schneckchen

Es sieht nicht so aus, als würde es heute noch mal aufhören, zu regnen. Der Himmel ist ein einziges Grau. Während uns ein Taxi zum *Pieselberg* bringt, betrachte ich versonnen die Regentropfen, die am Seitenfenster des Wagens herunterlaufen. Doktor Herkenrath hockt mit hängender Zunge neben mir und macht sein übliches *»Warum wird mir beim Autofahren nur immer so speiübel?«*-Gesicht.

Rory stiert derweil schweigend vor sich hin und scheint ein gedankliches Problem zu wälzen. Nach einer Weile räuspert er sich und sagt mit grüblerischer Miene: »Dieser dubiose Anruf, den Herr Honnef gestern Abend erhalten hat, geht mir einfach nicht aus dem Kopf. Der Anruf, in dem es angeblich um Tiffy ging. Ich frage mich, welchen Zusammenhang es zwischen diesem Telefonat und dem Anschlag geben könnte. Ob es tatsächlich einen Zusammenhang *gibt*. Oder, ob der Anruf gar nichts mit unserem Fall zu tun hat und nur eine Spur ins Nichts ist. Ich weiß überhaupt nicht, wie ich ihn einordnen soll. Und das verwirrt mich. Der Anruf passt nicht zu allem anderen. Er wirkt in diesem Fall wie ein Fremdkörper. Wie, ähm … wie …«

»Eine Mettwurst im veganen Eintopf?«, schlage ich vor.

»So, ähm, hätte ich es nicht ausgedrückt, aber … ja. Dieses Bild trifft es eigentlich recht gut.«

»Warten wir mal ab, was die Befragung von Jessica Honnef ergibt«, sage ich. »Glaubt man Frau Lachmann und Frau Dinzig, dürfte uns eine ziemliche ungenießbare Zicke erwarten.«

»Ja, das befürchte ich auch«, murmelt Rory, ringt nervös die Hände und wispert: »Es wäre mir daher sehr recht, wenn du die, öhm, Befragung …«

»Kein Problem«, beruhige ich ihn. »Sie können sich auf mich verlassen. Wer eine rechthaberische Großtante zum Schweigen bringt, der schafft es auch, eine zickige Ex-Frau zum Reden zu bringen.«

Als wir in dem Neubaugebiet ankommen, empfängt uns am Straßenrand das Werbeplakat einer Immobilienfirma, auf dem der *Pieselberg* als *Grüne Idylle vor den Toren der Stadt* angepriesen wird.

Was meiner Meinung nach gleich doppelt gelogen ist. Dass der *Pieselberg* vor den Toren der Stadt liegt, ist richtig. Aber eine Ansammlung von Einfamilienhäusern, die sich gleichen wie ein Ei dem anderen, finde ich persönlich nicht besonders idyllisch. Und wirklich viel *Grün* gibt es hier auch nicht. Dafür aber zahlreiche Carports, gepflasterte Auffahrten und Schottergärten vor den Häusern. Der deprimierende Anblick wird noch dadurch verstärkt, dass keine Menschenseele auf der Straße unterwegs ist. Es ist ungefähr so idyllisch wie in einem Mondkrater.

Das traute Heim von Jessica Honnef und ihrem neuen Lebenspartner findet sich *Am Pieselberg 37c*. Ich gebe der Taxifahrerin ein großzügiges Trinkgeld von unserem Spesenvorschuss, dann steigen wir aus und gehen durch einen besonders hässlichen Schottergarten auf das Haus zu.

Die Türklingel ist was für Menschen mit starken Nerven.

Kein einfacher Klingelton, sondern ein ewig langes Glockenspiel: *Ding, dang, ding, dong – Dong, ding, dang ding.* Während es noch dingt und dongt, ist aus dem Inneren des Hauses ein helles, aufgeregtes Kläffen zu hören. Sofort drückt Doktor Herkenrath sich zitternd an mein Bein.

Im nächsten Moment keift eine Frauenstimme: »Halt die Klappe, Tiffy!« Augenblicklich verstummt das fröhliche Kläffen und macht einem traurigen Winseln Platz.

Dann öffnet sich die Tür und Jessica Honnef steht in all ihrer Herrlichkeit vor uns. Die Ex-Frau von Herrn Honnef hat strohiges blondes Haar, in das eine pinkfarbene Schleife gebunden ist, trägt einen pinkfarbenen Trainingsanzug und dazu pinke Schläppchen mit Absatz. Scheinbar haben wir sie bei der Maniküre gestört. Sie wedelt mit den Händen in der Luft, um ihre frisch lackierten Fingernägel zu trocknen, und betrachtet uns dabei mit übellaunigem Gesicht.

Frau Honnef gehört offenbar zu den wenigen Menschen, die noch nie von dem schüchternen Detektiv gehört haben.

»Wir haben nichts, wir brauchen nichts und wenn Sie mich bekehren wollen, sind Sie hier auch falsch«, knurrt sie in mürrischem Ton und will die Haustür schließen.

Geistesgegenwärtig stelle ich den Fuß in die Tür und sage: »Das ist ein Missverständnis. Wir sind nicht hier, um Ihnen etwas zu verkaufen oder Sie zu bekehren. Wir kommen wegen … Sie haben doch sicherlich gehört, dass Ihr Ex-Mann gestern Abend …«

»Ja. Dass er mal wieder geträumt hat und dabei vor ein Auto gelaufen ist. Sein Halbbruder hat mich angerufen und es mir gesagt. Und was haben Sie damit zu tun?« Ein gieriges Funkeln tritt in Jessica Honnefs Augen. »Sind Sie von einer Versicherung? Gibt es da etwa Schmerzensgeld oder so was?«

»Äh, nein«, wispert der Detektiv verlegen. »Wir sind … ich bin, ähm … Mein Name ist Rory Shy. Ich bin privater, öhm, Ermittler. Und dies ist Frau Bond, meine Assistentin. Es gibt da noch einige offene Fragen bezüglich des Unfalls Ihres Ex-Mannes. Und vielleicht würde es uns helfen, wenn Sie uns ein paar, *räusper,* Auskünfte geben könnten. Natürlich nur, wenn es Ihnen keine Umstände bereitet.«

Jessica Honnef stiert ihn argwöhnisch an und ruft, ohne den Blick von Rory zu wenden: »Bärchen? Kommst du mal?«

Fünf Sekunden später taucht hinter ihr eine hünenhafte Gestalt auf. Das muss ihr neuer Lebenspartner sein, der Fitnesstrainer. Seine Erscheinung lässt einen allerdings nicht an ein *Bärchen,* sondern an einen ausgewachsenen Grizzly-Bären denken. Der Mann ist etwa so groß wie Rory, bringt aber bestimmt das Doppelte an Gewicht auf die Waage. Er hat beeindruckend große Zähne, scheint nur aus Muskeln zu bestehen und kann vor Kraft kaum laufen. *Bärchen* trägt ebenfalls einen schicken Trainingsanzug. Nur nicht in Pink, sondern in Baby-Blau.

Der Hüne baut sich vor Rory auf, fixiert den Detektiv mit einem drohenden Blick und fragt Jessica Honnef: »Der Mann belästigt dich doch nicht etwa, Schneckchen?«

Ich werd nicht mehr. *Bärchen* und *Schneckchen*! In Pink und Baby-Blau. Wenn man das erzählt, glaubt es einem keiner. Ich halte die Luft an, um nicht in hysterisches Gegacker auszubrechen.

Derweil stottert Rory eingeschüchtert: »Belästigung? Äh, nein. Das würde ich doch nie … Für Belästigungen bin ich viel zu, ähm …«

»Wie gesagt, Frau Honnef: Wir hätten ein paar Fragen wegen des Unfalls ihres Ex-Mannes«, springe ich dem Detektiv bei. »Es wäre wirklich nett, wenn Sie uns die beantworten würden. Dauert nicht lange. Können wir kurz mit Ihnen sprechen? Drinnen?«

Schneckchen und *Bärchen* tauschen einen kurzen Blick, dann sagt Jessica Honnef: »Also schön, kommen Sie rein. Auch wenn ich nicht weiß, wie ich Ihnen da weiterhelfen könnte. Ich war ja schließlich nicht bei dem Unfall dabei.« Sie deutet auf Doktor Herkenrath und kommandiert: »Der Hund darf nur ins Haus, wenn du mir garantierst, dass er sich benimmt. Ich habe auch so einen kleinen Kläffer da drin. Und ich habe keine Lust darauf, dass die beiden aufeinander losgehen und mein Wohnzimmer verwüsten.«

»Keine Sorge«, beruhige ich sie und nehme meinen furchtsamen Cockerspaniel auf den Arm. »Im Normalfall ängstigt sich Doktor Herkenrath vor anderen Hunden so sehr, dass er in eine Schockstarre verfällt.«

Das Wohnzimmer ist ein mittelschwerer Albtraum. Es ist ungefähr so gemütlich wie in der Rechtsmedizin: Um zu vermeiden, dass die Polster verschlissen oder verschmutzt werden, sind sämtliche Sessel und auch die beiden kleinen Zweisitzer-Sofas mit durchsichtigen Plastikbezügen versehen.

Keine Blumen, keine Pflanzen, keine kuscheligen Couchkissen, keine Bücher, keine Gemälde … Nur ein Fernseher in der Größe eines Kleiderschranks. Und an der Wand zwei lebensgroße Porträtfotos. Auf einem ist *Bärchen* dabei zu bewundern, wie er ein Stahlrohr biegt. Auf dem anderen stemmt *Schneckchen* ein Paar Hanteln in die Luft. Ganz allerliebst.

Kaum haben wir den Raum betreten, kommt uns Tiffy bellend entgegengesprungen. Nicht auf die aggressive *»Das ist mein Revier. Verzieht euch!«*-Tour, sondern so, als würde sie sich über den unerwarteten Besuch freuen und Doktor Herkenrath frohgemut begrüßen. Der zieht vorsichtshalber trotzdem den Kopf ein.

»Verdammter Kläffer! Gib endlich Ruhe!«, fährt Jessica Honnef den Zwergpinscher an. Woraufhin Tiffy den Schwanz einklemmt, sich ins Hundekörbchen verkriecht und traurig fiept.

So sieht ein unglücklicher Hund aus.

Wie ein Richter dieser Frau ein Tier anvertrauen konnte, ist mir ein Rätsel. Ihr scheint an Tiffy nicht das Geringste zu liegen. Es macht eher den Eindruck, als würde sie den Zwergpinscher in Geiselhaft halten. Nur, damit ihr Ex-Mann ihn nicht bekommt. Doktor Herkenrath scheint mit Tiffy mitzufühlen und stimmt leise in ihr herzerweichendes Fiepen ein.

Bärchen ist derweil bemüht, den ersten schlechten Eindruck, den er bei uns hinterlassen hat, zu verbessern. »Tut mir leid, wenn ich eben etwas unfreundlich war«, sagt er und bleckt die Zähne. »Aber wenn es um Jessica geht, verstehe ich nun mal keinen Spaß.« Er streicht seiner Freundin mit der Hand durchs Haar und fragt lächelnd: »Was hältst du davon, wenn ich uns zwei leckere Fitness-Drinks mixe, Schneckchen?«

»Oh, das wäre so süß von dir, Bärchen«, entgegnet sie und schenkt ihm einen schmachtenden Blick.

Der Fitness-Hüne wendet sich Rory zu und sagt: »Sie und Ihre Assistentin möchten doch bestimmt auch einen. Und so wie Sie aussehen, können Sie einen gesunden Drink gut vertragen. Sie sind ja nur Haut und Knochen. Und ganz blass um die Nase.«

»Öhm, vielen Dank. Aber das ist nicht, ähm …«

»Warten Sie ab. Sie werden den Drink lieben! Ist nach meinem eigenen Rezept«, schmettert *Bärchen* den Protest des Detektivs ab und verschwindet in die Küche.

Wir nehmen auf einem der Sofas Platz (auf einem Plastikbezug zu sitzen, fühlt sich total eklig an), Jessica Honnef lässt sich auf der anderen Couch nieder, pustet auf ihre Fingernägel und fragt in gelangweiltem Ton: »Also, was wollen Sie wissen?«

»Sie sagten vorhin, dass Sie durch den Halbbruder Ihres Ex-Mannes von dem Unfall erfahren hätten. Wann genau war das?«, leite ich die Befragung ein.

»Gegen sieben Uhr gestern Abend«, entgegnet Frau Honnef nach kurzem Nachdenken. »Timo war vom Krankenhaus angerufen worden, weil Alex ihn in seinem Kalender als Notfall-Kontakt eingetragen hatte.« Sie schnaubt abschätzig durch die Nase. »So was musste ja eines Tages passieren. Mein Ex-Mann ist ein *Hans-guck-in-die-Luft*. Ein Tagträumer. Wahrscheinlich hatte er mal wieder den Kopf in den Wolken und hat nicht auf den Verkehr geachtet.«

Ich hatte die Befürchtung, Jessica Honnef jede Antwort aus der Nase ziehen zu müssen. Aber kaum hat sie begonnen, über ihren Ex-Mann zu lästern, redet sie sich in Rage und ist gar nicht mehr zu stoppen.

»Alex' Tagträumerei ist mir schon immer auf den Wecker gegangen«, motzt sie. »Ich hätte mir gewünscht, dass er Karriere gemacht hätte, aber er hat nicht den geringsten Ehrgeiz. Arbeitet seit fünfzehn Jahren in dieser drittklassigen Künstleragentur. Und er ist so träge, dass es nicht auszuhalten ist. Ich wäre gerne öfter mal ausgegangen, aber mein trantütiger Ex-Mann lag lieber gemütlich auf dem Sofa. Und wenn er sich mal von der Couch bequemt hat, dann, um mit Tiffy rauszugehen. Immer hat sich bei ihm alles nur um den Hund gedreht: *Tiffy hier und Tiffy da*«, beschwert sie sich und bedenkt den Zwergpinscher mit einem eifersüchtigen Blick. »Und wenn es ausnahmsweise mal nicht um Tiffy ging, dann ging es um seine Großtante Agnes. Sie lebt in einem Seniorenheim und Alex und Timo besuchen sie mindestens dreimal pro Woche.«

Rory hüstelt verlegen und merkt mit leiser Stimme an: »Aber es ist doch eigentlich ein sehr, öhm, schöner Zug Ihres Ex-Mannes, dass er und sein Halbbruder sich um eine alte Dame kümmern. Denken Sie nicht?«

Jessica Honnef winkt unwirsch ab. »Die *alte Dame* ist ein

unausstehlicher Drachen! Mich konnte sie von Anfang an nicht leiden. Ich will Alex und Timo nichts unterstellen. Aber ich frage mich, ob sie sich auch so sehr um Tante Agnes kümmern würden, wenn bei ihr nichts zu holen wäre.«

»Ich, ähm, verstehe nicht ganz«, nuschelt der Detektiv und blickt Frau Honnef fragend an.

»Tante Agnes hat jede Menge Schotter auf dem Konto. Alex und Timo werden ihr Vermögen je zur Hälfte erben. Und das in wahrscheinlich nicht mehr allzu ferner Zukunft. Der alte Feuerspeier ist neunundneunzig und hat alle Krankheiten, die man nur haben kann.« Jessica Honnef guckt wie eine beleidigte Leberwurst und faucht empört: »Nur wie es mir ging, hat Alex nie interessiert. Ich habe es aber verdient, dass sich jemand für mich interessiert und sich um mich kümmert. Ich bin eine liebenswerte Persönlichkeit, verdammt noch mal!«

Rory wirft mir einen Hilfe suchenden Blick zu und stammelt: »Ähm, äh, doch. Ja. Öhm, sicherlich.«

»Aber zum Glück habe ich ja jetzt mein Bärchen.« Jessica Honnefs Gesichtsausdruck entspannt sich und sie wirft einen schwärmerischen Blick in Richtung Küche, aus der das Brummen eines Pürierstabs zu hören ist. »Und im Gegensatz zu Alex macht Bärchen auch äußerlich was her. Wenn ich ihn beim Training beobachte, wird mir immer ganz –«

»Freut mich außerordentlich für Sie«, würge ich Frau Honnef ab. »Und wir haben verstanden, dass Sie nicht gut auf Ihren

Ex-Mann zu sprechen sind. Weswegen Ihnen sein Unfall offenbar nicht besonders nahegeht.« Ich mustere Jessica Honnef mit einem herausfordernden Blick. »Oder täusche ich mich da?«

Sie zuckt mit den Schultern, schlägt die Beine übereinander, wippt mit ihrem pinken Schläppchen und entgegnet in gelangweiltem Ton: »Natürlich wünscht man so was niemandem. Aber ich habe auch keine Lust, große Betroffenheit zu heucheln. Alex ist für mich Vergangenheit. Seit der Scheidung verkehren wir nur über unsere Anwälte miteinander.«

Abgesehen von letzter Woche, als du ihm in der Agentur gedroht hast, denke ich. Aber bevor ich sie darauf ansprechen kann, erscheint *Bärchen* mit einem Tablett auf der Bildfläche.

»So, hier kommen die Drinks!« Er legt Untersetzer auf den gläsernen Couchtisch und verteilt vier Gläser, in denen eine Art braungrüner Schlamm schwappt.

»Oh, Bärchen, ist das lecker. Du hast dich mal wieder selbst übertroffen«, säuselt Jessica Honnef, nachdem sie einen Schluck genommen hat.

»Meinem Schneckchen soll es doch gut gehen«, entgegnet er und lässt sich mit einem selbstzufriedenen Grinsen neben ihr auf dem Sofa nieder.

Rory und ich stieren derweil mit entsetzten Gesichtern auf unsere Gläser. Wenn das Zeug so schmeckt, wie es aussieht, macht sich der Plastik-Schonbezug am Ende doch noch bezahlt.

»Was ist denn da drin?«, frage ich mit skeptischer Miene.

»Nur das Beste vom Besten«, versichert mir *Bärchen* stolz. »Zehn rohe Eier, Essiggurke, Brennnessel-Sud, Sauerampfer, Heilerde und ein Dutzend pürierte Stinkmorcheln.«

»Oh, wie schade. Leider habe ich eine Stinkmorchel-Allergie«, behaupte ich und schiebe das Glas so weit wie möglich von mir weg.

»Wirklich?«, brummt *Bärchen* ungläubig, dann hebt er sein Glas und prostet dem schüchternen Detektiv zu. »Aber Sie können es sich ja schmecken lassen, Herr Shy. Zum Wohle!«

Rory sieht aus, als würde er es schwer bedauern, dass ihm nicht auch rechtzeitig eine passende Allergie eingefallen ist. Zögernd setzt er das Glas an den Mund, nimmt einen winzigen Höflichkeitsschluck von dem braungrünen Schlamm – und alle Farbe weicht aus seinem Gesicht. Er dreht sich zur Seite, schlägt die Hand vor den Mund und gibt ein unschönes Würgegeräusch von sich. Aus seinem Bauch dringt ein besorgniserregendes dumpfes Grummeln.

»Ja, das spült einem die Eingeweide richtig durch«, sagt *Bärchen* grinsend und massiert *Schneckchen* derweil den Nacken.

Frau Honnef schlürft erneut an ihrem Drink, dann blickt sie den Detektiv mürrisch an. »Ich verstehe immer noch nicht, was Sie eigentlich von mir wollen. Was sind das denn für *offene Fragen,* von denen Sie gesprochen haben?«

»Wir glauben nicht, dass Ihr Ex-Mann angefahren wurde, weil er geträumt hat«, gehe ich in die Vollen. »Wir denken, dass jemand versucht hat, ihn zu überfahren. Mit Absicht.«

»Was?« Jessica Honnef starrt mich an, als würde sie an meiner geistigen Gesundheit zweifeln.

»Und nun fragen wir uns natürlich, wer ein Motiv hatte, diese Tat zu begehen«, fahre ich unbeeindruckt fort.

»Ja. Und?«, entgegnet sie in patzigem Ton und scheint überhaupt nicht zu verstehen, worauf ich hinauswill.

»Na ja, es ist so«, sage ich. »Wir hörten, dass Sie mit ihrem Ex-Mann um das Sorgerecht für Tiffy streiten. Und dass Sie letzte Woche in der Agentur waren und ihm gedroht haben. Ihre genauen Worte waren« – ich schlage mein Notizbuch auf und suche den entsprechenden Vermerk – *»›Das wirst du noch bereuen, Alex! Glaub nicht, dass ich mir das gefallen lasse!‹«*

Jessica Honnef verschluckt sich vor Schreck an ihrem Schlamm-Drink und sieht aus, als wäre ihr eine Hantel auf den Fuß gefallen. Sie blickt eingeschüchtert zu Rory und stammelt: »Aber damit habe ich doch nicht gemeint, dass ... Damit wollte ich sagen, dass ich mir auch einen Anwalt nehmen würde. Und dass der Alex vor Gericht auseinandernehmen würde. Doch nicht, dass ich ihn mit einem Auto ...«

»Nicht aufregen, *Schneckchen*«, sagt *Bärchen* und tätschelt ihr beruhigend den Oberschenkel. Dann spannt er sämtliche verfügbaren Muskeln an und knurrt in drohendem Ton Richtung Rory: »Versuchen Sie etwa, Jessica was anzuhängen? Ganz vorsichtig, mein Freund! Ganz vorsichtig!«

»Ähm, bitte nehmen Sie das nicht persönlich. Wir müssen von den Fakten ausgehen. Und Tatsache ist nun einmal, dass Frau Honnef ihrem Ex-Mann gedroht hat. Und daher, öhm ...«

»Können Sie uns sagen, wo Sie gestern Abend um sechs Uhr waren, als Ihr Ex-Mann am Flora-Park angefahren wurde, Frau Honnef?«, lege ich nach. Dann wende ich mich *Bärchen* zu und bitte ihn mit einem Lächeln: »Und wenn Sie vielleicht auch so freundlich wären, uns wissen zu lassen, wo Sie sich zu dieser Zeit aufgehalten haben?«

Bärchen klappt die Kinnlade runter. Einen Moment lang verschlägt es ihm die Sprache, dann blafft er mich an: »Du fragst uns nach Alibis? Ganz dünnes Eis, junge Frau. Ganz dünnes Eis!« Er guckt, als würde er gerne irgendwas verbiegen. Am liebsten meinen Hals.

»Schon gut«, sagt Jessica Honnef, streicht *Bärchen* besänftigend über den Unterarm und beteuert Rory gegenüber: »Ich habe nichts zu verbergen. Und Bärchen auch nicht. Wir haben im Keller ein Fitness-Studio eingerichtet. Dort haben wir gestern Abend um sechs trainiert. War es nicht so, Bärchen?«

»So war es. Ich habe Hanteltraining gemacht und Jessy war auf dem Stepper«, bestätigt *Bärchen* und sagt schlecht gelaunt: »War es das dann? Ich habe noch ein paar Gewichte zu stemmen.«

»Ich, ähm, möchte Sie und Ihre Partnerin keinesfalls von der Körperertüchtigung abhalten«, entgegnet Rory scheu lächelnd. »Aber wenn Sie so großzügig wären, mir noch eine kurze Frage zu gestatten? Wobei … eigentlich sind es zwei kurze Fragen. Also … genaugenommen sind es drei. Wenn Sie also die Freundlichkeit hätten …? Natürlich nur, falls das für Sie nicht völlig unzumutbar ist und es Ihnen nicht …«

»Ja, ja. Schon gut. Kommen Sie endlich zur Sache«, nölt Jessica Honnef in mauligem Ton.

»Danke. Das ist äußerst, äh, freundlich.« Rory rutscht auf dem Plastikbezug hin und her, hüstelt verlegen und möchte von ihr wissen: »Als Sie noch mit ihm verheiratet waren, hat ihr Ex-Mann Ihnen gegenüber da vielleicht einmal etwas erwähnt von, ähm, merkwürdigen Vorgängen in der Künstleragentur?«

»Merkwürdige Vorgänge in der Agentur? Sie meinen … was Kriminelles?« Jessica Honnef stößt ein schnarrendes Geräusch aus, das wohl ein Lachen darstellen soll. »Nein. Niemals. Ich habe die Ohren zwar fast immer auf Durchzug gestellt, wenn er von seiner Arbeit erzählt hat, weil das meiste davon todlangweilig war. Aber an so was würde ich mich bestimmt erinnern. Ich finde, das einzig Merkwürdige an dieser Agentur ist, dass sie nicht schon längst pleitegegangen ist. So schnarchnasig wie da gearbeitet wird.«

»Ah, ja«, nimmt der Detektiv ihre Einschätzung zur Kenntnis. »Meine zweite Frage wäre: Haben Sie gestern Abend kurz vor halb sechs mit Ihrem Ex-Mann telefoniert und mit ihm über Tiffy gesprochen?«

»Nein. Wieso hätte ich das tun sollen? Wie gesagt, wir sprechen im Moment nur über unsere Anwälte miteinander.«

»Meine letzte Frage mag Ihnen etwas ungewöhnlich erscheinen«, wispert Rory und kratzt sich verschämt am Hals. »Aber es ist so, dass die Person, die Alexander Honnef angefahren hat, ein Clownskostüm trug. Und daher muss ich fragen, ob, ähm … Besitzt einer von Ihnen vielleicht so ein Kostüm?«

»Unverschämtheit!«, poltert *Bärchen* erbost. »Natürlich nicht. Sehen wir für Sie etwa aus wie Clowns?«

Ich betrachte *Bärchen* und *Schneckchen,* wie sie da so in blauem und pinkem Trainingsanzug, mit ihren Schlamm-Drinks in der Hand, nebeneinander auf dem Schonbezug hocken, und denke: *Na ja …* –, als ich aus dem Augenwinkel sehe, dass Doktor Herkenrath aufs Sofa hüpft, neugierig den Kopf reckt und an Rorys Fitness-Drink schnüffelt.

Kaum hat er eine Nase von dem Stinkmorchel-Aroma genommen, gibt er ein ersticktes Fiepen von sich, rutscht vom Sofa, fällt wie ein nasser Sack zu Boden – und bleibt ohnmächtig auf den Fliesen liegen.

»Doktor Herkenrath!« Besorgt beuge ich mich über ihn, aber da kommt Tiffy schon angesprungen, stupst meinen Cockerspaniel mit der Pfote in die Seite und leckt ihm über den

Kopf. Woraufhin Doktor Herkenrath glücklicherweise zu Bewusstsein kommt und sich aufrichtet. Allerdings wirkt er etwas wacklig auf den Beinen und scheint sich verdattert zu fragen, was eigentlich passiert ist.

Tiffy ist glücklich, dass mein Cockerspaniel wohlauf ist, bellt und springt aufgeregt um ihn herum.

»Gib Ruhe, du nervende Töle!«, kreischt Jessica Honnef, und *Bärchen* kommandiert mit bellender Stimme: »Zurück ins Körbchen, Tiffy! Wird es bald?«

Am liebsten würde ich den bedauernswerten Zwergpinscher unter den Arm packen und mitnehmen.

»Sind wir jetzt endlich durch?«, motzt Jessica Honnef mit genervtem Blick.

»Ähm, ich denke schon. Vielen Dank für Ihre Auskunftsbereitschaft. Dann wünsche ich Ihnen viel Vergnügen beim, öhm, Stemmen«, erklärt der Detektiv mit einem höflichen Lächeln, erhebt sich vom Sofa und bittet mich:

»Würdest du uns ein Taxi rufen, Matilda?«

Als wir das Wohnzimmer verlassen, blickt Tiffy uns mit traurigen Augen hinterher und sieht aus, als würde sie nichts lieber tun, als Doktor Herkenrath und uns zu begleiten. Irgendwohin, wo sie nicht dauernd jemand herumkommandiert.

Draußen pfeift ein eisiger Wind um die Häuser, es regnet Bindfäden und auf der Straße hat sich eine riesige Wasserpfütze gebildet. Jedes Mal, wenn ein Wagen durch die Pfütze fährt, spritzt brackiges Wasser auf.

Höfliche Menschen würden ihre Besucher bei solchen Wetterbedingungen *im* Haus auf das Taxi warten lassen, aber *Schneckchen und Bärchen* können uns gar nicht schnell genug loswerden. Als ich Jessica Honnef um ihre Handynummer bitte, um sie bei Rückfragen kontaktieren zu können, gibt sie mir die Nummer nur höchst widerwillig. *Bärchen* grummelt missmutig »Wiedersehen«, schiebt uns ins Freie und wirft die Haustür hinter uns zu.

Um nicht völlig durchnässt zu werden, drängen Rory, Doktor Herkenrath und ich uns unter dem kleinen Vordach des Hauses zusammen. Fröstelnd schlägt der Detektiv seinen Mantelkragen hoch.

»Die Frau ist doch vollkommen Banane«, wispere ich ihm zu. »Streitet mit ihrem Ex-Mann um das Sorgerecht für Tiffy – bloß um ihn zu ärgern. Und das, obwohl der Hund sie nur nervt. Wie bekloppt ist das denn? Und *Bärchen* hat –« Urplötzlich halte ich inne und lege die Stirn in Falten.

»Was ist?«, fragt der Detektiv irritiert.

»Sein Name!«, entfährt es mir. »Wir haben überhaupt nicht nach *Bärchens* richtigem Namen gefragt.«

»Oh!«, macht Rory und läuft vor Peinlichkeit rot an.

Wenn man jemanden verhört, dessen Namen man nicht kennt, sollte das natürlich das Erste sein, wonach man fragt. Aber wird einem jemand ganz selbstverständlich als *Bärchen* vorgestellt, kann das sogar mal einen Profi wie Rory aus dem detektivischen Konzept bringen. Zum Glück können wir dieses Versäumnis noch nachholen und unseren Fehler ausbügeln.

»Darf ich mal?«, sage ich zu dem Detektiv, schiebe ihn zur Seite und werfe einen Blick auf das Klingelschild. Dann gackere ich lauthals los.

»Graumaus! *Bärchens* Name ist Armin Graumaus«, stoße ich hervor und verschlucke mich beinahe vor Lachen.

Als fünf Minuten später das Taxi kommt, habe ich mich noch immer nicht beruhigt und gluckse unentwegt in mich hinein.

Ein pinkes *Schneckchen*! Und ein blaues *Bärchen*, das Graumaus heißt! Kann man sich nicht ausdenken, so was.

~ 8 ~
Eine überraschende Begegnung

Als Nächstes steht die Befragung von Timo Leusing, Herrn Honnefs Halbbruder, auf unserer Zu-erledigen-Liste.

»Öhm, Amselgasse 9, bitte«, sagt Rory zu dem Taxifahrer, der daraufhin erfreut durch die Zähne pfeift. Die Tour lohnt sich für ihn: Um vom *Pieselberg* zur Amselgasse zu gelangen, müssen wir einmal quer durch die Stadt.

»Und?«, fragt der Detektiv, während sich das Taxi durch den dichten Verkehr kämpft. »Welchen, ähm, Eindruck hast du von Frau Honnef?«

»Sie gehört schon alleine dafür bestraft, wie sie mit Tiffy umspringt! Kosenamen wie *Bärchen* und *Schneckchen* sollten ebenfalls unter Strafe stehen. Genauso wie Plastik-Schonbezüge. Und Stinkmorchel-Drinks meiner Meinung nach auch!«

Als ich die Drinks erwähne, winselt Doktor Herkenrath gequält, und der schüchterne Detektiv verzieht angewidert das Gesicht. Er muss aufstoßen und wispert mit kraftloser Stimme:

»Es wäre mir sehr recht, wenn wir ... Könnten wir bitte nicht mehr über die, öhm, Drinks sprechen?«

»Und was das Alibi von *Bärchen* und *Schneckchen* angeht: Das ist doch bestenfalls ein MP-Alibi. Oder?«, frage ich.

Eine der ersten Sachen, die ich bei der Arbeit mit dem Detektiv gelernt habe, war, dass es grob gesagt drei Kategorien von Alibis gibt: BF, MP und GSW.

Wird man eines Verbrechens verdächtigt, ist man fein raus, wenn man ein BF-Alibi hat. BF steht für *Bombenfest.*

»Zur Tatzeit wurde mir der Nobelpreis für Literatur verliehen«, ist so ein Bombenfest-Alibi. Ähnlich wie: *»Vergangenen Dienstag um elf? Lassen Sie mich kurz nachsehen. Ach ja, da hatte ich eine persönliche Audienz beim Papst.«*

In ernsten Schwierigkeiten steckt hingegen, wer nur ein GSW *(Ganz schön wackelig)*-Alibi vorweisen kann. Ein GSW-Alibi zeichnet sich dadurch aus, dass es keine Zeugen gibt, die es bestätigen können.

»Letzten Samstagabend? Da war ich zu Hause.«

»Alleine?«

»Ja.«

»Und was haben Sie gemacht?«

»Nachgedacht.«

»Ach ja, worüber denn?«

»Hab ich vergessen.«

Wer alleine nachdenkt, ist verdächtig. Einsame Waldspaziergänge, ausgedehnte Wannenbäder und stille Stunden im Hobbykeller sind ähnlich unvorteilhafte Alibis.

Zwischen BF und GSW rangieren die MP *(Mittelprächtig)*-Albis. Dazu gehören beispielsweise Alibis, die man von Ehepartnern oder Familienangehörigen bekommt.

So was wie: *»Mein Sohn wildert keine Kaninchen, Herr Wachtmeister! Er war den ganzen Abend hier bei mir. Wenn Sie mich jetzt bitte entschuldigen wollen, ich habe einen Braten im Ofen.« »Bärchen und ich haben im Keller trainiert«* gehört in die gleiche mittelprächtige Kategorie.

»Jessica Honnef mag eine unangenehme Person und ihr Alibi nicht wirklich überzeugend sein«, murmelt der Detektiv. »Dennoch hatte ich nicht den Eindruck, dass … Als du ihr gesagt hast, dass es kein Unfall, sondern ein Mordanschlag war, schien sie doch sehr überrascht zu sein. Und als sie bestritten hat, ihren Ex-Gatten gestern Abend angerufen zu haben, wirkte sie auf mich auch glaubwürdig. Natürlich kann ich mich täuschen. Vielleicht ist sie eine gute Schauspielerin und …«

»Ich glaube auch nicht, dass sie die Person ist, die Herrn Honnef angerufen hat«, sage ich. »Sich mit Jessica Honnef zu unterhalten, ist nun wirklich kein Quell der Freude. Ich muss Frau Dinzig beipflichten: Wäre es seine Ex-Frau gewesen, hätte Alexander Honnef nach dem Telefonat bestimmt keine gute Laune gehabt.«

»Was dieses Telefongespräch noch rätselhafter macht«, murmelt Rory mit gerunzelter Stirn. »Wer war der Anrufer oder die Anruferin? Welche Bedeutung hat das Telefonat für unsere Ermittlung? Ging es dabei wirklich um Tiffy? Oder vielleicht um etwas ganz anderes?«

»Sie haben doch vorhin gesagt, das Telefongespräch würde auf Sie wie ein Fremdkörper in diesem Fall wirken«, sage ich nach kurzem Überlegen. »Dieses Gefühl habe ich auch. Weswegen ich mich frage, ob es diesen Anruf überhaupt gab.«

»Wie, öhm, meinst du das?«, fragt Rory und betrachtet mich mit einem interessierten Blick.

»Ist nur die Theorie einer naiven Nachwuchsdetektivin. Aber könnte es nicht sein, dass dieses Telefonat ein Ablenkungsmanöver von Alexander Honnef war? Wäre doch gut möglich, dass er den Anruf inszeniert hat. Er war um achtzehn Uhr im Flora-Park mit Kati Keuken verabredet, um ihr Informationen über die Agentur zu geben. Natürlich wollte er nicht, dass irgendjemand an seiner Arbeitsstelle etwas davon mitbekam. Also hat er, als er in seinem Büro saß, vom Handy aus den Festnetzanschluss der Agentur angewählt und vorgetäuscht, dass ihn jemand anruft. Anschließend hat er Frau Dinzig freudestrahlend erzählt, es sei bei dem Gespräch um Tiffy gegangen, und er müsse sofort los. So hatte er einen glaubhaften Vorwand, um früher Feierabend zu machen und rechtzeitig im Flora-Park zu sein.«

»Oh«, macht der Detektiv und wirkt überrascht. »Dieser Gedanke ist mir noch gar nicht gekommen. Das wäre durchaus vorstellbar. Zumindest wäre es *eine* mögliche Erklärung. Sehr, ähm, sehr, öhm, gut Matilda.«

Im Gegensatz zu Rory habe ich kein Problem damit, ein Lob anzunehmen, und sage grinsend: »Vielen Dank für die detektivischen Blumen!«

Wir haben etwa die Hälfte der Fahrtstrecke hinter uns gebracht, als wir in einen Stau geraten und zum Stehen kommen. Hundert Meter vor uns ist Blaulicht zu sehen.

»Da vorne gab es einen Auffahrunfall«, informiert uns der Taxifahrer, nachdem er kurz ausgestiegen ist und sich einen Überblick über die Lage verschafft hat. »Offenbar nur ein Blechschaden, aber … das kann dauern.«

Doktor Herkenrath stößt ein lang gezogenes Fiepen aus. Wenn er während einer Autofahrt fiept, kann das vieles bedeuten: *Ich habe Hunger!*, *Ich habe Durst!*, *Ich muss mal das Bein heben!* oder *Mir ist hundeelend!*. Manchmal auch alles zusammen.

Ich streichele ihm beruhigend über den Kopf, dann nehme ich mein Handy und nutzte die ungeplante Reiseunterbrechung, um mich bei Amadeus zu erkundigen, wie die Lage im Krankenhaus ist.

»Alles unverändert, Frau Bond«, informiert er mich in diskretem Ton. »Herr Honnef ist bedauerlicherweise noch immer nicht ansprechbar. Eine Besucherin oder ein Besucher sind bisher nicht erschienen. Sollte sich etwas ereignen, werde ich Sie natürlich umgehend in Kenntnis setzen. Meine besten Wünsche an Herrn Shy und Herrn Doktor Herkenrath.«

Ich beende das Gespräch und will das Smartphone in meiner Manteltasche verstauen, als ein Anruf eingeht.

»Frau Lachmann!«, sage ich nach einem kurzen Blick auf das Display und ziehe überrascht die Augenbrauen hoch. »Ich habe ihr vorhin meine Nummer gegeben. Für den Fall, dass ihr noch was Wichtiges einfällt.«

Wie sich herausstellt, ist der Agenturinhaberin tatsächlich etwas eingefallen. Nicht in Bezug auf mögliche Verdächtige oder Alexander Honnef, sondern hinsichtlich unserer Ermittlungsmethoden.

»Sie haben völlig recht«, sage ich, nachdem sie ihr Anliegen vorgebracht hat. »Danke für den Hinweis. Das ist ein guter Gedanke. Das sollten wir so machen. Bitte? Ja, das wird er sicherlich tun. Ich bringe es ihm schonend bei«, verspreche ich mit einem kurzen Seitenblick auf Rory. »Danke für den Anruf, Frau Lachmann. Bis morgen um elf.«

Rory wirkt stark irritiert. »Was, öhm, bringst du mir schonend bei?«, fragt er und nestelt nervös an seinem Krawattenknoten rum.

Ich lehne mich in die Polster zurück und verkünde mit allerliebstem Lächeln: »Sie müssen jetzt sehr, sehr tapfer sein.«

»Ich? Als Clown?«, stammelt Rory mit schreckgeweiteten Augen. Er sieht aus wie jemand, dem man gerade eröffnet hat, dass er an einem Wettschwimmen mit Alligatoren teilnehmen wird. »Aber das … das ist doch … das ist … Und ich, öhm, verstehe immer noch nicht ganz, warum ich …«

»Habe ich Ihnen doch gerade erklärt«, sage ich und versuche dabei, beruhigend zu klingen. »Frau Lachmann befürchtet, dass die Befragung der Clowns schwierig werden könnte. Weil das wohl ein verschworener Haufen ist. Wenn sie mitkriegen, dass einer von ihnen verdächtigt wird, sind sie alle beleidigt, werden total verstockt, und Sie kriegen keinen Ton mehr aus ihnen raus. Frau Lachmann hält es daher für sinnvoller, wenn Sie undercover ermitteln. Und sozusagen von Clown zu Clown ins Gespräch kommen. Ich denke auch, dass das schlau wäre. So können Sie die Clowns unauffällig aushorchen und viel mehr herausbekommen als bei einer offiziellen Befragung. Frau Lachmann und Frau Dinzig werden Sie morgen bei dem gemeinsamen Frühstück als einen Clown vorstellen, den die Agentur neu unter Vertrag genommen hat.«

»Also … ich, ähm, ich, öhm, weiß wirklich nicht, ob ich das … Bei dem Gedanken, ein Clownskostüm zu tragen, fühle ich mich doch äußerst, öhm …« Der Detektiv wird kreideweiß und macht den Eindruck, als würde er schlecht Luft bekommen.

»Die Verkleidung ist ideal«, sage ich. »Unter der Schminke und mit Perücke wird Sie kein Mensch erkennen.«

»Ja, aber, wo soll ich denn so schnell ein Kostüm hernehmen?«, startet Rory einen verzweifelten Versuch, die Clown-Nummer doch noch abzuwenden.

»Keine Sorge. Da hätte ich schon eine Idee«, lasse ich ihn abblitzen und wähle die Nummer von Charlotte Sprudel.

Rorys sonst so sanfte und zurückhaltende Freundin wirkt schwer genervt, als sie meinen Anruf entgegennimmt.

»Ja? Charlotte Sprudel«, brummt sie mürrisch in den Hörer.

»Ich bin es: Matilda. Mein lieber Mann! So schlecht gelaunt habe ich dich ja noch nie erlebt. Das hängt doch nicht etwa mit dem Besuch deiner Großtante zusammen?«

»Entschuldige bitte, Matilda. Ich wollte dir gegenüber nicht unhöflich sein«, wispert Charlotte betreten. »Aber mein Nervenkostüm ist gerade etwas dünn. Erst hat Tante Asta stundenlang darüber lamentiert, dass es zum Frühstück nur Himbeergelee und keine bittere Orangenmarmelade gab. Dann hat sie mir einen Vortrag darüber gehalten, dass ich meinen Haushalt nicht im Griff und keinen Sinn für Ordnung hätte. Und seit einer Stunde ist sie damit beschäftigt, die Bücher in meiner Bibliothek neu zu ordnen. Nach Farben. Aber warum rufst du an, Matilda?«

Ich schildere ihr die Situation und bitte sie: »Könntest du zu einem Geschäft für Kostümbedarf fahren und ein Clownskostüm in Rorys Größe besorgen? Und Schminke und eine Perücke? Und ein Paar von diesen großen Clown-Latschen?«

Bei der Vorstellung, Rory als Clown zu sehen, ereilt Charlotte ein mittelschwerer Kicheranfall. Es dauert ein Weilchen, bis sie sich wieder einkriegt und sagt: »Na klar. Besorge ich alles. Ich mache mich sofort auf den Weg. Ich bin froh, wenn ich einen Grund habe, Tante Asta mal für zwei Stunden entfliehen zu können.«

»Kannst du die Sachen morgen früh um halb zehn bei Rory vorbeibringen? Und ihn schminken?«, möchte ich wissen.

»Sicher. Soll ich ihm auch so eine große gepunktete Clown-Fliege besorgen? Frag ihn doch mal, ob er lieber rote oder blaue Punkte hätte.«

»Möchten Sie lieber eine Fliege mit roten oder blauen Punkten?«, gebe ich die Frage weiter.

Der Detektiv ringt aufgelöst die Hände und stottert. »Fliege? Ähm, äh, eigentlich möchte ich überhaupt keine …«

»Rote Punkte!«, sage ich zu Charlotte. »Bis morgen früh.« Dann wende ich mich Rory zu und verkünde frohgemut: »Sehen Sie? War doch überhaupt kein Problem. Und einen Künstlernamen für Sie habe ich mir auch schon überlegt. Was halten Sie von *Der scheue Schorchi*?«

Offenbar nicht besonders viel. Der schüchterne Detektiv seufzt tief, sinkt kraftlos in sich zusammen und macht ein Gesicht, als würde er gerne ein bisschen weinen.

Es dauert noch etwa fünfzehn Minuten, bis die an dem Unfall beteiligten Autos auf einen Abschleppwagen verladen sind und die Fahrbahn frei wird. Der Stau löst sich auf und wir können unsere Fahrt fortsetzen.

Die Amselgasse ist eine Sackgasse und liegt in einem beschaulichen Stadtviertel, in dem es, im Gegensatz zum *Pieselberg,* tatsächlich jede Menge Grün gibt. Beziehungsweise gäbe. Wenn wir August statt November hätten. Bäume am Straßenrand, Vorgärten mit Rosenbeeten, Hecken und Sträuchern. Die meisten Grundstücke werden von altmodischen Jägerzäunen eingegrenzt, auf vielen der schindelbedeckten Hausdächer hat sich Moos angesiedelt. Alles wirkt weitaus weniger schick als am *Pieselberg,* ist aber um Längen gemütlicher. Das Viertel passt zu einem Menschen wie Alexander Honnef, der es gerne entspannt und behaglich mag.

»Kann ich Sie an der Ecke rauslassen?«, bittet uns der Taxifahrer. »In der Gasse gibt es keine Wendemöglichkeit.« Der Mann blickt schwer verwirrt, als ich ihm ein Trinkgeld gebe, das doppelt so hoch ist wie der eigentliche Fahrpreis, und stottert: »Ich … ich glaube, Sie haben sich gerade vertan.«

»Nein, nein. Stimmt so«, lasse ich ihn wissen, worauf er strahlt, als hätte er beim Bingo gewonnen.

Hach, wie schön, denke ich. Es geht doch nichts darüber, auf Kosten anderer Leute freigiebig zu sein.

Cleverer wäre es allerdings gewesen, einen kleinen Teil von

Kati Keukens Vorschuss in den Kauf zweier Schirme zu investieren. Als wir an der Ecke zur Amselgasse aus dem Taxi steigen und uns auf den Weg zur Hausnummer 9, der Adresse von Timo Leusing, machen, regnet es noch immer in Strömen. Weshalb wir uns die Mäntel über die Köpfe ziehen und in verschärftem Tempo durch die schmale Gasse hasten. Doktor Herkenrath kann sich leider nichts über den Kopf ziehen. Nach wenigen Metern sieht er aus, als hätte man ihn durch einen Bach geschleift.

»Das Haus von Alexander Honnef!«, sage ich, als wir an der Nummer 5 vorbeikommen, und werfe im Vorbeigehen einen kurzen Blick auf das Grundstück, das etwas vernachlässigt wirkt. Am Jägerzaun fehlen ein paar Latten, im Vorgarten wuchert Unkraut, und das Haus könnte mal einen neuen Anstrich vertragen.

Rory hat es offenbar eilig, ins Trockene zu kommen. »Wir, öhm, werden Herrn Leusing fragen, ob wir uns später dort umsehen können«, murmelt er, wendet sich ab und will weitergehen – als ich eine Bewegung hinter einer Gardine im Erdgeschoss wahrnehme.

»Da ist jemand in Alexander Honnefs Haus!«, entfährt es mir überrascht.

»Ähm, bist du sicher?«, fragt der Detektiv, dem die Bewegung am Fenster entgangen ist.

»Hundertprozentig! Ich habe jemanden gesehen. Hinter dem Fenster ganz links«, entgegne ich aufgeregt.

»Also … schön. Dann sollte ich … Dann werde ich mal … Du und Doktor Herkenrath, ihr wartet hier. Sollte ich in fünf Minuten nicht zurück sein, dann …«

»Nein, nein, nein. Ich lasse mich doch nicht hier nass regnen. Ich komme mit. Versuchen Sie gar nicht erst, mich zurückzuhalten. Ist zwecklos.«

»Na gut«, stöhnt der Detektiv resigniert und öffnet das niedrige Gartentörchen. Geduckt rennen wir zum Haus.

Für Notfälle wie diesen hat Rory einen Dietrich, ein Einbruchswerkzeug, mit dem sich fast jedes Schloss öffnen lässt. Aber diesmal braucht er ihn gar nicht.

»Sehen Sie nur«, flüstere ich. »In der Haustür steckt ein Schlüssel!«

Der schüchterne Detektiv runzelt angesichts dieses Anblicks die Stirn, dann dreht er den Schlüssel behutsam im Schloss und wir schleichen auf leisen Sohlen ins Haus. Ich lege den Finger an die Lippen, um Doktor Herkenrath klarzumachen, dass er sich still verhalten soll. Da er schon mehrfach bei Ermittlungen dabei war, versteht er sofort, was ich von ihm will.

Rory und ich bewegen uns auf Zehenspitzen vorwärts und folgen dabei einer Spur aus schlammigen Schuhabdrücken. Aus einem Zimmer am Ende des Flurs ist lautes Poltern und Scheppern zu hören, dann ertönt ein explosionsartiges Niesen, gefolgt von einem lang gezogenen Schniefen und einer meckernden Stimme: »Verdammte Stauballergie!«

Neugierig recke ich den Kopf und werfe einen Blick in den Raum, bei dem es sich allem Anschein nach um Alexander Honnefs Wohnzimmer handelt. Es herrscht ein gehöriges Durcheinander. Die Schubladen eines Buffetschranks sind herausgezogen und durchwühlt worden, auf dem Parkett liegen aufgeschlitzte Sofakissen, aus denen die Schaumstofffüllung quillt. Dazwischen verteilen sich Hundespielzeug, Fotos, CDs, CD-Hüllen, Puzzleteile, Brettspielfiguren, Ansichtskarten und noch so einiges mehr.

Verantwortlich für dieses Chaos dürfte der klein gewachsene Mann mit lichtem Haar sein, der mit dem Rücken zu uns vor einem Bücherregal steht. Er trägt einen zerknitterten Trenchcoat und eine graue Stoffhose, deren Beine zu kurz sind und ihm nur bis zu den Knöcheln reichen. Sein rechter Fuß steckt in einem braunen, sein linker in einem schwarzen Schuh.

Der merkwürdig gekleidete Unbekannte ist damit beschäftigt, Bücher aus dem Regal zu ziehen und sie hektisch durchzublättern, so als hoffte er, zwischen ihren Seiten etwas zu finden. Anschließend stellt er die Bücher nicht etwa ins Regal zurück, sondern wirft sie achtlos auf den Boden.

»Darf ich fragen, was Sie da machen?«, sage ich mit weithin vernehmlicher Stimme.

Der Trenchcoat-Träger stößt einen Laut aus, der an das panische Piepen einer Maus erinnert. Er fährt hektisch herum und fegt dabei eine Lampe von einem Beistelltisch, die mit lauten

Krachen auf dem Parkett zersplittert. Doktor Herkenrath jault erschrocken auf und wirft sich flach auf den Boden.

Der Mann ist eine koboldhafte Erscheinung mit fusseligem dünnen Bart. Auf seiner Nase sitzt eine altmodische Hornbrille, deren rechter Bügel gebrochen und nur behelfsmäßig mit einem Pflaster repariert worden ist. Sein Hemd ist schief geknöpft, auf der grauen Krawatte sind zahlreiche Senf- und Soßenflecke zu bewundern.

Der Unbekannte stiert mich mit angstvoll aufgerissenen Augen an. Dann erblickt er den schüchternen Detektiv – und in seinem Gesicht macht sich ein Ausdruck der Erleichterung breit.

»Mensch, Rory. Das gibt es doch nicht! Wie lange ist das her? Fünf Jahre? Sechs Jahre?« Mit einem breiten Grinsen im Gesicht stolpert er auf den schüchternen Detektiv zu. »Schön, dich zu sehen, Junge«, kiekst er mit sich überschlagender Stimme, schlingt die Arme um Rory und drückt den Kopf gegen seine Brust.

~ 9 ~

Willst du sinnlos Geld verpulvern

Schüchterne haben es nicht so mit Umarmungen. Rorys Körper versteift sich, er schnappt nach Luft und guckt wie Doktor Herkenrath im Angesicht einer Eichhörnchen-Invasion.

»Hallo, öhm, Harry«, murmelt er verlegen. »Ich freue mich auch, dich zu sehen. Aber würde es dir sehr viel, ähm, Umstände machen, mich jetzt loszulassen?«

»Sie kennen sich?«, entfährt es mir perplex.

»Öhm, ja. Das ist, ähm ...«

»Harry Ulfern«, kräht der Mann und streckt mir die Hand entgegen. »Privater Ermittler. Auch bekannt als *der Detektiv mit dem todsicheren Instinkt.* Oder *die unfehlbare Schnüffelnase.* Und du bist?«

»Matilda Bond. Rorys Assistentin. Und das ist Doktor Herkenrath. Unser Spürhund.«

»Eine Assistentin und ein Spürhund. Sieh mal an. Läuft ja gut bei dir, Rory. Ich kann mir keine Mitarbeiter leisten.«

»Ach, öhm, das, ähm …«

»Woher kennen Sie beide sich denn?«, frage ich den koboldhaften Detektiv.

»Als Berufsanfänger hat Rory bei mir ein Praktikum gemacht«, lässt mich Harry Ulfern wissen und verkündet mit stolzgeschwellter Brust: »Ohne mich wäre er nicht der berühmte Detektiv geworden, der er heute ist. Hat sich eine Menge Tricks und Kniffe abgeguckt bei Harry, dem alten Detektiv-Fuchs. War es nicht so, Junge?«

»Ja, öhm, äh, sicher«, nuschelt Rory und blickt dabei konzentriert auf seine Schuhspitzen.

»Ich habe ihm beigebracht, was man in dem Beruf wissen muss«, erklärt Harry Ulfern selbstbewusst. »Wie man geheime Codes entschlüsselt. Wie man Alibis überprüft. Wie man eine Wohnung durchsucht, ohne dabei Spuren zu hinterlassen.«

»Wirklich?«, sage ich zweifelnd und betrachte die schlammigen Schuhabdrücke und das Chaos im Wohnzimmer. Viel mehr Spuren kann man eigentlich nicht hinterlassen.

»Tja, alles, was der Junge gelernt hat, hat er von mir gelernt«, kräht Rorys Bekannter. »Vor allem, was das Observieren von Verdächtigen betrifft. Darin bin ich nämlich Experte. Würde ich dich observieren, würdest du nicht das Geringste davon bemerken. Ich bin wie ein unsichtbarer Schatten.«

Ist dem Mann eigentlich klar, was für einen Blödsinn er redet? Als ob es unsichtbare Schatten gäbe. Aber ich will nicht klugscheißern und sage stattdessen: »Ich möchte die Wiedersehensfreude ganz bestimmt nicht trüben. Aber ich wüsste immer noch gerne, was Sie eigentlich hier tun.«

Harry Ulfern neigt den Kopf zur Seite und betrachtet uns aus zusammengekniffenen Augen. »Das Gleiche könnte ich euch fragen!«

»Wir ähm, wir ermitteln im Auftrag einer Journalistin«, erklärt Rory in sachlichem Ton. »Sie hat den Verdacht, dass Herrn Honnefs Unfall am Flora-Park gar kein Unfall war, sondern ein, öhm …«

»Ein Mordversuch!«, unterbricht Harry Ulfern den Detektiv mit aufgekratzter Stimme. »Genau deswegen bin ich auch hier.«

»Und in wessen Auftrag arbeiten *Sie*?«, will ich wissen.

»Timo Leusing hat mich engagiert, der Halbbruder von Alexander Honnef.« Harry Ulfern beugt sich zu uns vor und flüstert in verschwörerischem Ton: »Herr Leusing glaubt auch nicht an einen Unfall. Er hat mir berichtet, dass sich sein Halbbruder in letzter Zeit seltsam verhalten hat. So, als hätte er vor irgendjemandem oder vor irgendetwas Angst gehabt. Außerdem hat er Herrn Leusing gegenüber Andeutungen gemacht, dass in der Künstleragentur, für die er arbeitet, verdächtige Dinge vor sich gehen.«

»Tatsächlich?«, sage ich und tausche einen kurzen Blick mit dem schüchternen Detektiv.

Harry Ulfern pult sich mit dem Finger zwischen den Zähnen herum und erklärt uns: »Ich dachte mir, bevor ich die Agentur unter die Lupe nehme, sehe ich mich erst mal bei Herrn Honnef zu Hause um. Timo Leusing hat mir den Schlüssel für sein Haus gegeben und …«

»Den, ähm, hast du übrigens draußen stecken lassen«, merkt Rory schüchtern an.

Der fusselbärtige Detektiv läuft knallrot an. »Wirklich? Na ja, das … kann ja mal passieren. Jedenfalls … Ich habe alles gründlich durchsucht. Doch hier ist nichts, das darauf hindeutet, dass der Unfall von Herrn Honnef ein Mordanschlag gewesen sein könnte. Du kennst mich, Rory. Gäbe es hier eine Spur, dann wäre sie Harry, dem alten Adlerauge, nicht entgangen.«

»Und was ist damit?«, frage ich und deute zum Wohnzimmertisch. Gegen eine Vase lehnt gut sichtbar ein brauner DIN-A4-Umschlag, auf dem mit dicken Filzstift-Lettern geschrieben steht:

Unbedingt öffnen, falls mir etwas zustoßen sollte!
A. Honnef

»Oh!«, entfährt es Harry Ulfern und er wird schon wieder rot. »Den habe ich gar nicht … Kann ja mal passieren. Früher oder später hätte ich den natürlich noch …«

»Sicher«, sage ich. »Schließlich sind Sie ein Adlerauge.«

Rory ist währenddessen an den Tisch herangetreten. Behutsam öffnet er den Umschlag und zieht einen dicht beschriebenen Computer-Ausdruck heraus. Harry Ulfern und ich spähen dem Detektiv neugierig über die Schulter. Mit gerunzelter Stirn lese ich:

Clown-Aufträge

21.08. CLTT 25 000,–

03.09. CLWW 32 000,–

05.09. CLAA 28 000,–

16.09. CLDD 30 000,–

27.09. CLHH 35 000,–

Und so weiter und so weiter. Bis zum Ende der Seite. Eine Kolonne aus Zahlen und Buchstaben.

»Hmmh … Sehr mysteriös«, murmelt Harry Ulfern. »Sieht nach einem raffinierten Code aus. Wird nur schwer zu knacken sein.«

»Ich, öhm, denke, so mysteriös ist es gar nicht«, wendet Rory schüchtern ein. »Die erste Zahl dürfte ein Datum bezeichnen. Und bei der zweiten Zahl würde ich auf eine Geldsumme tippen.«

»Ja. Klar«, sagt Harry Ulfern. »Habe ich auch sofort vermutet. Wollte nur mal sehen, ob du wirklich was von mir gelernt hast, Rory. Aber was die Buchstaben bedeuten, bleibt natürlich ein Rätsel.«

»Nicht wirklich«, widerspreche ich. »Da die Überschrift

Clown-Aufträge lautet, dürfte das wiederkehrende *CL* für *Clown* stehen. Und die folgenden zwei Buchstaben könnten Abkürzungen für Clown-Namen sein. Von Clowns der *Agentur Lachmann: TT* könnte *Tapsiger Tommy* bedeuten. Oder *Torkelnder Toni.* Und bei *WW* denkt man doch sofort an die *Witzige Wanda.*«

Rory nickt bestätigend, während Harry Ulfern schwer verwirrt wirkt. »Dann ist das also nur eine Liste mit Honoraren, die die Clowns für ihre Auftritte an den entsprechenden Tagen bekommen haben?«, nuschelt er und kratzt sich ratlos am Kopf.

Ich rolle innerlich mit den Augen und sage: »Wohl kaum. Für einen Auftritt auf einem Kindergeburtstag oder einem Betriebsfest bekommt man bestimmt keine dreißigtausend Euro. Hier geht es um eine andere Art von *Aufträgen.* Vielleicht um Drogen. Oder um Schmuggelware. Oder um eine Erpressung.«

»War natürlich auch meine Vermutung«, quäkt Harry Ulfern. »Wollte nur mal sehen –«

»Schon klar. Sie wollten nur sehen, ob ich von selbst draufkomme.«

»Genau! Und was meinst du, Rory?«

Der schüchterne Detektiv kratzt sich am Hals und sagt zögerlich: »Ich, öhm, stimme Matilda zu. Allerdings hatte ich erwartet, etwas anderes zu finden. Wenn jemand auf einen Umschlag schreibt ›*Unbedingt öffnen, falls mir etwas zustößt*‹, sollte man doch denken, dass er eine etwas, ähm, eindeutigere Botschaft enthält. Etwa in der Art: *Wenn mir etwas passiert, dann ist XY dafür verantwortlich. Ich habe herausgefunden, dass er oder sie in ein Verbrechen verstrickt ist.* Stattdessen hinterlässt uns Herr Honnef diese Auflistung. Ein neues Rätsel, statt einer Lösung. Warum so, ähm, kompliziert?«

Harry Ulfern hat keine Lust, sich darüber den Kopf zu zerbrechen. »Hauptsache, eine Spur. Ich werde sie gleich mal Herrn Leusing zeigen«, kiekst er und zieht dem verblüfften Rory den Papierbogen aus der Hand. »Aber vorher gehe ich hier noch mal schnell aufs stille Örtchen.« Er dreht sich um und will zur Tür eilen, übersieht dabei aber Doktor Herkenrath, der hochbegabt darin ist, zur falschen Zeit am falschen Ort zu sein.

Mein Cockerspaniel winselt elendig, als der klein gewachsene Detektiv über ihn stolpert, einen schrillen Schrei ausstößt – und der Länge nach hinschlägt. Dabei fliegt seine Brille auf den Boden und aus den Taschen seines Trenchcoats fällt Kleingeld, das sich auf dem Parkett verteilt.

»Alles in Ordnung?«, frage ich und helfe ihm auf die Beine.

»Ja, ja. Kann ja mal passieren«, krächzt er, greift nach der verbogenen Brille, schiebt sie sich auf die Nase und beginnt, das Münzgeld einzusammeln.

»Hättest du etwas dagegen, wenn Matilda und ich dich zu Herrn Leusing begleiten würden?«, fragt Rory höflich an. »Wir wollten sowieso mit ihm sprechen.«

»Sicher. Kein Problem. Aber vorher müsste ich noch … Wie gesagt, es eilt ein bisschen«, kiekst Harry Ulfern, trippelt mit schnellen Schritten in den Flur hinaus und verschwindet im Badezimmer.

»Der Knilch ist wirklich Detektiv?«, sage ich, sobald er außer Hörweite ist, und blicke Rory ungläubig an. »Dem Mann fällt nicht mal auf, dass er verschiedenfarbige Schuhe trägt. Und auch sonst scheint er nicht gerade der cleverste aller Ermittler zu sein. Bei dem haben Sie Ihr Handwerk gelernt?«

Schüchternen ist es unangenehm, schlecht über andere Menschen zu sprechen. Der Detektiv windet sich verlegen und erklärt mit einem verschämten Lächeln: »Na ja … man kann es auch positiv betrachten. Immerhin habe ich durch das Praktikum bei ihm gelernt, wie man es, öhm, besser *nicht* macht. Ich möchte nichts Negatives über Harry sagen. Er ist ein netter Mensch. Auch wenn er in Detektiv-Kreisen dafür bekannt ist, seine Fähigkeiten ein wenig zu, ähm, überschätzen. Man muss ihm zugutehalten, dass er immer sehr bemüht ist. Bedauernswerterweise sind seine Bemühungen nur selten von Erfolg gekrönt. Und seine Bewertungen auf *sherlocks-erben.de* sind auch eher – wie soll ich sagen – mittelgut.«

Sherlocks-erben.de ist eine Webseite, auf der Auftraggeber die Dienste von Detektiven bewerten können. Da Harry Ulfern im Badezimmer beschäftigt ist, nutze ich die Gelegenheit, ziehe mein Smartphone aus der Manteltasche und sehe mir sein Profil auf der Seite an.

Das Ergebnis ist niederschmetternd. Ausschließlich Ein-Sterne-Bewertungen. Von den vernichtenden Kommentaren ganz zu schweigen. Da wimmelt es von Begriffen wie *Stümper, Dilettant, Versager, unfähig, unzuverlässig, untauglich* und *unqualifiziert.* Einer der Kunden berichtet, dass Harry Ulfern eingeschlafen ist, während er einen Verdächtigen in einem Bettengeschäft observieren sollte. Ein anderer ist erzürnt, weil der Detektiv während einer Ermittlung einen Rohrbruch verursacht und einen Keller unter Wasser gesetzt hat. Ein dritter schreibt: *Ein dressierter Schimpanse hätte wahrscheinlich mehr herausgefunden als dieser völlig überforderte Ermittler.* Ein weiterer Kommentar fasst die ganze Misere in einem Satz zusammen: *Willst du sinnlos Geld verpulvern, engagiere Harry Ulfern!*

Als der klein gewachsene Detektiv von der Toilette zurückkommt, hängt ein Hemdzipfel über seinen Hosenbund. Was er genauso wenig bemerkt wie den Umstand, dass der Schnürsenkel an seinem schwarzen Schuh offen ist.

»Dann wollen wir doch mal«, kräht er.

Wir verlassen das Haus, durchqueren den kleinen Vorgarten und bewegen uns schnellen Schrittes auf das Grundstück von Timo Leusing zu.

»Du weißt ja sicher noch, dass mir die besten Einfälle auf dem Klo kommen. Und gerade eben hatte ich eine Super-Idee«, quäkt Harry Ulfern. »Wo wir doch an der gleichen Sache dran sind, warum ermitteln wir nicht gemeinsam, Rory? Nicht, dass ich Hilfe bräuchte. Aber für euch junges Volk wäre es doch von Vorteil, wenn ihr von meiner Erfahrung profitieren könntet. Wenn ihr einverstanden seid, würde ich es Herrn Leusing gleich mal vorschlagen.«

Rory hüstelt verlegen und scheint angestrengt zu überlegen, wie sich dieser Vorschlag so höflich wie möglich zurückweisen lässt. Aber bevor er etwas sagen kann, antworte ich reaktionsschnell: »Das ist eine sehr gute Idee. Danke für das Angebot, Herr Ulfern.«

»Fantastisch!«, jubiliert der Kobold-Detektiv und reibt sich freudig die Hände. »Ulfern und Shy ermitteln zusammen. Ist ja wie in alten Zeiten.«

Rory guckt ganz verzweifelt, lässt seinen Kollegen ein paar Schritte vorgehen und flüstert mir ins Ohr: »Ich, ähm, halte das für keine besonders gute Idee. Wie gesagt: Harry ist ein netter Kerl. Aber ich befürchte, er wird mehr Schaden als Nutzen anrichten und unsere Ermittlung, ähm …«

»Er ermittelt doch sowieso in diesem Fall«, wispere ich. »Und wenn er das auf eigene Faust tut, ist zu befürchten, dass er uns früher oder später in die Quere kommt. Da ist es doch besser, wenn wir zusammenarbeiten. So haben wir ihn unter Kontrolle und können ihn mit irgendwas beschäftigen, bei dem er nicht sonderlich viel Unheil anrichten kann.«

»Oh«, macht der schüchterne Detektiv überrascht. »Ich muss schon sagen, Matilda, das ist ganz schön, äh …«

»Durchtrieben? Hinterlistig? Ausgebufft?«, schlage ich grinsend vor.

»Einigen wir uns auf, öhm, schlitzohrig«, entgegnet Rory und lächelt scheu.

Timo Leusing klappt vor Erstaunen die Kinnlade runter, als er die Haustür öffnet und nicht nur Harry Ulfern erblickt, sondern darüber hinaus eine Zwölfjährige, einen nassen Cockerspaniel und den berühmten schüchternen Detektiv.

»Rory Shy!«, stößt er verdattert hervor.

Alexander Honnefs Halbbruder hat einen eiförmigen Schädel, aus dem nur noch ein paar vereinzelte Haare sprießen. Im Gesicht sieht er ziemlich blass und käsig aus. Was vor allem deswegen ins Auge sticht, weil es in krassem Gegensatz zu seinem hochsommerlichen Outfit steht. Trotz des unfreundlichen Herbstwetters trägt er bunte Shorts und ein Hawaii-Hemd, dazu weiße Socken und Sandalen.

»Ich bringe Verstärkung mit«, quäkt Harry Ulfern und drängt sich an seinem verdutzten Auftraggeber vorbei durch die Tür. »Außerdem bin ich auf eine Spur gestoßen. Lassen Sie uns das im Wohnzimmer besprechen.«

»Ähm, ja, natürlich«, stammelt Timo Leusing, bittet Rory und mich ebenfalls ins Haus, wirkt aber noch immer aufs Höchste verwirrt und scheint sich zu fragen, was hier eigentlich vor sich geht.

Als ich das Wohnzimmer betrete, bricht mir schlagartig der Schweiß aus. Alle Fenster sind geschlossen, die Vorhänge zugezogen, die Heizung bis zum Anschlag aufgedreht. Ich kann gar nicht schnell genug aus meinem Mantel kommen, fächele mir mit den Händen Luft zu und blicke mich erstaunt um.

Timo Leusing hat sich in seiner guten Stube ein kleines, künstliches Südsee-Paradies zusammengebastelt: Aus den Lautsprechern eines Sound-Systems ertönen künstliches Meeresrauschen und leise Ukulelen-Klänge. Eine Wand des Wohnzimmers ist mit einer Fototapete geschmückt: weißer Sandstrand, Palmen, türkisgrünes Meer. Statt Couch und Sessel gibt es Korbstühle aus Bambus, im Raum verteilt stehen Zimmerpalmen und exotische Pflanzen. Auf einem niedrigen Wohnzimmer-Buffet findet sich neben mehreren Kokosnüssen eine Sammlung ausgefallener Muscheln, über der Tür hängt ein Blumenkranz. Bei dem Anblick wundert man sich natürlich auch nicht mehr darüber, dass der Hausherr im Hawaiihemd durch die Gegend läuft.

In einer Zimmerecke steht ein Aquarium, in dem schillernd bunte Fische schwimmen. Doktor Herkenrath zieht zunächst furchtsam den Kopf ein, aber dann siegt die Neugier über seine Angst. Er wagt sich vorsichtig aus der Deckung, hockt sich (in gebührendem Sicherheitsabstand) vor das Wasserbehältnis, legt den Kopf schief und beobachtet die exotischen Meerestiere mit einer Mischung aus Furcht und Faszination.

Als Timo Leusing meinen verwunderten Blick bemerkt, wird er verlegen und wirkt peinlich berührt. »Ich … ich habe eine kleine Schwäche für die Südsee«, offenbart er mir mit einem verschämten Lächeln und bittet uns, in den Bambusstühlen Platz zu nehmen, während er ein paar Reiseprospekte zur Seite räumt. »Als junger Mann habe ich davon geträumt, nach Polynesien auszuwandern. Ist leider nichts draus geworden. Na ja …«, er zuckt mit den Schultern und lächelt unsicher, »… dafür habe ich mir eben ein kleines Stückchen Südsee ins Wohnzimmer geholt. Aber …« Herr Leusings Gesicht nimmt einen beunruhigten Ausdruck an, er zupft nervös am Kragen seines Hawaiihemdes herum und sein Blick wandert ratlos zwischen Rory, mir und Harry Ulfern hin und her. »Im Moment bin ich etwas irritiert. Darf ich fragen …?«

»Die Sache ist die, Herr Leusing«, kräht Harry Ulfern. »Rory und ich kennen uns von früher. Er und seine Mitarbeiterin, Frau Bond, wären bereit, mir bei der Ermittlung im Fall Ihres Bruders zu assistieren. Ich nehme mal stark an, das wäre auch in Ihrem Sinne, oder?«

»Oh …«, macht Timo Leusing überrascht, fährt sich mit den Fingern durch sein spärliches Haar und sagt zu dem schüchternen Detektiv: »Ich danke Ihnen vielmals für Ihr Angebot. Aber ich fürchte … das geht nicht. Ich habe Herrn Ulfern ja vor allem … also, unter anderem deswegen engagiert, weil sein Honorar nicht so hoch ist. Und weil er mit diesem Sonderangebot geworben hat: Zwei Observierungen zum Preis von einer. Ich befürchte, einen so berühmten Detektiv wie Sie kann ich mir einfach nicht leisten.«

»Darüber, äh, müssen Sie sich keine Gedanken machen«, beruhigt ihn Rory. »Matilda und ich arbeiten im Auftrag von Kati Keuken an diesem Fall. Wir beziehen unser Honorar von ihr. Es wäre einfach so, dass wir unsere Ermittlung mit der von Herrn Ulfern zusammenlegen würden.«

»Kati Keuken? Diese Fernsehjournalistin mit der schrillen Stimme?«, entfährt es Timo Leusing verblüfft. »Was hat die mit Alexanders Unfall zu tun? Ich verstehe nicht …«

Worauf ich ihn umfassend ins Bild setze.

Nachdem ich geendet habe, wirkt Herr Leusing völlig geschockt. »Alexander war mit Kati Keuken verabredet, um ihr von seltsamen Vorgängen in der Agentur zu berichten?«, murmelt er fassungslos. »Und er wurde von einem Clown angefahren?« Er schluckt, kratzt sich an der Schläfe und sagt mit leiser Stimme: »Dann hatte ich also mit meiner Vermutung recht. Es war kein Unfall, sondern ein Anschlag auf Alexanders Leben. Ich … hatte es schon befürchtet. Deswegen habe ich Herrn Ulfern engagiert.«

»Und wieso hatten Sie den Verdacht, dass es kein Unfall war?«, möchte ich wissen.

»Alex wirkte in letzter Zeit verängstigt und nervös«, sagt Timo Leusing zögerlich. »Jedes Mal, wenn wir unsere Großtante Agnes besuchen fuhren, hat er während der Fahrt unaufhörlich in den Rückspiegel geschaut. Als fürchtete er, verfolgt zu werden. Und er hat mir gegenüber … Andeutungen gemacht.« Alexander Honnefs Halbbruder blinzelt nervös und streicht sich mit der Hand über die eiförmige Glatze.

»Worüber?«, will ich wissen.

»Darüber, dass in der *Agentur Lachmann* seltsame Dinge vor sich gingen. Und dass Clowns eine Rolle dabei spielen würden.«

»Konkreter ist er nicht geworden?«, bohre ich nach.

»Nein.« Timo Leusing schüttelt den Kopf. »Wenn ich nachgefragt habe, hat er immer dichtgemacht und gesagt: ›Es ist besser, wenn du nicht zu viel weißt, Timo. Ich will dich nicht auch noch in Gefahr bringen. Die haben ihre Leute überall.‹«

Rory und ich tauschen einen kurzen wissenden Blick. *Die haben ihre Leute überall.* Genau das hat Alexander Honnef auch Kati Keuken gegenüber behauptet.

»Und jetzt sehen Sie mal, was ich im Haus Ihres Halbbruders gefunden habe«, krächzt Harry Ulfern und präsentiert Timo Leusing den Computerausdruck mit den Daten und Geldsummen.

Genaugenommen habe ich den Papierbogen gefunden. Und

viel zu finden, gab es dabei nicht, weil der Umschlag weithin sichtbar auf dem Wohnzimmertisch stand. Aber das ist nicht der Moment, um kleinlich zu sein.

»Dieser Ausdruck könnte ein Beleg dafür sein, dass Sie mit Ihrer Vermutung richtigliegen. Wir, öhm, wissen noch nicht genau, was es damit auf sich hat, aber auch bei diesen Daten scheint es einen Zusammenhang zu den Clowns der Agentur zu geben«, merkt Rory an, während Timo Leusing mit gerunzelter Stirn auf das Blatt blickt. »Und, ähm, eine Sache wäre da noch: Ich will Sie nicht beunruhigen, aber ... wenn Ihr Halbbruder tatsächlich einem Verbrechen auf die Spur gekommen ist, dann ist es sehr wahrscheinlich, dass der Täter erneut versuchen wird, ihn zum Schweigen zu bringen.«

»Um Gotteswillen! Daran habe ich noch gar nicht gedacht«, entfährt es Timo Leusing erschrocken.

»Aber Sie, ähm, müssen sich deswegen keine Sorgen machen«, erklärt der schüchterne Detektiv. »Wir haben jemanden damit beauftragt, vor Herrn Honnefs Krankenzimmer Wache zu stehen. Er ist in Sicherheit.«

»Oh, ja, das ... das ist gut«, murmelt Timo Leusing und wirkt erleichtert.

»Sie haben gestern Abend durch das Krankenhaus erfahren, dass Ihr Halbbruder angefahren wurde?«, frage ich.

»Ja«, antwortet Herr Leusing mit matter Stimme. »Alexander hatte einen Kalender bei sich, in dem er mich als Notfall-kontakt eingetragen hatte. Ich wollte gerade zur Arbeit, als der Anruf kam.«

»Was machen Sie denn beruflich?«, hake ich ein und blicke ihn neugierig an.

»Ich arbeite für eine Pizzeria. Als Pizza-Bote. Aber nachdem ich den Anruf vom Krankenhaus bekommen hatte, habe ich mich krankgemeldet. Ich konnte einfach nicht … ich stand völlig unter Schock. Ich habe es gerade noch geschafft, Alexanders Arbeitgeberin und seine Ex-Frau darüber zu informieren, was passiert war – ich fand, sie sollten auch wissen, was ihm zugestoßen war – und dann saß ich nur noch da und … und habe am ganzen Körper gezittert.« Timo Leusing lächelt traurig und sagt mit brüchiger Stimme: »Alex und ich stehen uns sehr nahe. Wir haben verschiedene Väter und sind nur Halbbrüder. Aber für mich war er immer mein kleiner Bruder. Ich fühle mich verantwortlich für ihn. Und seit Jessica sich von ihm getrennt hat, ist unser Kontakt noch intensiver geworden. Alex fühlt sich doch recht einsam. Und es macht ihm schwer zu schaffen, dass Jessica ihn wegen des Sorgerechts um ihren Hund –«

»Ja, wir kennen das *Tiffy-Problem*«, sage ich. »Wir haben bereits mit Jessica Honnef und ihrem Lebenspartner gesprochen.«

»Ach, diese Frau«, seufzt Timo Leusing. »Ich fand nie, dass sie und Alex zueinander passten. Ständig hat sie an ihm rumgekrittelt. Von morgens bis abends. Egal, was er getan hat: Für sie war es nie gut genug. Und dann hat sie nach der Scheidung diesen Streit um Tiffy angezettelt und –«

Ein Handyklingeln unterbricht Timo Leusing. »Das ist meine Großtante Agnes«, sagt er nach einem kurzen Blick auf das Display. »Da muss ich rangehen. Entschuldigen Sie bitte.« Er dreht sich zur Seite und nimmt das Gespräch an. »Hallo, Tante Agnes. Nein, nein. Noch nichts Neues. Alexander ist weiterhin nicht ansprechbar. Aber die Ärzte sagen, dass er vollständig genesen wird. Ja, ja … natürlich verstehe ich, dass du dir trotzdem Sorgen machst. Ja, sicher. Ich komme nachher bei dir vorbei, Tante Agnes. Bis dann.« Er legt auf und erklärt uns: »Großtante Agnes lebt in einem Seniorenheim. Alex und ich sind ihre einzigen Verwandten. Die Nachricht, dass er angefahren wurde, hat sie schwer getroffen. Dabei ist sie ohnehin schon sehr schwach und kränklich. Von meinem Verdacht habe ich ihr erst gar nicht erzählt. Um sie nicht noch mehr aufzuregen. Sie glaubt nach wie vor, dass es ein Unfall war.« Timo Leusing blickt fragend zu Rory und Harry Ulfern und möchte von ihnen wissen: »Wie werden Sie bei der Ermittlung weiter vorgehen?«

Worauf Harry Ulfern das tut, was alle Leute tun, die keinen Plan haben, aber den Eindruck erwecken möchten, als hätten sie einen. Er ergeht sich in Formulierungen, die zwar höchst professionell klingen, im Grunde aber gar nichts aussagen: »Erst mal werden wir einen detaillierten Plan entwickeln und eine

Strategie festlegen«, versichert er großspurig. »Dann werden Rory und ich uns eng miteinander abstimmen und unsere gemeinsame Vorgehensweise abklären. Anschließend werden wir eine zielgerichtete detektivische Operation einleiten und Maßnahmen zur Überführung des Täters ergreifen.«

»Ach, ja?«, sagt Herr Leusing und wirkt stark verwirrt. »Und was bedeutet das genau?«

»Ist doch klar. Genau bedeutet das ... Also, es bedeutet, dass ...« Hilfe suchend blickt Harry Ulfern zu dem schüchternen Detektiv. »Rory?«

»Ich, öhm, werde morgen früh an einem Treffen der Clowns in der Agentur teilnehmen«, erklärt der Detektiv in zuvorkommendem Ton. »Dabei erhoffe ich mir Hinweise darauf, wer einen Grund haben könnte, Ihrem Halbbruder nach dem Leben zu trachten.«

»Gute Idee«, quäkt Harry Ulfern. »Die hätte auch von mir sein können.«

»Und welche Aufgabe übernehmen *Sie* dabei?«, will Timo Leusing wissen und schaut den fusselbärtigen Detektiv fragend an.

»Ich werde die gesamte Operation verantwortlich leiten und den Einsatz koordinieren«, behauptet Harry Ulfern, springt energiegeladen aus dem Korbstuhl auf – und liegt im nächsten Moment schon wieder auf der Nase. Diesmal ist allerdings nicht Doktor Herkenrath dafür verantwortlich, sondern der offene

Schnürsenkel. »Hoppala. Kann ja mal passieren«, nuschelt der Detektiv, während Rory und ich ihm auf die Beine helfen.

»Sind Sie sicher, dass Koordination Ihre starke Seite ist?«, frage ich etwas spöttisch – und ernte dafür einen giftigen Kobold-Blick.

Wir verabschieden uns von Timo Leusing und versprechen, ihn über die Ermittlung auf dem Laufenden zu halten.

Erst als wir an der Tür sind, fällt mir auf, dass jemand fehlt. »Doktor Herkenrath!«, rufe ich und renne zurück ins Wohnzimmer.

Mein Cockerspaniel hat von unserem Aufbruch nichts mitbekommen. Er sitzt wie hypnotisiert vor dem Aquarium, beobachtet mit fasziniertem Schiele-Blick, wie die bunten Meerestiere durch das Wasser gleiten, und macht den Eindruck, als würde er sich am liebsten gar nicht mehr von dort fortbewegen.

Merke: Er ängstigt sich weitaus weniger vor anderen Lebewesen, wenn sich zwischen ihm und ihnen eine dicke Glasscheibe befindet. Und wenn sie nicht durch Lungen, sondern durch Kiemen atmen.

~ 10 ~
Frau Zeigler wird rot

Als wir draußen auf den Stufen vor der Tür stehen, verkündet Harry Ulfern nach einem Blick auf seine Armbanduhr: »Höchste Zeit, um Feierabend zu machen. Außerdem habe ich einen Wolfshunger. Hab den ganzen Tag noch nichts gegessen. Wollt ihr nicht mitkommen? Ich kenne eine Imbissbude, gleich da vorne um die Ecke, die haben ein erstklassiges Schaschlik. Wir könnten beim Essen ein bisschen über die guten alten Zeiten quatschen, Rory.«

»Ähm, das ist … gerade nicht so günstig. Wir, öhm, haben noch zu tun. Vielleicht ein anderes Mal, Harry.«

»Schade. Aber da kann man natürlich nichts machen, Junge. Dann sehen wir uns morgen früh in der *Agentur Lachmann*.« Er schiebt seine ramponierte Brille ein Stück die Nase hoch und will davoneilen, aber ich halte ihn am Ärmel seines Trenchcoats fest und sage:

»Genaugenommen sehen wir uns *nicht* in der Agentur.«

»Wieso nicht?«, quäkt er und guckt reichlich begriffsstutzig drein.

»Es wäre sinnvoller, wenn wir uns aufteilen und verschiedene Aufgaben übernehmen würden«, lasse ich ihn wissen. »Und für Sie hat Rory sich einen Spezialauftrag überlegt. Sie haben es bei unserem Gespräch mit Herrn Leusing ja schon mitbekommen: Alexander Honnef liegt mit seiner Ex-Frau im Streit, wegen des Sorgerechts um ihren Hund. Natürlich deutet vieles darauf hin, dass der Anschlag auf Herrn Honnef mit Vorgängen in der Agentur zu tun hat, aber wir können auch nicht ausschließen, dass seine Ex-Frau hinter allem steckt. Deswegen ist es von höchster Wichtigkeit, dass wir Frau Honnef und ihren neuen Lebenspartner, Herrn Graumaus, im Auge behalten. Ist es nicht so, Rory?«

»Äh, ja, öhm, unbedingt.«

»Und wer wäre dafür besser geeignet als Sie«, schmiere ich Harry Ulfern Honig ums Maul. »Wo Sie doch ein Spezialist für Observierungen sind.«

»Ja, das ist natürlich wahr«, entgegnet er und wirft sich stolz in die Brust.

»Die Adresse lautet *Am Pieselberg 37c*«, lasse ich den klein gewachsenen Detektiv wissen. »Behalten Sie das Grundstück im Auge. Und wenn *Bärchen* und *Schneckchen* … Also, ich meine, wenn Frau Honnef und Herr Graumaus das Haus verlassen, folgen Sie ihnen unauffällig und halten uns auf dem

Laufenden darüber, was die beiden tun. Hier ist meine Handynummer.«

»Verstehe«, nuschelt Harry Ulfern, knüllt den Zettel mit meiner Nummer zusammen, steckt ihn in die Tasche seines Trenchcoats und zwinkert Rory verschwörerisch zu. »*Operation Pieselberg* läuft. Du kannst dich auf Harry, die alte Spürnase, verlassen, Junge. Die beiden werden nicht das Geringste davon mitkriegen, dass ich sie observiere. Ich bin bei so was hochprofessionell und mit allen detektivischen Wassern gewaschen. Ich bin – «

»Ich weiß«, unterbreche ich seine Eigenlob-Arie. »Sie sind ein unsichtbarer Schatten. Deswegen sind wir ja auch so unglaublich froh, dass wir in dieser Sache auf Sie zählen können.«

»Na, also«, sage ich zu Rory, nachdem Harry Ulfern in Richtung Imbissbude davongewackelt ist. »Damit ist er fürs Erste beschäftigt und wir müssen nicht befürchten, dass er uns bei unserer Ermittlung dazwischenfunkt.«

Ich rufe uns ein Taxi, das innerhalb weniger Minuten eintrifft. Nachdem wir auf der Rückbank des Wagens Platz genommen haben, telefoniere ich mit Amadeus, der aber nichts Neues aus dem Krankenhaus zu vermelden hat. Herr Honnefs Zustand ist unverändert.

Anschließend wähle ich die Nummer von Kati Keuken, um sie über den aktuellen Stand unserer Ermittlung in Kenntnis zu setzen. Dazu kommt es aber nicht, weil die Journalistin rumzickt und darauf besteht, mit Rory persönlich zu sprechen.

»Wenn der Sender schon ein so großzügiges Honorar zahlt, ist es ja wohl nicht zu viel erwartet, die Informationen von dem schüchternen Detektiv höchstpersönlich zu bekommen.«

»Sie verlangt, mit Ihnen zu sprechen«, sage ich, rolle mit den Augen und übergebe das Smartphone an den Detektiv.

Er räuspert sich nervös und stottert: »Ähm, hallo, Frau, öhm, Keuken.«

»Hallo, Rory«, schnurrt es aus dem Hörer. »Ihre Nichte sagte mir, dass Sie Informationen für mich hätten?«

»Ähm, ja, ich ...«

»Das müssen wir doch nicht am Telefon besprechen«, sagt die Journalistin mit rauchiger Stimme. »Wie wäre es, wenn wir beide essen gingen? Dann könnten Sie mir in aller Ruhe Bericht erstatten. Sagen wir, in zwei Stunden? Im Restaurant *La Mer*? Bei einem Dinner mit Kerzenlicht? Die Austern dort sind hervorragend.«

»Ähm, leider bin ich gegen Austern allergisch. Und gegen, ähm, Kerzen auch«, versucht Rory verzweifelt, aus der Nummer rauszukommen.

Aber so schnell gibt Kati Keuken nicht auf. »Dann nehmen Sie doch ein paar Jakobsmuscheln«, schlägt sie vor. »Die sind auch sehr zu empfehlen.«

»Öhm, dagegen bin ich bedauerlicherweise auch ... Und eigentlich habe ich auch gar keine Zeit, weil ich ja auf meine Nichte aufpassen muss, und ... Also, ich würde das doch lieber telefonisch machen. Wenn es Ihnen keine, ähm, Umstände ...«

»Ganz wie Sie wollen«, sagt die Journalistin, klingt dabei aber ziemlich eingeschnappt.

Rory berichtet ihr von unserem Besuch in der *Agentur Lachmann,* erzählt ihr, dass Alexander Honnef seinem Halbbruder gegenüber angedeutet hat, dass etwas in der Agentur nicht mit rechten Dingen zugeht, und informiert sie über die Liste mit den Daten und Geldsummen, die wir im Haus des Unfallopfers gefunden haben.

»Scheint also, als hätte ich mit meiner Vermutung recht gehabt«, befindet Kati Keuken, wirkt aber noch immer beleidigt. Offenbar kann sie es nur schwer verschmerzen, dass der Detektiv ihre Einladung zu einem romantischen Dinner ausgeschlagen hat.

»Leider wissen wir noch nicht, was genau es mit dieser Liste auf sich hat«, fährt Rory fort. »Aber vielleicht sehen wir schon bald klarer. Ich ähm, werde morgen früh die Clowns der *Agentur Lachmann* befragen. Und natürlich auch ihre Alibis überprüfen.«

Dass er dabei ein Clownskostüm tragen wird, verschweigt er schamvoll.

»Schön«, sagt die Journalistin in unterkühltem Ton. »Melden Sie sich, wenn Sie mehr wissen. Wiederhören.«

Rory gibt mir das Handy zurück und sagt nach kurzem Überlegen: »Die Aussage von Herrn Leusing und diese Liste weisen eindeutig darauf hin, dass der Anschlag tatsächlich mit der Agentur zu tun hat. Aber hätten wir dann nicht auf einen Hinweis stoßen müssen? Und ich finde es noch immer merkwürdig, dass Herr Honnef sowohl seinem Halbbruder gegenüber wie auch im Gespräch mit Kati Keuken die Möglichkeit einer Verschwörung ins Spiel gebracht hat. Ich halte es ja für durchaus möglich, dass einer oder mehrere der Clowns in ein Verbrechen verstrickt sein könnten. Aber *›Die haben ihre Leute überall‹* klingt nach einer groß angelegten Verschwörung. Und das kann ich mir wiederum nur sehr schwer vorstellen. Außerdem frage ich mich immer noch, warum er uns, statt eines klaren Hinweises auf den oder die Täter, nur die mysteriöse Liste hinterlassen hat. Irgendwie … fällt es mir schwer, in alldem eine Ordnung zu erkennen.«

Da muss ich dem Detektiv leider recht geben. Ich bin genauso ratlos wie er. Kriminalfälle kann man mit einem Puzzle vergleichen. Hat man erst mal begonnen zu ermitteln, fügt sich normalerweise ein Teil ins andere, bis sich schließlich ein Gesamtbild ergibt. Aber bei diesem Fall wirkt es, als wären mehrere Puzzleteile schadhaft und würden einfach nicht zu den anderen passen. Oder als hätte jemand ein paar Teile eines anderen Puzzles ins Spiel geschmuggelt.

»Warten wir ab, was die morgige Undercover-Aktion bei den Clowns ergibt«, sage ich und versuche, dabei aufmunternd zu klingen.

»Erinnere mich nicht daran«, wispert Rory und stöhnt schmerzlich auf. »Ich versuche die ganze Zeit über, den Gedanken daran zu verdrängen: ich als Clown. Und dann auch gleich noch mit zwölf anderen Clowns in einem Raum.« Der Detektiv zieht seinen Mantel enger um sich, ihn scheint es zu frösteln. Doktor Herkenrath betrachtet ihn mit schielendem Blick und fiept mitfühlend.

»Sie müssen ja nicht mit allen zwölf reden«, mache ich Rory Mut. »Eigentlich müssen Sie sich nur auf die drei Clowns konzentrieren, die Herrn Honnefs Telefonat mit Kati Keuken mitanhören konnten.« Ich habe die Namen schon wieder vergessen und muss mein Notizbuch zurate ziehen. »Der *Lallende Leopold*, der *Torkelnde Toni* und die *Witzige Wanda.*«

»Drei Clowns sind natürlich besser als zwölf Clowns. Aber noch immer drei Clowns zu viel«, stöhnt der Detektiv und seufzt – als mich ein plötzlicher Geistesblitz ereilt.

»Vielleicht müssen wir uns aber auch nur mit *einem* Clown beschäftigen«, schießt es aus mir heraus.

Rory blickt mich verdattert an. »Ich, ähm, verstehe nicht …«

»Frau Zeigler!«, lege ich in jubilierendem Ton nach.

»Öhm, ich … Würde es dir sehr viel ausmachen, nicht in Rätseln zu sprechen, Matilda?«

»Frau Zeigler war doch Zeugin des Unfalls«, erkläre ich. »Beziehungsweise des Anschlags. Sie hat beobachtet, dass ein Clown am Steuer des Wagens saß. Und jetzt schauen Sie doch mal.« Ich nehme mein Smartphone, rufe die Seite der Agentur auf und deute auf die Fotos der Clowns. »Die sehen ja nicht alle gleich aus. Die *Witzige Wanda* trägt eine rote Perücke und einen gelben Overall mit roten Pompons. Der *Lallende Leopold* hat eine Glatze und steckt in einem Ringelpulli. Und der *Torkelnde Toni* hat so seltsame blaue Haarbüschel. Ich werde Frau Zeigler die Porträts zeigen. Wenn wir Glück haben, erinnert sie sich an Einzelheiten und kann den Fahrer des Wagens identifizieren. Dann haben wir den Täter oder die Täterin und müssen ihm oder ihr die Tat nur noch nachweisen.«

Rory wirkt ziemlich baff. »Ja, das könnte tatsächlich funktionieren«, murmelt er verdutzt.

Frau Zeigler, die ja glaubt, ich hätte heute Nachmittag mit Klassenkameraden Mathe gelernt, würde sicherlich misstrauisch werden, wenn sie mich aus einem Taxi steigen sähe. Weswegen ich den Fahrer bitte, ein Stück unterhalb unseres Grundstücks zu halten. Ich scheuche Doktor Herkenrath aus dem Wagen, übergebe Rory den Spesen-Vorschuss von Kati Keuken und verabschiede ihn mit den Worten: »Seien Sie nicht knauserig mit dem Trinkgeld. Ich rufe Sie an, falls bei der Sache mit den Clown-Fotos was rauskommt. Bis dann.«

Leider erweist sich mein schlauer Plan als Flop.

Dabei gehe ich die Sache eigentlich ganz geschickt an und plaudere während des Abendessens (es gibt Eier in Senfsoße) erst mal unverfänglich über dieses und jenes, bevor ich das Gespräch ganz behutsam in Richtung des gestrigen Unfalls lenke.

Bei dem Thema stoße ich allerdings sofort auf Granit. Frau Zeigler ist noch immer beleidigt, weil ich ihr die Clown- und Christenfisch-Geschichte nicht abgenommen habe. Augenblicklich verfinstert sich ihre Miene und sie knurrt: »Warum sollte ich noch mal davon erzählen? Damit du dich wieder über mich lustig machen kannst?«

»Nein, nein. Ich …«

»Keine Chance. Das Thema ist für mich durch«, sagt Frau Zeigler und reckt entschlossen das Kinn vor. »Ich habe auch meinen Stolz, Kind!«

So viel zu meiner tollen Ermittlungsidee. Jeden weiteren Versuch kann ich mir sparen. Wenn Frau Zeigler *Nein* sagt, heißt das *Nein.* Und wenn sie beleidigt ist, ist sie erst mal beleidigt. In so einem Fall helfen tatsächlich nur noch Nusspralinen. Aber an die habe ich dummerweise nicht gedacht.

Eine Stunde später hocke ich im Schneidersitz auf meinem Bett, streichele Doktor Herkenrath über den Kopf und grübele noch immer darüber nach, wie ich Frau Zeigler dazu bringen könnte, sich die Clown-Fotos anzusehen. Die einzige Lösung, die mir einfällt, ist leider keine Lösung: Ich müsste ihr offenbaren, dass der Unfall in Wirklichkeit ein Anschlag war, dass ich mit dem schüchternen Detektiv in dem Fall ermittle, und dass ihre Mithilfe dazu beitragen könnte, den Täter zu identifizieren. Was aber nicht geht. Wenn Frau Zeigler von meiner Zusammenarbeit mit Rory erführe, würde sie nichts Eiligeres zu tun haben, als Papa und Mama davon zu berichten. Schneller als man *Verbrechensbekämpfung* sagen könnte. Und das wäre das Ende meiner detektivischen Karriere.

Während ich mich noch mit diesem Dilemma herumschlage, klingelt mein Handy. Es ist Mama, die sich nach meinem Befinden erkundigt, um anschließend ihrem Unmut über Großtante Wally Luft zu machen: »Statt dankbar zu sein, dass Papa und ich ihr beim Umzug helfen, kommandiert sie mich rum, als wäre ich ihre Bedienstete. Egal, was ich mache – es ist immer falsch. Und du glaubst nicht, wie viele Kartons wir schon gepackt haben. Diese Frau hebt alles auf. Und nichts davon darf weggeworfen werden. Obwohl sie das Zeug nie mehr brauchen wird. Gestern hatte ich endgültig genug und habe einen Stapel fünfzig Jahre alter Fernsehzeitungen ins Altpapier entsorgt. Darüber war sie so aufgebracht, dass sie mich seitdem ignoriert und kein Wort mehr mit mir redet.« Trotz ihres Ärgers muss Mama lachen. »Na ja, so habe ich wenigstens Ruhe vor ihr und muss mir ihr dauerndes Genörgel nicht mehr anhören. Im Gegensatz zu deinem armen Vater. Sie textet ihn unaufhörlich zu und beschwert sich bei ihm über alles und jeden. Besonders über mich.« Mama imitiert Tante Wallys nervende Meckerstimme und krächzt: *»Ach, lieber Thomas, wenn ich dich nicht hätte. Aber du solltest deiner Frau dringend klarmachen, dass sie meine Besitztümer nicht einfach wegwerfen kann. Was für eine Rücksichtslosigkeit! Vielleicht möchte ich die Zeitungen ja eines Tages noch mal lesen. Ach, übrigens habe ich deine Jugendfreundin neulich wieder getroffen. Sie lässt dich schön grüßen. Möchtest du sie nicht vielleicht doch mal anrufen?«*

»Du hast mein volles Mitgefühl«, versichere ich Mama kichernd. »Halte durch!«

Nachdem ich mich von ihr verabschiedet und aufgelegt habe, sitze ich nachdenklich da, während das, was sie gesagt hat, in meinem Kopf nachhallt: *»Mit mir redet Tante Wally kein Wort. Aber deinen Vater textet sie unaufhörlich zu.«*

Und da wird mir plötzlich klar, wie sich das Problem mit Frau Zeigler lösen lässt. Mit mir will sie nicht über den Unfall sprechen. Aber ich weiß, mit wem sie reden wird!

Hastig nehme ich mein Smartphone und wähle die Nummer der Detektiv-Agentur.

»Ja, öhm, Shy?«

»Frau Zeigler weigert sich, mir mehr über den Unfall zu erzählen«, lege ich ohne lange Vorrede los. »Aber ich weiß, wie wir sie zum Reden bringen. Passen Sie auf, wir machen es folgendermaßen …«

»Matilda, komm endlich in die Puschen!«, brüllt Frau Zeigler aus der Küche zu meinem Zimmer hoch. »Es ist schon halb acht. Höchste Eisenbahn! Oder willst du zu spät in die Schule kommen?«

»Ich habe noch Zeit. Erste Stunde fällt aus«, schreie ich in gleicher Lautstärke zurück – als es an der Haustür klingelt.

Na bitte. Pünktlich auf die Minute. Ich hocke mich auf den oberen Treppenabsatz und spähe neugierig zwischen den Geländerstreben hindurch in den Flur.

»Himmel! Wer klingelt denn da in aller Herrgottsfrühe?«, moppert Frau Zeigler, stapft mit verärgertem Gesichtsausdruck zur Tür, reißt sie weit auf – und erstarrt im nächsten Moment zu einer Salzsäule. Dass es Frau Zeigler die Sprache verschlägt, kommt nur selten vor. Aber in diesem Moment bringt sie keinen Ton raus. Mit offen stehendem Mund stiert sie auf den frühen Besucher.

»Guten, ähm, Morgen«, wispert Rory verlegen. »Ich nehme an, ich habe das Vergnügen mit Frau Annemone Zeigler? Es ist mir aufs Höchste unangenehm, Sie in aller Frühe belästigen zu müssen. Ich bin, öhm –«

»Rory Shy«, krächzt Frau Zeigler und läuft knallrot an. »Ja, das ist ja mal eine Überraschung in der Morgenstunde. Hi, hi, hi.« Offenbar hat sie mit einer plötzlichen Hitzewelle zu kämpfen und fächelt sich mit beiden Händen frische Luft zu. »Was verschafft mir denn die außergewöhnliche Ehre?«, fragt sie mit verzücktem Blick und kichert wie eine verlegene Siebenjährige.

Läuft ja alles so, wie ich es mir vorgestellt habe, denke ich und muss mir auf die Lippen beißen, um nicht laut loszugiggeln. Frau Zeigler hat, wie bereits erwähnt, keinen Schimmer, dass ich mit dem schüchternen Detektiv zusammenarbeite. Aber mir ist nicht verborgen geblieben, dass sie insgeheim ein bisschen für Rory schwärmt. Sie verpasst keinen Fernsehbericht, in dem es um ihn und seine Fälle geht, und seufzt jedes Mal wehmütig: »Hach, was für ein höflicher und eleganter junger Mann. Davon gibt es heutzutage ja nicht mehr viele.«

Rory trippelt nervös von einem Fuß auf den anderen. »Nun, der, ähm, Grund meines Besuchs ist … Ich, öhm, ermittle wegen eines Unfalls am Flora-Park. Und man sagte mir, dass Sie Zeugin des Unfalls waren. Und dass ich Sie hier finden würde.«

Wenn Frau Zeigler jetzt argwöhnisch wird und fragt, von wem der Detektiv diese Information habe, wird es eng. Aber, wie ich schon vermutet habe, ist sie von Rorys unverhofftem Erscheinen so überrumpelt, dass ihr dieser Gedanke überhaupt nicht kommt. Stattdessen strahlt sie über alle Backen. »Sie sind wegen mir hier?«

»Ähm, ja. Dürfte ich vielleicht … also könnten wir uns kurz unterhalten?«

»Aber … gerne! Kommen Sie doch herein«, bittet sie den Detektiv ins Haus und lässt ihn in die Küche vorausgehen, während sie einen schnellen Blick in den Dielenspiegel wirft und ihr Haar richtet. Dann ruft sie die Treppe hoch: »Kind! Komm mal runter! Schnell! Du ahnst ja nicht, wer hier ist.«

»Das-gibt-es-doch-nicht. Der-schüch-ter-ne De-tek-tiv«, leiere ich meinen Text runter, als ich die Küche betrete. Meine Überraschung ist so schlecht geschauspielert, dass Frau Zeigler unter normalen Umständen sofort misstrauisch werden würde. Aber sie ist voll und ganz damit beschäftigt, Rory mit schwärmerischem Blick anzuschmachten.

»Freut mich sehr, Sie kennenzulernen. Ich bin Matilda Bond«, begrüße ich den Detektiv.

»Sehr, ähm, angenehm«, haucht Rory, lächelt verschämt und versucht, mich nicht anzusehen, als er mir die Hand reicht.

Doktor Herkenrath wirkt stark verwundert, den schüchternen Detektiv in unserer Küche vorzufinden, ist aber hocherfreut, ihn zu sehen, und beginnt frohgemut, über Rorys Schuhe zu lecken.

»Jetzt sieh sich das mal einer an«, sagt Frau Zeigler erstaunt und stemmt die Hände in die Hüften. »Ansonsten hat der Hund vor Fremden eine Heidenangst und verkriecht sich so schnell er nur kann.« Sie bedenkt Rory mit einem mütterlichen Blick und fragt: »Kann ich Ihnen irgendetwas anbieten, Herr Shy? Haben Sie schon gefrühstückt? Ich könnte Ihnen einen Zimt-Pfannkuchen backen. Oder lieber Rührei mit Speck? Ich hätte auch noch ein Stück Hackbraten im Kühlschrank. Sie sehen aus, als könnten Sie ein ordentliches Frühstück vertragen. An Ihnen ist ja nichts dran. Rank und schlank. Hach, so sah mein Raimund auch mal aus. Vor fünfunddreißig Jahren.«

»Äh, nein. Danke für Ihr Angebot. Aber ich hatte heute Morgen bereits ein, öhm, Rosinenmürbchen ...«

»Dann vielleicht ein Tässchen Kaffee? Ganz dünn natürlich. Liest man ja immer wieder, dass Sie ihn so am liebsten mögen.« Eilfertig watschelt sie zur Küchenanrichte und greift nach der Kaffeedose.

»Nein, danke. Auch das ist nicht nötig. Ich habe bereits, öhm ...«

»Und warum sind Sie hier?«, bringe ich das Gespräch auf Kurs und werfe Rory hinter Frau Zeiglers Rücken einen auffordernden Blick zu.

»Öhm, ja, genau«, murmelt er und wendet sich mit einem verschämten Lächeln an unsere Haushaltshilfe. »Wie gesagt, ich ermittle wegen des Unfalls. Und ich hörte, dass Sie einen Clown hinter dem Steuer des Wagens erkannt haben wollen. Nun, diese Aussage deckt sich mit den bisherigen Ergebnissen meiner Ermittlung. Und daher –«

»A-ha!«, macht Frau Zeigler und bedenkt mich mit einem triumphierenden Blick, der wohl besagen soll: *Siehst du? Herr Shy hält mich nicht für verrückt!*

»Und daher würde ich Sie, öhm, bitten ...« Rory zieht einen

dünnen Stapel Fotografien aus der Innentasche seines Mantels und breitet sie auf dem Küchentisch aus: Ausdrucke der Clown-Porträts von der Agenturseite. »Daher wäre es schön, wenn Sie ... Also natürlich nur, falls es Ihnen keine Umstände macht ... Ähm, vielleicht könnten Sie mir sagen, ob Sie den betreffenden Clown auf einer der Fotografien wiedererkennen?«

Frau Zeigler beugt sich mit neugierigem Blick über die Fotos – als ihr Handy klingelt. »Entschuldigung«, sagt sie zu Rory und meldet sich in mürrischem Ton: »Was ist, Raimund? Ist gerade schlecht. Was? Ist das dein Ernst? Wer kommt denn auf die hirnverbrannte Idee, einen Toaster auf den Badewannenrand zu stellen? Was heißt *Gemütliches Frühstück in der Wanne?* Veranstaltest du noch mehr solchen Blödsinn, wenn ich nicht da bin? Nein. Nein. Ich kann jetzt nicht. Ich bin nämlich Zeugin. Du weißt doch: Der Unfall mit dem Clown, von dem ich dir erzählt habe. Und gerade werde ich befragt. Von Rory Shy höchstpersönlich! Wie? Doch, natürlich kennst du ihn. Der berühmte schüchterne Detektiv, der ... Jetzt hör doch mal mit dem Gejammer auf, Raimund. Ich komme vorbei, sobald ich hier fertig bin. Versuch einfach, dich bis dahin so wenig wie möglich zu bewegen. Ich muss Schluss machen. Bis nachher.« Sie beendet das Gespräch, zuckt mit den Schultern und sagt in entschuldigendem Ton zu Rory: »Mein Raimund. Jeden Tag was anderes. Am Montag hat er Glasreiniger getrunken, am Dienstag hatte er einen Unfall mit einem Tacker, gestern hat er sich die Zunge an der Herdplatte verbrannt und heute –«

»Wollten Sie sich nicht die Fotos ansehen?«, unterbreche ich ihren Raimund-Report. »Ich könnte mir vorstellen, dass ein berühmter Detektiv eine Menge zu tun hat, und dass seine Zeit knapp bemessen ist.«

»Ja. Natürlich. Du hast recht, Matilda. Entschuldigen Sie, Herr Shy.« Frau Zeigler betrachtet mit zusammengekniffenen Augen das zuoberst liegende Foto, das den *Lallenden Leopold* zeigt. Nach fünf Sekunden schüttelt sie entschieden den Kopf. »Nein, der war es auf keinen Fall.«

Die *Witzige Wanda* schließt sie genauso schnell aus. Die Fotografie des *Torkelnden Toni* betrachtet sie eingehender und scheint sich nicht ganz sicher zu sein, bis sie schließlich murmelt: »Es gibt da zwar eine gewisse Ähnlichkeit, aber … Nein, nein. Der Clown hinter dem Steuer hatte nicht so ein breites Gesicht. Und auch keine blauen Haare.«

Rory und ich tauschen einen erstaunten Blick aus. Es kann doch nur einer der drei Clowns gewesen sein.

Vorsichtshalber legt der Detektiv ihr auch noch die Porträts der übrigen Spaßmacher vor. Ebenfalls mit negativem Ergebnis.

»Keiner von denen«, befindet Frau Zeigler in bestimmtem Ton. »Es ging ja alles ganz schnell und ich habe den Clown nur für einen kurzen Moment gesehen, aber … Er ähnelt keinem der Fotos. Er sah anders aus.«

»Inwiefern denn?«, hake ich nach.

»Also … wie gesagt, ich habe ihn ja nur ganz flüchtig wahrgenommen. Aber er hatte grüne, stachelige Haare. Bestimmt eine Perücke; doch keiner der Clowns auf den Fotos hat so eine. Und ich meine, mich erinnern zu können, dass er eine große, propellerartige Fliege trug. Mit orangefarbenen Punkten. So eine gibt es auf den Fotos auch nicht.« Frau Zeigler seufzt tief und sagt in bedauerndem Ton: »Tut mir sehr leid, dass ich Ihnen nicht weiterhelfen kann, Herr Shy. Da ist man schon mal Zeugin. Und dann … Schade, schade, schade.«

»Das, ähm, muss Ihnen nicht … Ich danke Ihnen vielmals für Ihre Bemühungen«, versichert ihr Rory, sammelt die Fotos ein und erklärt höflich lächelnd. »Ich, ähm, müsste dann auch mal wieder … Auf Wiedersehen, Frau Zeigler. Auf Wiedersehen, Matilda. Hat mich sehr, ähm, gefreut.«

Leider hat er sich zu früh gefreut: Natürlich lässt Frau Zeigler den schüchternen Detektiv nicht ohne ein Erinnerungsfoto gehen.

»Knips uns mal«, sagt sie und drückt mir ihr Handy in die Hand. »Sie haben doch sicher nichts dagegen, Herr Shy? Hach, wenn ich das meinen Freundinnen zeige. Die werden platzen vor Neid.« Sie zerrt den überrumpelten Rory vor den Kühlschrank, hakt sich bei ihm ein, lehnt verträumt den Kopf an seine Schulter und lächelt glückselig. So guckt sie sonst nur, wenn sie Nusspralinen lutscht.

~ 11 ~
Der bimmelnde Hintern

Mit dem Foto alleine ist es aber nicht getan. Frau Zeigler nötigt den schüchternen Detektiv auch noch, ihr zwei Autogramme zu geben.

»Eins ist für meine Tochter Gaby«, erklärt sie ihm und ergänzt in vertraulichem Ton: »Sie ist übrigens in Ihrem Alter, Herr Shy. Und auch ein großer Fan von Ihnen. Und Single!«

»Ach, äh, was?«, macht Rory verschreckt, räuspert sich mehrfach, kritzelt hastig seine Unterschriften auf zwei Notizzettel und wirkt ungemein erleichtert, als er sich endlich (und endgültig) verabschieden kann.

Frau Zeigler blickt ihm einen Moment versonnen nach, dann nimmt sie ihr Mobiltelefon und schickt das Foto an alle ihre Freundinnen. Dabei strahlt sie wie ein Honigkuchenpferd und verkündet glückselig: »Hätte mir jemand vor einer Stunde erzählt, dass ich heute dem schüchternen Detektiv begegnen würde, hätte ich ihn für verrückt erklärt. Und dann kommt Herr

Shy höchstpersönlich hierher. Um *mich* zu befragen. Wie ärgerlich, dass ich ihm nicht weiterhelfen konnte. Ich frage mich nur …« Sie legt die Stirn in Falten und murmelt: »Woher hat er eigentlich gewusst, dass er mich hier finden würde? Und dass ich Zeugin des Unfalls war?«

»Wahrscheinlich detektivischer Instinkt«, sage ich knapp und bemühe mich, das Thema zu wechseln: »Wollten Sie nicht zu Ihrem Raimund? Wegen des Badewannen-Toaster-Notfalls?«

»Ach ja. Hätte ich fast vergessen«, brummt unsere Haushaltshilfe missmutig, wirft einen letzten sehnsuchtsvollen Blick auf das Handyfoto und greift nach Mantel und Häkelkappe.

Ich gebe vor, zur Schule aufzubrechen, und verlasse gemeinsam mit Frau Zeigler und Doktor Herkenrath das Haus. Vor dem Grundstück verabschieden wir uns. Frau Zeigler geht nach links, mein Cockerspaniel und ich halten uns rechts und laufen die Kastanienallee entlang zum Boringer Platz.

Dort erwartet uns Rory am Taxistand. Eilig steigen wir in einen der Wagen und lassen uns zur Detektivagentur in der Sailenzer Straße chauffieren. Während der Fahrt halten wir eine kurze Lagebesprechung ab. Es ist uns ein Rätsel, warum Frau Zeigler keinen der Clowns als Fahrer des Wagens identifizieren konnte.

»Das, was uns Frau Dinzig und Herr Leusing erzählt haben, die Liste, die wir gefunden haben … Alles deutet auf einen Clown aus der Agentur hin. Meinen Sie, Frau Zeigler hat die betreffende Person auf dem Foto vielleicht einfach nicht wiedererkannt?«, frage ich.

»Nun ja … Das wäre denkbar«, entgegnet Rory nachdenklich und zupft an seinem Ohrläppchen. »Sie hat den Fahrer während des Unfalls ja nur für Sekundenbruchteile gesehen.«

»Dafür konnte sie sich aber noch ziemlich genau an Einzelheiten erinnern«, werfe ich ein. »Die Perücke mit den grünen Stachelhaaren, die Fliege mit den orangefarbenen Punkten … Blöd nur, dass diese Beschreibung auf keinen unserer Clowns zutrifft.«

»Das, äh, hat nicht unbedingt viel zu bedeuten«, murmelt der Detektiv. »Ich gehe davon aus, dass man als professioneller Clown nicht nur eine Perücke und ein Kostüm besitzt. Sondern mehrere.«

»Jedenfalls hat uns die Aktion kein bisschen weitergebracht«, sage ich in resigniertem Ton. »Was bedeutet, dass Sie nun doch nicht nur mit einem, sondern mit mindestens drei Spaßmachern ins Gespräch kommen müssen. Aber …«, ich lehne mich zurück und lächele belustigt, »… erst mal machen wir aus Ihnen einen Clown!«

Worauf Rory leise aufstöhnt und ein Gesicht zieht, als hätte ihm jemand Pflanzenschutzmittel eingeflößt.

Als wir in der Detektivagentur ankommen, ist Charlotte schon da und hat bereits eine Kanne dünnen Kaffee gekocht. Auf dem Küchentisch ist ein Pappkarton abgestellt, in dem sich die Clown-Utensilien befinden, die sie mitgebracht hat.

Rorys Freundin begrüßt den Detektiv mit einem schüchternen Kuss auf die Wange. Daraufhin hüstelt er verlegen und errötet.

Doktor Herkenrath fiept herzerweichend in Richtung Charlotte, als wollte er sagen: *»Und was ist mit mir?«*

Sie lacht, beugt sich zu ihm runter und drückt ihm einen dicken Schmatzer auf die Hundestirn. Er schielt so glücklich, als hätte er gerade erfahren, dass sämtliche Eichhörnchen der Stadt zu einem dreimonatigen Urlaub aufs Land aufgebrochen sind.

»Morgen, Charlotte«, sage ich. »Vielen Dank, dass du dir die Mühe gemacht hast, das Kostüm zu besorgen und heute Morgen hierherzukommen.«

»Keine Ursache«, entgegnet sie und stößt einen Seufzer aus. »Ich bin um jede Minute froh, die ich nicht mit Großtante Asta verbringen muss. Sie ist noch immer ganz besessen davon, Ordnung in meinen Haushalt zu bringen. Seit zwei Stunden kniet sie mit einer Nagelschere auf dem Teppich in der großen Halle und ist damit beschäftigt, alle Teppichfransen auf die gleiche Länge zu schneiden.« Charlotte verdreht genervt die Augen. »Also, wenn es noch irgendwas für mich zu tun gibt, das möglichst weit weg von Tante Asta stattfindet: Immer her damit!«

»Eine Sache gäbe es tatsächlich«, sage ich. Während wir auf die Schnelle einen Kaffee trinken, bringen wir Charlotte bezüglich der Ermittlung auf den neuesten Stand, und ich bitte sie: »Könntest du Amadeus im Krankenhaus ablösen? Er steht schon seit gestern Morgen vor Herrn Honnefs Zimmer Wache und kann wahrscheinlich kaum noch die Augen offen halten.«

»Gerne«, sagt sie und nickt. »Ich fahre ins Martinus-Krankenhaus, sobald wir hier fertig sind.«

»Ähm, also … denkst du wirklich, dass das eine, *räusper,* gute Idee ist?«, wendet Rory zaghaft ein und betrachtet seine Freundin mit einem besorgten Blick. »Mir ist nicht wohl bei dem Gedanken, dass du im Krankenhaus … Das könnte unter, öhm, Umständen gefährlich …«

»Ach, ja?« Charlotte verschränkt die Arme vor der Brust und legt einen Blick auf, den ich ansonsten nur von Frau Zeigler kenne. Wenn sie ihren Raimund runterputzt, weil der mal wieder irgendwas zerdeppert hat. »Nur damit ich das richtig verstehe«, sagt sie in gedehntem Ton und schaut den Detektiv herausfordernd an. »Du traust Amadeus, einem sechsundachtzigjährigen Mann mit zwei künstlichen Hüftgelenken und einer künstlichen Kniescheibe, ohne Weiteres zu, für Herrn Honnefs Sicherheit zu sorgen. Aber mir nicht? Und warum nicht? Das hängt doch nicht etwas damit zusammen, dass ich eine Frau bin?«

Rory verschluckt sich an seinem Kaffee, wird von einem Hustenanfall ereilt, läuft tiefrot an und stammelt erschrocken: »Öhm, ähm, nein, das wollte ich damit auf keinen Fall … Ich habe doch nur gedacht, dass ... Ich persönlich denke, dass Männer mit künstlichen Hüftgelenken ... aber auch Frauen ... Also ... Frauen mit Hüftgelenken oder ohne, ähm, Hüftgelenke ... Alte Frauen und junge Frauen ... Aber auch Männer jeden Alters ... Dass sie alle, öhm ... Dass es völlig egal ist, ob Hüftgelenke oder Kniescheiben ... Ich meine, ob Männer oder Frauen oder ... Sondern, dass sie alle, ähm ... Du weißt doch sicher, was ich meine? Und falls ich irgendetwas gesagt haben sollte, das ich, äh ... das ich natürlich auch gar nicht so gemeint habe, wie ich es gesagt habe, dann, öhm ...« Der Detektiv wirkt völlig aufgeschmissen und guckt so verzweifelt drein wie Doktor Herkenrath nach dem Martins-Umzug-Verbot.

Charlotte und ich tauschen einen kurzen Blick und müssen grinsen. »Bevor sich dein Freund endgültig um Kopf und Kragen redet – sehen wir uns doch mal das Clownskostüm an«, sage ich und deute auf den Karton.

Bei dem traurigen Fiepen, das daraufhin in meinem Rücken ertönt, bin ich mir nicht ganz sicher, ob es von Doktor Herkenrath oder von Rory stammt.

»Ihr werdet begeistert sein«, sagt Charlotte kichernd, öffnet den Karton und präsentiert uns die Clown-Ausstattung, die sie besorgt hat: weiße und bunte Schminke, eine rote Clown-Nase, eine Glatzenperücke mit lockigem Haarkranz, elastische Hosenträger, eine gepunktete Fliege, ein Paar übergroßer Clown-Latschen und – als Krönung des Ganzen – eine blaue Hose mit roten, gelben und grünen Flicken und ein ebenso buntes Flicken-Jackett.

»Ach du liebes bisschen«, entfährt es dem Detektiv und er wird blass.

»Na dann«, sage ich und drücke ihm die Klamotten in die Hand. »Worauf warten Sie? Werfen Sie sich in Schale!«

Charlotte und ich schauen ihm amüsiert hinterher, als er mit hängendem Kopf ins Schlafzimmer trottet, um sich umzuziehen.

Kaum hat er die Küche verlassen, zwinkert mir Charlotte verschwörerisch zu, gluckst leise in sich hinein und wispert: »Das Beste weiß er noch gar nicht. Warte ab!«

Fünf Minuten später wird mir klar, worauf sie angespielt hat. Als Rory in Kostüm und Riesenlatschen in die Küche geschlappt kommt, ist bei jedem Schritt ein Klingeln zu hören. Wie von einem hellen Glöckchen.

»Irgendwas, öhm, bimmelt die ganze Zeit«, sagt der Detektiv mit gequälter Miene. »Das Geräusch scheint aus dem Kostüm zu kommen.«

»Oh, das habe ich ganz vergessen«, flötet Charlotte in unschuldigem Ton. »Das war leider das einzige Kostüm, das in deiner Größe vorrätig war. Die Hose ist eine Spezialanfertigung. Sie hat einen bimmelnden Hintern.«

»Einen, ähm, was?«, haucht Rory kraftlos.

»In das Hinterteil der Hose ist ein kleines Glöckchen eingearbeitet«, erklärt Rorys Freundin giggelnd. »Das bimmelt bei jeder Bewegung. Der Verkäufer hat mir versichert, dass bimmelnde Hintern für einen Clown-Auftritt die halbe Miete sind. Beim Publikum sind sie der absolute Renner.«

Der Detektiv lässt die Schultern hängen und sieht aus, als hätte ihn jeglicher Lebenswille verlassen. Er leistet nicht einmal mehr Widerstand, als Charlotte ihn auf einen Stuhl drückt *(bimmel, bimmel)*, ihm die Glatzenperücke auf den Kopf zieht und ein Clownsgesicht schminkt. Anschließend schlappt er mit traurigem Blick in die Diele *(bimmel, bimmel, bimmel)* und begutachtet das Ergebnis in einem Wandspiegel.

»Super!«, befinde ich und recke den Daumen in die Höhe. »Sie sind zwar der deprimierendste Clown, den die Welt je gesehen hat. Aber als Verkleidung ist es perfekt. Mit der Perücke und der Schminke erkennt Sie kein Mensch.«

»Das, öhm, hoffe ich auch«, murmelt der Detektiv mit matter Stimme. »Das hoffe ich ganz inständig.«

»Ich fahre dann mal ins Krankenhaus, um Amadeus abzulösen«, sagt Charlotte, schlüpft in ihren Mantel und umarmt Rory zum Abschied, was schon wieder für Gebimmel sorgt. »Ich informiere euch, sobald sich an Herrn Honnefs Zustand etwas ändert. Oder falls ein verdächtiger Besucher auftauchen sollte. Viel Glück mit den Clowns!«

Mit riesigen Clown-Schuhen in ein Taxi zu steigen, entpuppt sich als ziemlich umständliche Angelegenheit. Ächzend lässt Rory sich auf die Rückbank sinken, worauf es bimmelt, als wären zwei Weihnachtsmann-Schlitten zusammengerasselt.

Der Fahrer betrachtet ihn skeptisch im Rückspiegel und fragt: »Wohin soll es denn gehen? In den Zirkus?«

Ha, ha, ha. Sehr witzig. Heute Morgen einen Clown gefrühstückt?, denke ich und sage knapp angebunden: »Nein. Zur *Agentur Lachmann*.«

»Lachmann? Passt auch«, brummt der Taxifahrer nach einem erneuten Blick auf Rory, startet den Wagen und ordnet sich in den fließenden Verkehr ein.

Der Detektiv ist in Erwartung des Clown-Treffens so nervös, dass er kein Wort sagt und düster vor sich hinbrütet. Im Taxi herrscht angespanntes Schweigen, das nur gelegentlich von einem leisen Bimmeln durchbrochen wird.

»Jetzt kommen Sie schon«, sage ich, nachdem ich mir das Trauerspiel eine Weile angeschaut habe. »Wenn Sie mit so einer Leichenbittermiene rumlaufen, glaubt Ihnen keiner, dass Sie ein Clown sind. Ein bisschen Mühe müssen Sie sich schon geben. Versuchen Sie es mal mit einem Lächeln.«

Rory verzieht angestrengt die Mundwinkel und produziert ein künstliches (und extrem unheimliches) Clown-Grinsen, bei dem man augenblicklich eine Gänsehaut bekommt.

»Das ist gruselig«, befinde ich. »Vielleicht sollten Sie es doch besser lassen.«

»Ich … ich bin einfach sehr unsicher, wie ich … Also, wie ich die Sache angehen soll«, haucht der Detektiv ängstlich. »Grundsätzlich ist diese Undercover-Aktion ja eine gute Idee. Aber … *unauffällig von Clown zu Clown ins Gespräch kommen?* Ich weiß doch gar nicht … Mit anderen Menschen ins Gespräch zu kommen, ist ja nicht gerade meine, öhm, Stärke. Ich habe kein Talent für Small Talk. Ich habe keine Ahnung, wie das funktioniert.«

»Ist ganz simpel«, erkläre ich. »Sie müssen einfach jegliche Hirnfunktion ausschalten – bis auf die Funktion, die bewirkt, dass sich Ihr Mund weiterhin öffnet und schließt. Dann geht es mit dem Smalltalk wie von selbst.«

»Ach, was?«, nuschelt der Detektiv und guckt skeptisch drein. »Aber selbst wenn ich das hinkriege, habe ich noch immer das Problem … Wie komme ich von unverfänglichem Geplauder zu den Dingen, die mich tatsächlich interessieren, ohne dass es zu auffällig wirkt? Zu der Frage der Alibis beispielsweise. Ich kann ja schlecht so etwas sagen wie: ›*Schön, dass es heute mal keinen Niederschlag gibt. Morgen soll es schon wieder regnen. Und vergangenen Mittwoch hat es ja regelrecht geschüttet. Apropos vergangener Mittwoch: Was haben Sie an dem Tag um sechs Uhr abends gemacht?*‹«

»Ich habe schon eine Idee, wie wir das hinkriegen«, sage ich lächelnd. »Sie kümmern sich um den Small Talk und schaffen so eine Vertrauensbasis. Und ich kümmere mich um die Alibis. Ich habe mir da was überlegt. Lassen Sie mich einfach machen!«

Der schüchterne Detektiv blickt mich fragend an, aber ehe er etwas anmerken kann, klingelt mein Smartphone.

»Das ist Harry Ulfern!«, sage ich zu Rory und nehme den Anruf entgegen. »Matilda Bond.«

»*Operation Pieselberg* ist angelaufen«, quäkt es mir wichtigtuerisch aus dem Hörer entgegen. »Zielperson eins und Zielperson zwei haben das Objekt verlassen und begeben sich in Begleitung eines, äh, vierbeinigen Subjekts zu einer Shopping-Mall.«

»Meinen Sie mit vierbeinigem Subjekt einen Zwergpinscher?«, frage ich.

»Genau. Ich bin dabei, ihnen unauffällig zu folgen und –« Im nächsten Moment ist ein metallisches Scheppern zu hören. Unmittelbar darauf ein schmerzerfülltes Stöhnen, gefolgt von einem leisen Wimmern.

»Herr Ulfern? Alles okay bei Ihnen?«, frage ich besorgt.

»Ähm … ja, ja«, keucht er in den Hörer. »Bin nur gerade … Habe dummerweise einen Laternenpfahl übersehen. Na ja … kann ja mal passieren. Aber Harry Ulfern, der alte Fuchs, lässt sich von einem heimtückischen Laternenpfahl nicht aufhalten. Werde die Observierung der Zielpersonen und des vierbeinigen Subjektes fortführen und ihnen in die Shopping-Mall folgen.«

»Na dann, alles Gute. Auch gesundheitlich«, beende ich das Gespräch, wende mich dem schüchternen Detektiv zu und befinde lächelnd: »Die *alte Spürnase* ist fürs Erste beschäftigt. Mit vierbeinigen Subjekten und Laternenpfählen.«

Beim Aussteigen schafft Rory es, Doktor Herkenrath mit seinen riesigen Clown-Latschen auf den Schwanz zu treten. Mein Cockerspaniel stößt ein erschrockenes Jaulen aus und macht einen Satz zur Seite.

»Oh, entschuldige bitte vielmals«, wispert der Detektiv bestürzt. »Das war nicht … In diesen Schuhen kann man einfach nicht vernünftig laufen.«

Sicherheitshalber hält Doktor Herkenrath Abstand, während Rory mit bimmelndem Hinterteil über den gepflasterten Hof stolpert.

Das Wartezimmer ist für das Clown-Treffen umdekoriert worden. An der Längsseite des Raums ist ein Frühstücksbüffet aufgebaut: Brötchen, Croissants, Marmelade, Käse, Tee, Kaffee, Orangensaft … Im Raum verteilt stehen Stühle und kleine runde Tische, an denen die Clowns sitzen: Einige mit roten, einige mit leuchtend blauen Haaren, andere mit Glatzenperücken, wie der Detektiv eine trägt. Man sieht jede Menge gepunktete Overalls, Ringelpullis, Flickenjacketts, Latzhosen und lustige Hüte. Dazu ist auch so einiges an Clown-Werkzeug zu bewundern, das die Spaßmacher für ihre Auftritte benötigen: Schaumstoffhämmer, Pupskissen, Luftballons, Spritzblumen, Tröten und mit Konfetti gefüllte Eimer. Einer der Clowns hat ein schreiend bunt angemaltes Dreirad mitgebracht, ein anderer einen Tretroller mit einer überdimensionierten Klingel.

Rory macht ein Gesicht, als würde er sich ganz weit weg wünschen.

Unser Eintreten bleibt zunächst unbemerkt, da die Augen der Clowns auf Frau Lachmann gerichtet sind, die am Empfangstresen lehnt und eine Ansprache hält: »… verstehe, dass ihr alle in großer Sorge um Alex seid. Ursula und mir« – sie deutet auf Frau Dinzig, die mit betretener Miene neben ihr steht – »geht es nicht anders. Etliche von euch haben mich schon gefragt, ob sie Alexander im Krankenhaus besuchen und ihn aufmuntern könnten. Das ist sehr nett von euch, aber im Moment bedauerlicherweise nicht möglich. Er ist leider noch immer ohne Bewusstsein.«

Daraufhin lassen die Clowns die Köpfe hängen. Der *Lallende Leopold* zieht ein zeltgroßes Taschentuch aus seiner Hosentasche, fährt sich damit über die Augen und schnäuzt sich anschließend lautstark die Nase.

»Aber es gibt auch eine gute Nachricht«, sagt Lilli Lachmann und versucht sich in einem aufmunternden Lächeln. »Alex wird zwar noch längere Zeit im Krankenhaus verbringen müssen, aber die Ärzte sind zuversichtlich, dass er sich vollständig erholen und wieder ganz der Alte werden wird. Und wenn er zurückkommt, werden wir für ihn eine große Party veranstalten! Was haltet ihr davon?«

Die Clowns wirken erleichtert und äußern ihre Zustimmung für Frau Lachmanns Vorschlag durch ausgelassenes Johlen, Pfeifen und Tröten, schlagen begeistert mit den Schaumstoffhämmern auf die Tische und werfen mit Konfetti.

»Dann bleibt mir nur noch zu sagen: Das Büffet ist eröffnet!«, versucht die Agenturinhaberin, den Trubel zu übertönen.

Augenblicklich springt die versammelte Clown-Schar auf und stürmt das Frühstücks-Büffet. Es wird gedrängelt und geschubst und sich mit breiten Clown-Latschen auf die Füße getreten. Die *Witzige Wanda* verschafft sich einen Vorteil im Kampf um die knusprigsten Brötchen, indem sie die anderen mit Wasser aus ihrer Spritzblume nass spritzt. Der *Torkelnde Toni* bringt einen Schaumstoffhammer zum Einsatz, um sich Platz zu verschaffen. Zwei andere Clowns besprühen sich gegenseitig mit Schlagsahne, und auch die übrigen Spaßmacher führen sich auf, als wären sie in einer Zirkusmanege.

Rory fummelt verschreckt an seiner roten Nase rum und sieht aus, als würde er schlecht Luft bekommen.

In diesem Moment entdeckt uns Frau Dinzig. Sie stupst Lilli Lachmann an und deutet in unsere Richtung, dann kommen die beiden Frauen zu uns herüber.

»Morgen, Rory. Morgen, Matilda«, begrüßt uns die Agenturinhaberin, knibbelt an ihrer Warze herum und bedenkt den

Detektiv mit einem anerkennenden Blick. »Tolles Kostüm. Und unter all der Schminke sind Sie wirklich nicht zu erkennen. Dann stelle ich Sie mal den anderen vor. Was haben Sie sich denn für einen Clown-Namen ausgedacht?«

»Namen? Och, öhm, ich, äh …«

»Der *Scheue Schorchi*«, wispere ich Frau Lachmann zu.

»Alles klar.« Sie klatscht in die Hände, worauf die Clowns ihr tumultartiges Treiben unterbrechen und neugierig die Köpfe in unsere Richtung drehen. »Eine Sache wäre da noch«, verkündet die Agenturchefin mit lauter Stimme. »Ich möchte euch gerne das jüngste Mitglied unserer Agenturfamilie vorstellen. Er besucht momentan noch die Clown-Schule, gilt aber bereits als hoffnungsvolles Nachwuchstalent. Ich habe ihn heute zu unserem Treffen eingeladen, damit ihr ihn alle kennenlernen könnt. Bitte heißt herzlich willkommen: den *Scheuen Schorchi*!«

Die Clowns klatschen, tröten, werfen Konfetti und stimmen zur Begrüßung einen *Schorchi!-Schorchi!*-Chor an.

»Öhm, äh, vielen Dank«, haucht Rory schüchtern.

»Unn wers die Klein … ein … eine?«, will der *Lallende Leopold* wissen.

»Ich bin Matilda. Die Nichte von Ror–, äh, Schorchi«, antworte ich gedankenschnell. »Onkel Schorchi passt auf mich auf, weil meine Eltern auf Reisen sind. Aber lassen Sie sich durch mich nicht stören. Tun Sie einfach so, als wäre ich gar nicht da.«

»Viel Glück bei der Ermittlung«, flüstert Frau Lachmann dem Detektiv zu. »Wenn Sie Hilfe von mir oder von Frau Dinzig benötigen, melden Sie sich.«

Ich lasse meinen Blick durch den Raum wandern und checke die Lage. Der *Lallende Leopold* und der *Torkelnde Toni* befinden sich mit anderen Spaßmachern im Gespräch. Aber die *Witzige Wanda* steht alleine am Büffet. Die in einen gelben Overall gekleidete Spaßmacherin schenkt sich eine Tasse Kaffee ein und lädt Teilchen und belegte Brötchen auf ihren Teller.

»Die Gelegenheit, mit ihr ins Gespräch zu kommen«, sage ich zu Rory und schiebe ihn in Richtung Büffet.

Scheinbar hat er aber alles vergessen, was ich ihm über Small Talk erzählt habe. Er stiert die *Witzige Wanda* verlegen an und tritt nervös von einem Fuß auf den anderen *(bimmel, bimmel, bimmel).*

Zum Glück übernimmt sie die Initiative, betrachtet Rory mit einem amüsierten Blick und befindet: »Na, du machst deinem Namen ja alle Ehre, *Scheuer Schorchi*. Mach dich mal locker. Wir sind ein netter Haufen.«

»Mhm?«, macht Rory und beobachtet nebenbei mit besorgtem Blick, wie der *Torkelnde Toni* einem anderen Clown ein Pupskissen unterschiebt.

»Und? Was hast du für ein Programm, Schorchi?«, fragt die *Witzige Wanda*, während sie auf ihrem Brötchen herumkaut.

»Ähm, Programm?«, haucht Rory ratlos.

»Ja. Was machst du so bei deinen Auftritten? Stolpern und dich auf die Nase legen? Oder schief singen? Komische Geräusche produzieren? Witze erzählen? Oder spielst du auf einer verstimmten Violine?«

»Ich habe einen, öhm, bimmelnden Hintern«, stammelt der Detektiv überfordert.

»Ist ja nicht gerade abendfüllend«, meint die *Witzige Wanda* und kichert.

»Wir hatten in der Clown-Schule bisher nur, ähm, Bimmeln. Stolpern kommt erst nächstes Schuljahr dran«, versucht Rory, sich rauszureden.

Wanda zieht überrascht eine Augenbraue in die Höhe, dann wendet sie sich mir zu und erkundigt sich mit einem freundlichen Lächeln: »Und was ist mit dir, Matilda? Willst du irgendwann mal in die Fußstapfen deines Onkels treten und auch eine Spaßmacherin werden?«

Besser geht es nicht!, schießt es mir durch den Kopf. Das ist die Steilvorlage, auf die ich gewartet habe. Wenn ich es halbwegs geschickt anstelle, wissen wir in wenigen Minuten, wer hier welches Alibi für den Mittwochabend hat.

»Nein, ich glaube, ich bin nicht als Clown geeignet«, sage ich in bedauerndem Ton. »Ich habe andere Talente. Ich möchte später mal als Gedankenleserin im Varieté auftreten. Ich bin übersinnlich begabt.«

Die *Witzige Wanda* sieht mich mit einer Mischung aus Amüsement und Unglaube an. »Übersinnlich begabt? Willst du mich veräppeln? Du glaubst, du wärst eine *echte* Hellseherin?«

»Gedankenleserin«, korrigiere ich sie.

Die Spaßmacherin dreht sich zu den anderen Clowns um und pfeift lautstark auf den Fingern. Augenblicklich verstummen alle Gespräche und sämtliche Schaumstoffhammer- und Pupskissen-Kampfhandlungen werden eingestellt.

»Die Kleine behauptet, sie hätte übersinnliche Fähigkeiten«, verkündet Wanda mit einem breiten Grinsen. Worauf der versammelte Clown-Verein jede Menge *Ha, ha, ha, Hi, hi, hi, Ho, ho, ho* und *Höh, höh, höh* von sich gibt.

»Ich kann Gedanken lesen. Und ich kann es beweisen.«, sage ich forsch und bitte die *Witzige Wanda*: »Würden Sie für einen Moment die Augen schließen? Danke. Sehr gut. Und jetzt denken Sie bitte daran, was Sie am … sagen wir, am vergangenen Mittwoch getan haben. Um achtzehn Uhr.«

»Okay«, sagt Wanda. »Und jetzt?«

Ich schließe ebenfalls die Augen, lege meine Fingerspitzen an die Schläfen und beginne, mich hin und her zu wiegen, als würde ich in Trance fallen. Dann reiße ich die Lider unvermittelt auf und verkünde: »Sie haben einen Spaziergang unternommen! Alleine!«

Die *Witzige Wanda* bedenkt mich mit einem mitleidigen Blick. »Ich befürchte, an der Nummer musst du noch ein bisschen arbeiten. Mehr danebenliegen kann man kaum. Am Mittwochabend hatte ich einen Auftritt auf einem Betriebsjubiläum. Vor fünfhundert Leuten.«

»Oh«, mache ich, tue ganz bestürzt und sage entschuldigend: »Manchmal habe ich eine Schwingungsstörung. Dann funktioniert es nicht richtig. Warten Sie, ich versuche es noch mal.« Ich blicke den *Lallenden Leopold* auffordernd an und frage: »Wie wäre es mit Ihnen? Konzentrieren Sie sich bitte darauf, was Sie am Mittwochabend gemacht haben.«

Ich ziehe die Gedankenleserinnen-Nummer erneut durch und erkläre nach zehn Sekunden in einem Ton absoluter Gewissheit: »Sie haben ein ausgedehntes Wannenbad genommen. Auch alleine.«

»Da liegsde aber schon wieda schwer danem«, lallt der Clown. »Miwochambnd ha ich misch mit Freundn in na Kneibe getroffn. Da ham wir uns ein geswidscherd.«

»Wirklich? Sonst versagen meine Fähigkeiten doch nie. Onkel Schorchi kann es bestätigen. Nicht wahr?«

»Äh, ja, ähm, sicherlich«, nuschelt Rory, senkt den Kopf und spielt verlegen an seiner gepunkteten Fliege herum.

»Geben Sie mir noch einen letzten Versuch«, bitte ich die Clowns und halte Ausschau nach dem *Torkelnden Toni*, unserem Alibi-Kandidaten Nummer drei. Überrascht sehe ich, dass er im Aufbruch begriffen ist und in Richtung Tür taumelt. Ich werfe Frau Lachmann einen Hilfe suchenden Blick zu und signalisiere ihr mit den Augen: *Mit dem müssen wir unbedingt auch noch sprechen!*

»Toni?«, sagt sie daraufhin. »Du willst uns doch nicht etwa schon verlassen?«

»Ich muss«, entgegnet er mürrisch und torkelt gegen den Türrahmen. »Ich habe gleich einen Auftritt im Kindergarten. Den hast du mir doch besorgt. Weißt du nicht mehr?«

»Das habe ich ganz vergessen«, murmelt die Agenturinhaberin betreten, reagiert aber blitzschnell und schlägt dem Clown vor: »Wie wäre es, wenn du den *Scheuen Schorchi* und seine Nichte zu dem Auftritt mitnehmen würdest? Er lernt ja noch und könnte sich bei so einem erfahrenen Spaßmacher wie dir ein paar interessante Sachen abgucken.«

»Also gut«, nuschelt der *Torkelnde Toni*. »Dann aber dalli. Schwing die Hufe, Schorchi. Ich bin spät dran. Wir müssen uns beeilen.«

Der Spaßmacher torkelt auf den Hof hinaus, während Rory und ich uns hastig von den übrigen Teilnehmern des Frühstücks verabschieden. Ich zerre Doktor Herkenrath vom Büffet weg, um das er mit gierigem Blick herumschleicht, und wir folgen dem Clown mit dem unrunden Gang, als er durch die Toreinfahrt zu seinem Auto wankt.

~ 12 ~
Torkeln und Schlingern

Der *Torkelnde Toni* bezeichnet sein Auto als *Clownomobil,* wie er uns beim Einsteigen stolz eröffnet. Es ist quietschgelb lackiert und das winzigste Gefährt, in das ich mich jemals quetschen musste. Eine Konservendose auf vier Rädern. Doktor Herkenrath und ich sitzen zusammengekauert auf der Rückbank, während der groß gewachsene Rory mit angezogenen Knien auf dem Beifahrersitz hockt und den Kopf einzieht, damit er nicht gegen das niedrige Autodach stößt. Die unbequeme Körperhaltung ist aber bei Weitem nicht das Schlimmste an dieser Autofahrt.

So torkelnd wie Tonis Gang ist, so schlingernd ist seine Fahrweise. Er fährt die meiste Zeit über Schlangenlinien, scheint zu glauben, dass der Bürgersteig zur Straße gehört, verzichtet beim Abbiegen und Überholen aufs Blinken und neigt dazu, ohne erkennbaren Grund spontane Vollbremsungen durchzuführen. Bei einem dieser Bremsmanöver höre ich es hinter mir quietschen, werfe den Kopf herum und sehe durch das Rückfenster, wie ein blauer Transporter gerade noch abbremsen kann, um nicht in uns hineinzukrachen.

Doktor Herkenrath fiept elendig und macht den Eindruck, als stünde er kurz davor, das Bewusstsein zu verlieren. Rory sieht aus, als käme ihm der dünne Kaffee hoch, und stößt alle paar Minuten erstickte Warnrufe aus: »Öhm, Radfahrer!« Oder: »Ähm, Fußgänger. Fußgänger, öhm, links. Links!«

Ich habe nach kürzester Zeit das Gefühl, mich übergeben zu müssen, und frage mich, ob der *Torkelnde Toni* seinen Führerschein bei einer Clown-Fahrschule gemacht hat. Oder ob er das Autofahren beim *Rasenden Ritchie* gelernt hat. Er fährt nämlich nicht nur wie ein Clown, sondern hat auch noch die total beknackte Angewohnheit, mit dem Mund Fahrgeräusche nachzuahmen. Wie ein Dreijähriger, der ein Spielzeugauto durchs Kinderzimmer steuert: *Brumm, brumm* bei langsamem Tempo. *Hämm, hämm!* beim Beschleunigen, *Häiiiiem!* bei hohem Tempo und *Iiiiiieh!* beim Bremsen. Jedes Hupen begleitet er mit einem lautmalerischen *Mööp, mööp.*

»Ist ein feines kleines Geschoss, mein *Clownomobil*, oder?«, fragt er, während der Wagen unkontrolliert in eine Kurve schleudert, und grinst Rory dabei mit seinem breiten Clown-Mund an.

»Ähm, ja. Wenn Sie vielleicht nur wieder auf die, *räusper*, Straße schauen könnten? Falls es Ihnen keine allzu großen, öhm, Umstände macht.«

»Bist wohl einer von der ängstlichen Sorte, Schorchi. Ein kleines Mimöschen, was?«, spottet der *Torkelnde Toni* und beschleunigt den Wagen. »*Hämm, hämm. Hämm, hämm. Häiiiäm.* Tut mir leid, wenn ich vorhin in der Agentur ein bisschen mürrisch war. Nimm es nicht persönlich, Schorchi. Ist nur das Lampenfieber. Vor meinen Auftritten bin ich immer schwer nervös. Vor allem in Kindergärten. Ist ein verwöhntes Publikum da. Lauter kleine Satansbraten. Wenn denen die Show nicht gefällt, dann … Neulich hat mich eine Horde Vierjähriger mit Schokoküssen beworfen.« Toni blickt in den Rückspiegel, nimmt mich ins Visier und befindet: »Mit so was wie deiner lahmen Gedankenlese-Nummer brauchst du da gar nicht erst ankommen. *Mööp, mööp! Mööööp!*« Der Clown hupt einen Radfahrer an, der darüber so erschrickt, dass es ihn vom Sattel hebt und über den Lenker haut. Rad und Fahrer landen im Straßengraben. Mit zitternden Beinen erhebt sich der Mann und blickt uns fassungslos hinterher.

»Verdammte Radfahrer! Glauben, dass die Straße ihnen gehört«, schimpft Toni. »Ist denn ein bisschen Rücksicht im Straßenverkehr zu viel verlangt? *Hämm, hämm, hämm. Häiiiäm.*«

»Ich glaube, das Problem war eher, dass Sie über den Radweg gebrettert sind«, merke ich an, nachdem ich mich halbwegs von dem Beinah-Unfall erholt habe, und ernte dafür einen bösen Blick im Rückspiegel. »Und was das Gedankenlesen angeht … Dass es nicht funktioniert hat, lag nur am Vorführeffekt. Ausgerechnet dann, wenn man anderen etwas zeigen will, klappt es nicht. Aber ich kann es ja noch mal versuchen. Bei Ihnen. Konzentrieren Sie sich einfach darauf, was Sie Mittwochabend getan haben!«

»Das ist ein sinnloses Unterfangen«, entgegnet der Clown und stößt dabei ein gruseliges Kichern aus. »Sogar, wenn du meine Gedanken wirklich lesen könntest. Das Problem ist, dass ich selbst nicht den geringsten Schimmer habe, was ich vergangenen Mittwoch gemacht habe.«

»Wie meinen Sie das?«, frage ich verdutzt.

»Bin beim Torkeln dummerweise mal gegen eine Litfaßsäule gelaufen. Seitdem habe ich Gedächtnis-Aussetzer. Manchmal fehlt mir ein Tag in der Erinnerung. Ich kann mich daran erinnern, was ich am Dienstag und was ich am Donnerstag gemacht habe. Aber ausgerechnet der Mittwoch ist aus meiner Erinnerung gelöscht. Und es geht mir nicht nur mit Tagen so, sondern manchmal auch mit Jahren. Keine Ahnung, was ich 2015 so getrieben habe. Und mitunter weiß ich abends nicht mehr, was ich morgens gefrühstückt habe. *Hämm, hämm. Hämm, hämm, hämm.*«

Gedächtnis-Aussetzer? Und dann auch noch ausgerechnet am Mittwoch? Das ist das schlechteste Alibi, das ich je gehört habe. So schlecht, dass man dafür eine neue Kategorie erfinden müsste.

Schlagartig ist mein detektivischer Argwohn geweckt. Frau Zeigler hat etwas gezögert, als sie sich das Foto des *Torkelnden*

Toni angesehen hat, rufe ich mir ins Gedächtnis. Und sie hat ihn vor allem deshalb als möglichen Täter ausgeschlossen, weil er blaue Haare hat, während die des Unfall-Clowns grün waren. Bei blau und grün kann man sich auf die Schnelle schon mal vertun. Nimmt man das fehlende Alibi hinzu und die Tatsache, dass der Unfall-Fahrer den gleichen rücksichtslosen Fahrstil hatte wie der *Torkelnde Toni,* lässt ihn das durchaus verdächtig erscheinen. Wir wären gut beraten, ihn etwas genauer unter die Lupe zu nehmen.

Rory scheint das ähnlich zu sehen. Er räuspert sich, rutscht verlegen auf dem Beifahrersitz hin und her *(bimmel, bimmel)* und startet eine als Smalltalk getarnte Befragung. Von Clown zu Clown.

»Wie, öhm, lange, sind Sie, ähm, bist du denn schon bei der *Agentur Lachmann,* Toni?«

»Hab vor gut zehn Jahren den Vertrag bei Lilli unterschrieben«, antwortet der Spaßmacher. »Gleich nachdem ich die Torkel-Prüfung auf der Clown-Schule bestanden hatte. Und ich fühle mich bei der Agentur noch immer bestens aufgehoben. Lilli, Ursula und Alex sind beinah so was wie eine Familie für mich.«

»Da muss Sie, äh, da muss dich die Geschichte mit diesem schrecklichen Unfall von Herrn Honnef doch bestimmt sehr schockiert haben?«

»Ja. Hat uns alle schwer mitgenommen«, bestätigt der Clown

und nickt betrübt. »Ich wünschte, ich könnte irgendwas für Alexander tun. Ihn ein bisschen aufheitern, indem ich durch sein Krankenzimmer taumele oder so was. Aber solange er nicht bei Bewusstsein ist … Armer Alex!« Der *Torkelnde Toni* dreht sich zu mir um und sagt mit trauriger Stimme: »Dabei ist er so ein netter Mensch. Er hat immer –«

»Fußgänger auf zwölf Uhr!«, schreie ich, worauf der Clown den Kopf herumwirft und so heftig in die Eisen steigt, dass es mich nach vorne reißt. Meine Stirn knallt gegen Rorys Nackenstütze und für einen Moment sehe ich Sternchen vor den Augen.

Eigentlich hatte ich geplant, den *Torkelnden Toni* im weiteren Verlauf der Fahrt über die Agentur auszuquetschen und ihn mit der Liste zu konfrontieren, die wir bei Herrn Honnef gefunden haben. Aber das sollten wir aus Sicherheitsgründen vielleicht doch auf einen späteren Zeitpunkt verschieben, denke ich, während ich mir die schmerzende Stirn reibe. Mir ist wohler dabei, wenn sich der Clown auf den Verkehr konzentriert. Zumindest im Rahmen seiner Möglichkeiten.

Ich bin mehr als erleichtert, als wir unser Ziel halbwegs unbeschadet erreichen. Die *Kita Wilde Wimmelmäuse* befindet sich in einem ruhigen Stadtviertel mit noblen Altbauten und liegt direkt gegenüber einem kleinen Park. Der *Torkelnde Toni* drosselt das Tempo *(brumm, brumm)* und macht sich auf die Suche nach einem Parkplatz. Etwa hundert Meter die Straße runter wird er fündig und rangiert den Wagen in eine Lücke, die so schmal ist, dass kein Auto außer dem winzigen *Clownomobil* hineinpassen würde.

Beim Aussteigen fühle ich mich reichlich wackelig auf den Beinen. Als hätte ich einen Segeltörn bei rauer See hinter mir. Rory wirkt ebenfalls angeschlagen und atmet erleichtert auf, als er endlich festen Boden unter den Füßen hat. Am übelsten hat es Doktor Herkenrath erwischt. Er winselt erbarmungswürdig, scheint unter Schwindel zu leiden und hat beim Laufen einen auffälligen Rechtsdrall.

Ich nehme ihn vorsichtshalber auf den Arm – als ich im Augenwinkel einen blauen Transporter wahrnehme, der mit laufendem Motor am Ende der Straße steht. »Merkwürdig …«, murmele ich, lege die Stirn in Falten und deute in Richtung des Wagens. »Vorhin, als wir losgefahren sind, war auch ein blauer Transporter hinter uns. Einmal wäre er beinah auf uns aufgefahren.«

Wir sind zu weit entfernt, um erkennen zu können, wer hinter dem Steuer sitzt, aber als Rory und ich in Richtung des Wagens schauen, wendet der Fahrer, fährt eilig davon und biegt links ab.

»Du meinst, der Transporter ist uns gefolgt?«, fragt der Detektiv, wirkt beunruhigt und blickt dem Fahrzeug hinterher, als es aus unserem Blickfeld verschwindet. »Bist du sicher, dass es derselbe Wagen war?«

»Das kann ich natürlich nicht mit absoluter Sicherheit sagen. Aber wenn ja, dann …«

»So, jetzt aber mal los! Wir sind spät dran«, unterbricht mich die Stimme des *Torkelnden Toni*, der in der Zwischenzeit Schaumstoffhammer, Pupskissen und Konfetti-Eimer aus dem Auto gekramt hat.

Wir folgen ihm unter einigem Gebimmel, während er, mit seinen Clown-Utensilien in den Armen, über die Straße eilt. Aber kaum hat er einen Clownsschuh auf den gegenüberliegenden Bürgersteig gesetzt, als es ihn ohne jede Vorwarnung von den Füßen fegt. Er stößt einen überraschten Schrei aus, landet auf dem Rücken, schlägt mit dem Hinterkopf auf die Betonplatten – und bleibt bewegungslos liegen.

»Toni, öhm, alles in Ordnung?«, ruft Rory und hockt sich mit ängstlichem Gesicht neben den Spaßmacher. Doktor Herkenrath springt aus meinen Armen und hüpft aufgeregt kläffend um den Clown herum.

Derweil betrachte ich verdattert die Ursache des Sturzes: eine Bananenschale, die jemand achtlos auf den Gehweg geworfen hat. Ist das zu glauben? Ein Clown, der auf einer Bananenschale ausrutscht. Wie im Zirkus.

»Geht, *brumm, brumm,* schon wieder«, murmelt Toni, als der schüchterne Detektiv ihm aufhilft.

Den Eindruck habe ich allerdings nicht. Der Clown wirkt reichlich benommenen und torkelt noch eine Nummer heftiger als zuvor.

»Oh, ich … *mööp, mööp,* ich befürchte ich, *hämm, hämm,*

habe eine, *iiiiiieh,* Sehstörung. Ist alles so, *brumm, brumm*, verschwommen. Und ich fühle mich, *mööp,* irgendwie, *mööp,* verwirrt.«

»Sie haben eine Gehirnerschütterung. Und außerdem eine interessante Sprachstörung«, eröffne ich ihm. »So können Sie auf keinen Fall auftreten. Sie müssen schnellstens ins Krankenhaus und sich durchchecken lassen.«

»Ja, ich, *brumm*, denke auch, das wäre, *hämm, hämm*, ratsam«, nuschelt Toni mit matter Stimme und betastet dabei seinen Hinterkopf. »Aber was ist mit meinem, *iiiiiieh,* Auftritt? Ich kann die Kinder doch nicht, *mööp*, enttäuschen.« Er schielt an Rorys linkem Ohr vorbei und wispert in eindringlichem, flehendem Ton: »Du, *hämm, hämm,* musst für mich einspringen, Schorchi!«

»Äh, nein, nein. Auf keinen Fall! Das, öhm, geht nicht.« Erschrocken reißt Rory die Augen auf und macht eine hektische abwehrende Geste.

»Du, *hiiiähm,* kriegst das schon hin, Junge«, macht der Clown ihm Mut und taumelt dabei einen Schritt zur Seite.

»Aber ich, öhm ...«

»Lass mich nicht, *hämm,* hängen, Schorchi. Und vor allem die, *brumm, brumm,* Kinder nicht. Die, *mööp,* freuen sich doch alle auf den Clown-Auftritt. Und wenn kein, *hämm,* Clown kommt, brechen sie in Tränen aus. Möchtest du für, *iiiiiieh,* traurige Kinderaugen verantwortlich sein, Junge?«

Rory gibt sich geschlagen. »Also, ähm, gut«, wispert er resigniert und stößt einen durchdringenden Seufzer aus. »Auch wenn ich keine Ahnung habe, wie …«

»Ich rufe Ihnen einen Krankenwagen«, sage ich zu Toni, aber der torkelnde Spaßmacher winkt ab.

»Nicht, *möөp*, nötig. Ich fahre selbst«, erklärt er mit verwaschener Stimme und wankt unsicheren Schrittes auf sein *Clownomobil* zu.

»In dem Zustand können Sie auf keinen Fall ein Fahrzeug steuern«, versuche ich, ihn zurückzuhalten. Vergeblich.

»Ach, ich bin schon in ganz anderen, *möөp*, Zuständen gefahren«, wiegelt Toni ab, öffnet die Wagentür und lässt sich auf den Fahrersitz fallen. Er parkt reichlich umständlich aus und winkt uns zum Abschied zu, dann tritt er das Gaspedal durch. Doktor Herkenrath macht einen erschrockenen Satz zurück und jault angstvoll, als das Gefährt schlingernd davonrast.

»Hoffen wir mal, dass er heil im Krankenhaus ankommt«, murmelt Rory mit beklommener Stimme, während das *Clownomobil* mit Vollgas um die nächste Ecke schleudert.

Ich zucke mit den Schultern und sage: »Ehrlich gesagt: Ohne Gehirnerschütterung und Sehstörung ist er auch nicht viel besser gefahren. Ich sehe da keinen großen Unterschied.«

Während wir auf das Gelände der *Kita Wilde Wimmelmäuse* zueilen, blicke ich mehrmals über die Schulter, um zu sehen, ob der blaue Transporter erneut auftaucht. Aber er bleibt verschwunden. Ob er uns tatsächlich verfolgt hat? Oder fange ich an, Gespenster zu sehen?

Drängende Fragen, die ich gerne mit Rory besprechen würde. Aber der ist angesichts des vor ihm liegenden Auftritts so nervös, dass daran nicht zu denken ist. Ratlos stammelt er: »Wie soll ich denn …? Und was soll ich überhaupt …?«

»Machen Sie einfach das, was Clowns eben so machen«, rate ich ihm. »Bimmeln, ausrutschen, stolpern, auf die Nase fallen, komische Geräusche produzieren … Und wenn Ihnen gar nichts mehr einfällt, erzählen Sie halt einen Witz.«

»Witz? Aber ich, ähm, kenne überhaupt keinen, öhm, Witz.« Der Detektiv ringt verzweifelt die Hände und blickt mich Hilfe suchend an.

»Keine Sorge«, entgegne ich. »Ich kenne jede Menge. Von meinem Onkel Achim. Sein Lieblingswitz geht folgendermaßen: Kommen ein Pfarrer, ein Klempner und ein Känguru in einen Eissalon …«

»Ich … verstehe nicht ganz«, nuschelt Rory und wirkt etwas ratlos, nachdem ich den Witz erzählt habe. »Aus welchem Grund verläuft sich der Klempner auf dem Weg zur Kirche? Und wie kommt das, ähm, Känguru anstelle des Pfarrers auf die Kanzel? Und was ist an einer Predigt über Speiseeis eigentlich so, öhm, witzig?«

»Ich habe ja nicht behauptet, dass es ein guter Witz ist«, sage ich seufzend und öffne die Glastür zur Kita.

Wir werden bereits erwartet. Von einer dunkelhaarigen, schlecht gelaunten Frau mit essigsaurer Miene, die sich knapp als *»Tanja Ackerath, Kita-Leitung«* vorstellt und den Detektiv angiftet: »Da sind Sie ja endlich. Wir warten schon seit einer halben Stunde auf Sie. *Die Wimmelmäuse* sind völlig aufgedreht und kaum noch zu bändigen.«

Das ist nicht zu überhören. Aus einem nahe gelegenen Raum dringt lautes Schreien, Trampeln, Kreischen, Rumsen, Quietschen, Scheppern und ein Geräusch, das klingt, als würde ein Stuhl gegen eine Wand geschlagen. Die ausgelassene Stimmung ist ansteckend: Doktor Herkenrath beginnt, auf und ab zu springen wie ein tollwütiges Wildkaninchen und stimmt mit einem aufgeregten Bellen in das akustische Durcheinander ein.

Zwischendurch sind die Stimmen von Erzieherinnen zu hören, die vergeblich versuchen, dem Chaos Einhalt zu gebieten: »Emil, magst du bitte damit aufhören, die Knetmasse zu essen?« »Nein, Jan-Erik, die Marie möchte die Haare nicht geschnitten bekommen. Legst du die Bastelschere bitte wieder weg?« »Coralie, ich habe dir doch gerade eben gesagt, dass du Antigone in Ruhe lassen sollst. Nein, jemandem Tee über den Kopf zu schütten, ist *kein* Spaß.«

Tanja Ackerath mustert Rory mit einem übellaunigen Blick, dann stutzt sie, runzelt die Stirn und stellt fest: »Ich habe doch jemand völlig anderen gebucht. Sie sind nicht der *Torkelnde Toni*!«

»Äh, nein«, wispert der Detektiv eingeschüchtert, trippelt verlegen hin und her, bimmelt dabei leise mit dem Hintern und erklärt: »Toni ist leider, öhm, verhindert. Ich bin seine Vertretung. Der *Scheue,* ähm, *Schorchi.*«

»Und wer ist das?«, schnarrt die Kita-Leiterin und zeigt mit dem Finger auf mich.

»Das ist meine, ähm, Nichte. Ich passe heute auf sie auf.«

»Und das?«, motzt Frau Ackerath und deutet auf meinen Cockerspaniel.

»Das ist Doktor Herkenrath. Auf den passe *ich* auf«, lasse ich sie wissen.

Sie rollt genervt mit den Augen und kommandiert in Richtung des Detektivs. »Dann mal los! Bevor die kleinen Nervensägen völlig durchdrehen. Worauf warten Sie?«

Rory schluckt, wirft einen verstohlenen Blick zur Tür und sieht für einen Moment so aus, als wollte er die Flucht ergreifen. Kurzentschlossen schubse ich ihn in den Raum und flüstere ihm ermutigend zu: »Einfach bimmeln, stolpern und ausrutschen. Wird schon gut gehen.«

»Sooo! Alle Wimmelmäuse kommen jetzt zur Ruhe!«, ruft Tanja Ackerath, klatscht in die Hände und befiehlt in Feldwebelton: »Setzt euch hier vorne auf die Matten. Du auch, Sören. Und du ebenfalls, Paloma-Lucretia. Schluss mit dem Getuschel!«

Tatsächlich tritt daraufhin Ruhe ein und sämtliche *Wimmelmäuse* starren Rory erwartungsvoll und mit großen Augen an.

»Heute haben wir in der *Kita Wilde Wimmelmäuse* einen ganz besonderen Besucher«, kündigt Frau Ackerath seinen Auftritt mit einem falschen Lächeln an. »Es ist ein Clown. Und sein Name ist der *Scheue Schorchi.* Wir wollen ihn alle mit einem großen Applaus begrüßen!«

Ein paar der Kinder klatschen lustlos in die Hände, die übrigen rühren sich nicht und stieren den Clown-Detektiv unverwandt an. Die Kita-Leiterin bedeutet Rory mit einem ungeduldigen Nicken, seinen Auftritt zu beginnen.

Er hüstelt verlegen, macht einen zögerlichen Schritt vor die Kinder hin, räuspert sich mehrfach, blickt auf seine Clown-Latschen und murmelt: »Ich, ähm, bin sehr erfreut, Ihre, öhm, Bekanntschaft zu machen. Ich, ähm, möchte Ihnen nicht verheimlichen, dass dies mein, öhm, erster Auftritt vor Publikum ist. Daher bin ich ein wenig unsicher, ob, äh … Sollte Ihnen etwas nicht gefallen, dann, öhm, scheuen Sie sich nicht –«

»Kann ich den Hund streicheln?«, ruft ein blonder Junge dazwischen und robbt auf Doktor Herkenrath zu.

»Nein! Nicht anfassen. Der hat vielleicht irgendwelche Krankheiten«, hält Tanja Ackerath den Jungen auf und zischt mir zu: »Halte das Tier gefälligst von den Kindern fern.«

Ich nehme meinen traurig schielenden Cockerspaniel auf den Arm und flüstere ihm zu: »Nimm es nicht persönlich. Ich glaube, sie kann Tiere einfach noch weniger leiden als Kinder.«

»Mach endlich was Lustiges!«, fordert ein Mädchen mit Zöpfen den Detektiv auf und zieht die Nase hoch.

»Äh, ja. Ich, ähm … natürlich.« Rory atmet tief durch, nimmt all seinen Mut zusammen, trippelt mit einem angestrengten Lächeln von rechts nach links und bimmelt dabei verschämt mit dem Hintern.

Die Einzige, die kichert, bin ich. Ansonsten: keine Reaktion. Der *Torkelnde Toni* hatte recht. Das *ist* ein ziemlich verwöhntes Publikum.

Rory tut mir aufrichtig leid. Es ist nur zu offensichtlich, dass er nicht fürs Showgeschäft geschaffen ist. Dabei legt er sich (für seine schüchternen Verhältnisse) durchaus ins Zeug, um die Kinderschar zu unterhalten. Er versucht es mit zurückhaltendem Torkeln, scheuem Ausrutschen und quält sich sogar ein paar seltsame Geräusche ab. Wenn auch nur ganz leise.

Aber die wilden Wimmelmäuse fühlen sich schon nach kurzer Zeit gelangweilt, verlieren das Interesse an der Clown-Darbietung und fangen an, sich anderweitig zu beschäftigen. Sören und ein anderer Junge beginnen mit großer wissenschaftlicher Neugier, in der Nase zu bohren. Eines der Kinder wirft Knetmasse gegen das Fenster. Und dann kriegen sich zwei Mädchen wegen der letzten beiden Schokoküsse, die in einer Packung verblieben sind, in die Haare.

»Hau ab! Das sind meine«, kreischt eines der Mädchen und schubst das andere weg.

»Ich will auch eim Schogoguss«, jammert das andere Mädchen und beginnt zu weinen.

»Coralie! Ich habe doch gesagt, ihr sollt euch die Schokoküsse teilen. Gib Antigone gefälligst auch einen«, sagt eine Erzieherin in strengem Ton.

Coralie schüttelt entschieden den Kopf. »Antigone ist doof. Die kriegt keinen. Ich will alle zwei für mich!«, kräht sie lautstark und stopft sich kurzerhand beide Schokoküsse in den Mund.

Worauf Antigone das Gesicht verzieht und beginnt, einen hohen, heulbojenartigen Ton auszustoßen.

»Ruhe!«, schreit Tanja Ackerath und blafft Rory an: »Herrgott, Sie sind ja der schlechteste Clown, den ich je gebucht habe. Ich werde mich bei der Agentur über Sie beschweren. Tun Sie doch endlich was. Machen Sie weiter!«

»Öhm, natürlich«, haucht Rory eingeschüchtert, hüstelt nervös und stottert: »Vielleicht ein, äh, Witz? Also: Kommen ein, ähm, Pfarrer und ein Schreiner … Öhm, nein. Es war ja ein … Was war es noch gleich? Ach, ja. Ein, ähm, Klempner. Also … kommt ein Känguru mit einem Pfarrer in einen Klempnersalon.

Am, äh, Samstag. Das ist wichtig. Also, dass es am Samstag war. Und nicht am Sonntag. Sonst funktioniert der Witz nicht. Jedenfalls … sagt das, öhm, Känguru …«

Grundgütiger, durchfährt es mich. Ich hätte nie geglaubt, dass es einen noch schlechteren Witze-Erzähler geben könnte als Onkel Achim. Aber Rory toppt ihn mit Leichtigkeit. Das tut ja beinah körperlich weh.

»Und dann am, äh, Sonntag ist es so, dass … Also … da verläuft sich der Pfarrer auf dem Weg zur, ähm, Kirche. Der Klempner … Also, das Känguru auch zuerst. Aber dann, ähm …«

»Deine Witze sind langweilig«, schreit ein kleiner Junge, springt auf und reckt den Kopf in Richtung Rory vor. »Und du bist auch langweilig. Du bist ein Kacki-Clown!«

»Frederik! So was sagt man nicht!«, kreischt Tanja Ackerath. Aber es ist bereits zu spät. Begeistert von Frederiks Wortschöpfung springt die versammelte Kinderschar von ihren Matten auf, brüllt im Chor *»Kacki-Clown! Kacki-Clown!«* und hüpft dabei um den Detektiv herum. Verzweifelt versuchen die Erzieherinnen, den Kita-Aufstand zu beenden, schaffen es aber nicht, der Situation Herr zu werden.

Rory ist wie erstarrt und blickt mit angstvoll aufgerissenen Augen auf die tobenden Kinder. Ich habe ihn schon zweimal in echt brenzligen Situationen erlebt. Einmal ist er von einem Muskelprotz mit Baseballschläger verfolgt worden, bei einer anderen Gelegenheit hat ihn jemand mit einer Mistgabel bedroht.

Aber nie habe ich ihn so panisch gesehen, wie bei den randalierenden Wimmelmäusen.

Dann kommt wie aus dem Nichts ein Bauklotz angeflogen (Ich tippe mal auf Frederik oder Coralie) und zischt nur haarscharf am linken Ohr des Detektivs vorbei. Rory stößt einen Laut aus, der klingt, als würde Luft aus einem Reifen entweichen, fährt auf dem Absatz herum und stolpert wild bimmelnd aus dem Raum. Schneller als man *Scheuer Schorchi* sagen kann!

»War nett bei Ihnen. Viel Vergnügen noch mit den Wimmelmäusen!«, sage ich hastig zu Tanja Ackerath, schnappe mir Doktor Herkenrath, der angesichts des Tumultes in ein durchdringendes Jaulen ausgebrochen ist, und sehe zu, dass ich ebenfalls Land gewinne.

~ 13 ~
Ein Anschlag

Ich stoße die Glastür am Eingang auf und renne ins Freie. Es regnet in Strömen. Der Himmel hat sich so verdüstert, dass die meisten Verkehrsteilnehmer ihre Scheinwerfer eingeschaltet haben. Die Scheibenwischer der Fahrzeuge leisten Höchstarbeit, kommen aber kaum gegen die vom Himmel stürzenden Wassermassen an.

Ich blicke nach links, blicke nach rechts – und entdecke den *Scheuen Schorchi* in etwa zwanzig Metern Entfernung. Rory gibt ein bemitleidenswertes Bild ab. Er stützt sich mit beiden Händen auf eine Mülltonne, sieht aus wie ein nass geregnetes Häuflein Elend, schnappt nach Luft und vermittelt den Eindruck, als hätte er gerade einen Marathonlauf hinter sich. Seine Glatzenperücke ist verrutscht, die gepunktete Clown-Fliege hängt schief und der Regen sorgt dafür, dass ihm die Clown-Schminke übers Gesicht läuft. Er zittert und bimmelt dabei traurig vor sich hin.

»Brauchen Sie was?«, erkundige ich mich besorgt. »Ein Handtuch? Einen Seelsorger? Oder einen Eierlikör?«

»Das war … brutal«, krächzt er mit erstickter Stimme. »Hast du das gesehen? Die haben einen, öhm, Bauklotz nach mir geworfen. Ein Clown zu sein, ist nicht, ähm, spaßig. Überhaupt nicht.«

»Ach, kommen Sie schon«, entgegne ich und muss kichern. »Ein bisschen lustig war es schon. Das müssen Sie doch zugeben. Also … nicht Ihr Auftritt, sondern dieser kleine Kindergarten-Aufstand. Ihr Auftritt war eher durchwachsen. Aber … ein Haufen kleiner Kinder, die *Kacki-Clown* brüllen und einen Erwachsenen in die Flucht schlagen – das ist lustig!«

»Ach, öhm, ja? Findest du?«, entgegnet Rory mit matter Stimme, während ihm die Schminke über die Wangen läuft.

»Ja«, sage ich giggelnd. »Und Charlotte wird sich auch total beömmeln, wenn ich ihr davon –«

»Nein, nein, nein!« Rory fährt panisch herum und wispert in flehendem Ton: »Du darfst ihr auf keinen, öhm, Fall … Bitte! Niemand darf jemals erfahren, was da drin geschehen ist. Niemand. Das ist nie, ähm passiert.«

»Ja, ja. Ist ja schon gut«, sage ich, kann aber noch immer nicht aufhören, zu kichern. »Beruhigen Sie sich mal wieder. Vielleicht sollten Sie sich wirklich einen Eierlikör gönnen. Bei Frau Zeigler wirkt der immer Wunder.« Fragend blicke ich den Detektiv an. »Und was nun?«

»Ich, öhm, ich muss mich ein wenig, ähm, sammeln«, sagt Rory und nimmt die rote Clown-Nase ab. »Außerdem möchte ich mich so schnell wie möglich abschminken und aus diesem Kostüm raus. Und einen dünnen Kaffee könnte ich auch vertragen. Fahren wir zunächst einmal in die Detektivagentur zurück.«

»Okay.« Ich nehme mein Smartphone aus der Manteltasche und rufe ein Taxi. Mittlerweile bin ich auch pitschnass. »Kommt in fünf Minuten«, informiere ich Rory.

Er nickt, deutet zu dem Park auf der anderen Straßenseite und schlägt vor: »Vielleicht können wir uns da unterstellen. Unter der Linde am Parkeingang.«

Der Detektiv macht sich daran, mit seinen großen Clown-Latschen die Straße zu überqueren, während ich mich bücke, um Doktor Herkenrath auf den Arm zu nehmen, der mit wedelndem Schwanz einen Wasserhydranten umkreist und anbellt.

Als ich mich wieder aufrichte und zur Straße blicke, ereilt mich der Schock meines Lebens: Wie aus dem Nichts taucht der blaue Transporter plötzlich im Regen auf – und rast mit aufgeblendeten Scheinwerfern auf den Detektiv zu! In diesem Moment bemerkt auch Rory den Wagen, erstarrt vor Schreck wie ein Reh im Scheinwerferlicht, bleibt mitten auf der Straße stehen und glotzt mit angstvoll geweiteten Augen auf das Fahrzeug, das schnurstracks auf ihn zuhält.

Dann ist es, als würde alles in Zeitlupe geschehen. Wenn mir bisher jemand erzählt hat, er hätte eine Situation in Zeitlupentempo erlebt, habe ich das nie wirklich geglaubt. Aber genau so ist es in diesem Moment.

Rory! Von der Straße runter!, will ich rufen, bringe aber keinen Ton heraus. Es ist, als wäre meine Kehle zugeschnürt. Sämtliche Muskeln meines Körpers haben den Dienst eingestellt. Ich bin außerstande, mich auch nur einen Zentimeter vom Fleck zu rühren.

Alles, was vor meinen Augen passiert, passiert unendlich verlangsamt. Und merkwürdigerweise haben nicht nur meine Augen, sondern auch meine Ohren auf Zeitlupe geschaltet: Das Rauschen des Regens, das platzende Geräusch, das entsteht, wenn die Wassertropfen auf dem Asphalt aufschlagen, das Motorengeräusch des Transporters … Ich nehme alles nur als einen einzigen tiefen, dumpfen Ton wahr.

Vor Entsetzen gelähmt beobachte ich, wie die Scheinwerfer des Wagens näher kommen, und sehe, wie Rorys Mund sich zu einem Schrei öffnet. Dann spüre ich, wie Doktor Herkenrath sich aus meinen Armen windet, und blicke ihm mit großen Augen hinterher, als er mit weiten, zeitlupenhaften Sprüngen durch den Regen setzt, sich mit den Hinterbeinen vom Pflaster abstößt – und den schüchternen Detektiv anspringt. Rory taumelt einen Schritt zur Seite, rudert mit den Armen, verliert das Gleichgewicht – und landet im Rinnstein. Was ihm das Leben rettet! Der Transporter verfehlt Hund und Detektiv um Haaresbreite!

Abrupt löst sich meine körperliche Starre und um mich herum läuft plötzlich wieder alles in Normalgeschwindigkeit ab: Der Wagen bremst kurz, offenbar will sich der Fahrer durch einen Blick in den Außenspiegel vergewissern, dass er den Detektiv erwischt hat. Als ihm klar wird, dass er sein Ziel verfehlt hat, gibt er Gas und schießt mit quietschenden Reifen davon.

Mit klopfendem Herzen renne ich zu Rory und Doktor Herkenrath hinüber. Der Detektiv blutet aus einer Platzwunde, die er sich bei dem Sturz zugezogen hat, scheint ansonsten aber unverletzt zu sein.

»Puh! Das war knapp«, keucht er und versucht, auf die Beine zu kommen.

»Erst mal von der Straße weg!« Ich helfe ihm auf und wir flüchten uns unter die Linde am Parkeingang, wo ich ein Papiertaschentuch aus meiner Tasche fummele. »Hier! Drücken Sie das gegen die Wunde auf Ihrer Stirn!« Dann knuddele ich meinen Cockerspaniel. Und zwar in aller Ausgiebigkeit. »Das war eine echte Heldentat! Du bist der mutigste ängstliche Hund des Universums«, lobe ich ihn und knutsche seine Hundenase.

Doktor Herkenrath hechelt freudig, schüttelt sich Regentropfen aus dem Fell, wedelt mit dem Schwanz und bellt zweimal wie zur Bestätigung.

Ich streichle ihm über den Kopf, blicke in die Richtung, in die der Transporter verschwunden ist, und wispere Rory zu: »Ich habe mir das Kennzeichen gemerkt. Diesmal kriegen wir ihn. Sie denken doch auch, dass es dieselbe Person war, die …«

»Ähm, ja«, entgegnet der Detektiv mit leiser Stimme, während er weiter versucht, die Blutung mit dem Taschentuch zu stoppen. »Es war unmöglich, den Fahrer zu erkennen. Aber das war mit Sicherheit die Person, die auch versucht hat, Alexander Honnef zu überfahren. Autos scheinen ihr bevorzugtes Mordinstrument zu sein. Sie muss uns gefolgt sein, als wir die *Agentur Lachmann* verlassen haben. Und dann hat sie auf eine günstige Gelegenheit gewartet, um …«

»Aber warum hat der Täter oder die Täterin es jetzt auf *Sie* abgesehen?«, frage ich mit gerunzelter Stirn.

»Nun, öhm, offenbar will die Person um jeden Preis verhindern, dass ich weiter in dem Fall ermittle. Und das wäre ihr ja auch beinah gelungen. Wenn nicht …« Rory räuspert sich umständlich und hockt sich vor Doktor Herkenrath hin. Dann nimmt er die rechte Vorderpfote meines Cockerspaniels, blickt ihm in die Schiele-Augen und sagt so schüchtern und förmlich, dass es schon wieder rührend ist: »Ich, ähm, ich danke dir vielmals. Ich weiß gar nicht, wie ich … Das war … Also, ich, ähm, stehe für immer in deiner Schuld, Doktor Herkenrath. Wenn ich jemals irgendetwas für dich tun kann, dann … Ich, öhm, ich wünschte, ich wüsste, wie ich mich erkenntlich zeigen kann.«

»Versuchen Sie es mit einem Präsentkorb von der *Metzgerei Codlett*«, rate ich grinsend und kraule Doktor Herkenrath die Ohren. »Der kommt garantiert gut an.«

Zwei Minuten später erscheint unser Taxi. Beim Einsteigen stelle ich fest, dass Rorys bimmelnder Hintern den Sturz nicht gut überstanden hat. Das Glöckchen bimmelt nicht mehr, sondern gibt nur noch ein trauriges, blechernes *Bämm, bämm* von sich.

Der Taxifahrer ist derselbe, der uns heute Morgen zur *Agentur Lachmann* chauffiert hat. Diesmal spart er sich jeden blöden Kommentar. Stattdessen wirft er immer wieder ängstliche Blicke in den Rückspiegel. Kein Wunder. Mit der verrutschten Perücke, der Stirnwunde und der verlaufenen Schminke sieht Rory aus wie ein extrem gruseliger Horror-Clown. Könnte er sich sehen, würde er sich wahrscheinlich vor sich selbst gruseln.

»Wenn der Fahrer des Transporters auch derjenige war, der versucht hat, Alexander Honnef zu überfahren, dann scheidet der *Torkelnde Toni* als Täter aus«, ziehe ich eine Zwischenbilanz unserer Ermittlung. »Der Transporter hat uns ja schon verfolgt, als wir in Tonis *Clownomobil* saßen. Auch wenn Toni für Mittwoch kein Alibi hat – er kann es nicht gewesen sein.«

»So ist es«, bestätigt Rory nickend und seufzt resigniert. »Und in Anbetracht der Tatsache, dass die, öhm, *Witzige Wanda* und der *Lallende Leopold* Alibis haben und damit ebenfalls nicht in Betracht kommen, stehen wir wieder ganz am Anfang.«

»Nicht ganz«, werfe ich ein. »Wir sollten das Kennzeichen des Transporters schnellstens überprüfen.« Ich nehme mein Handy und wähle die Nummer von Kommissar Valko.

Der Kommissar ist kein besonders freundlicher Zeitgenosse, sondern eine brummige, mürrische Erscheinung, mit der wir schon bei mehreren unserer Fälle zu tun hatten. Kommissar Valko verfügt über keinerlei Selbstzweifel, glaubt bei jedem Fall ganz genau zu wissen, wer der Täter oder die Täterin ist, liegt damit aber regelmäßig schief – und steht am Ende blöd da, wenn er mit ansehen muss, wie der schüchterne Detektiv den wahren Täter überführt. Was einer der Gründe für seine chronisch miese Laune sein dürfte.

»Polizeipräsidium, Valko«, meldet er sich und zieht die Nase hoch.

»Hallo, Herr Kommissar«, flöte ich in den Hörer. »Matilda Bond hier.«

Worauf am anderen Ende ein genervtes Stöhnen zu vernehmen ist. »Wenn du anrufst, bedeutet das nichts Gutes«, mault der Polizist. »Was willst du?«

Ich schildere ihm in knappen Worten, was passiert ist.

»Ein Anschlag auf Rory? Mit einem Transporter?«, entfährt es ihm ungläubig. Der Kommissar wirkt ehrlich erschrocken.

Auch wenn er sich dem schüchternen Detektiv gegenüber

immer ausgesprochen überheblich aufführt – ich glaube, im Grunde genommen, hat er vor Rorys kriminalistischem Talent höchsten Respekt. Obwohl er das natürlich niemals zugeben würde.

»Ist der Detektiv verletzt?«, erkundigt er sich.

»Nein. Keine Sorge. Eine kleine Platzwunde, ansonsten geht es ihm gut. Nur sein Hintern bimmelt nicht mehr.«

»Was?«, brummt Kommissar Valko verwirrt.

»Nicht so wichtig. Können Sie uns helfen? Ich habe mir das Kennzeichen des Wagens gemerkt. Würden Sie es für uns überprüfen?«

»Also … das ist eigentlich nicht erlaubt«, murmelt der Polizist. »Dafür müsste Rory erst mal offiziell Anzeige gegen Unbekannt erstatten.«

»Ach, kommen Sie schon«, versuche ich, ihn zu überreden. »Sie sind uns einen kleinen Gefallen schuldig. Denken Sie doch nur mal an den letzten Fall, bei dem wir miteinander zu tun hatten. Sie wissen schon: die verschwundene Schriftstellerin. Ohne Rory wäre der Fall nie gelöst worden. Denken Sie nicht, jetzt wäre ein guter Zeitpunkt, um sich dafür ein bisschen erkenntlich zu zeigen?«

»Na gut«, gibt er sich geschlagen. »Dann sag mal an.«

Ich gebe ihm das Kennzeichen des Transporters durch, höre, wie er auf seiner Tastatur rumtippt, kurz darauf einen überraschten Pfiff ausstößt und mir mitteilt: »Das Kennzeichen wird euch nicht weiterbringen. Der Wagen wurde vor anderthalb Stunden als gestohlen gemeldet. Ist an einer Baustelle geklaut worden. Das Fahrzeug gehört einem Klempnerbetrieb.«

»Oh«, mache ich enttäuscht.

»Tja … tut mir leid, dass ich euch nicht weiterhelfen konnte«, brummt Kommissar Valko. Dann höre ich ein leises Kichern, und er sagt: »Aber apropos Klempnerfirma. Mir hat da neulich jemand einen echten Brüller-Witz erzählt. Den muss ich einfach mal loswerden: Kommen ein Klempner, ein Pfarrer und ein Känguru in einen Eissalon. Sagt der Klempner – «

»Kenne ich schon«, würge ich den Kommissar ab und verabschiede mich hastig: »Danke für Ihre Hilfsbereitschaft.«

»Schon gut«, brummt er. »Und grüß deinen Chef von mir, den alten Hüstel-Hering.«

Als Rory die Treppe zur Detektivagentur hochsteigt, bimmelt er zwar nicht mehr, dafür verursacht er bei jedem Schritt ein quatschendes Geräusch, weil ihm Regenwasser in die Clown-Latschen gelaufen ist.

Er schließt auf, tritt in den Flur, schaut im Vorbeigehen in den Dielenspiegel – und stößt beim Anblick des Horror-Clowns, der ihm entgegenblickt, einen schrillen Schrei aus. Vor Schreck macht er einen Satz zurück. »Um, öhm, Gottes willen«, stammelt er, fasst sich ans Herz und ringt nach Luft. »Ich, ähm, muss dringend unter die Dusche und mich umziehen.«

Während der Detektiv im Bad beschäftigt ist, nehme ich zwei Handtücher aus einem Schrank in der Diele. Mit dem einen rubble ich meine Haare, mit dem anderen Doktor Herkenraths Fell trocken. Anschließend mache ich mich daran, einen dünnen Kaffee zu kochen. Den hat sich Rory ehrlich verdient. Das war ein harter Tag für ihn: erst das Clown-Treffen, dann die lebensgefährliche Fahrt mit dem *Clownomobil*, ein desaströser Auftritt, randalierende Kleinkinder, die mit Bauklötzen werfen, und ein Anschlag mit einem Transporter. Über zu wenig Action in seinem Leben kann er sich jedenfalls nicht beklagen!

Vorsichtig fülle ich Kaffeepulver in den Filter. Mittlerweile bin ich mit der Dosierung von schüchternem Kaffee bestens vertraut: Auf fünf Tassen kommt (höchstens) ein halber Teelöffel Kaffeepulver.

Rory ist die Erleichterung anzusehen, nicht mehr als Clown durch die Gegend laufen zu müssen. Endlich darf er wieder einen seiner geliebten Anzüge, Hemd, Krawatte und ein Paar Schuhe tragen, das nicht so aussieht, als wäre es ihm fünf Nummern zu groß. Auf seiner Stirn prangt ein breites Pflaster.

»Oh, ähm, danke«, murmelt er, als ich ihm eine Tasse schüchternen Kaffee in die Hand drücke. Er setzt sich an den Tisch, nippt genussvoll an dem dünnen Gebräu und versinkt für eine Weile in Nachdenken, bevor er sich verlegen räuspert und mit leiser Stimme sagt: »Ich muss gestehen, ich bin etwas, öhm, ratlos. Halten wir doch einmal fest, was wir wissen: Alexander Honnef hat sowohl gegenüber Kati Keuken als auch gegenüber Timo Leusing von illegalen Vorgängen in der Agentur gesprochen. Er hat, für den Fall, dass ihm etwas zustoßen sollte, eine Liste in seinem Wohnzimmer deponiert, bei der es offenbar um Geldzahlungen an Clowns geht. Und die Person, die ihn angefahren hat, war ebenfalls ein Clown. Alles weist darauf hin, dass das Motiv für den Anschlag in der *Agentur Lachmann* zu finden ist. Aber warum haben dann alle verdächtigen Clowns ein Alibi für die Zeit? Und warum habe ich in der Agentur nicht ein einziges Signal empfangen? Nichts, das auf irgendein Verbrechen hindeutet?« Rory nimmt noch einen Schluck Kaffee und schüttelt den Kopf. »Irgendetwas stimmt hier nicht«, nuschelt er in sich hinein. »Irgendwas stimmt hier ganz und, ähm, gar nicht. Es ist, als …«

In diesem Moment gibt mein Smartphone einen hohen Pfeifton von sich. Das Signal für einen eingehenden Videoanruf.

»Schon wieder Harry Ulfern«, stöhne ich nach einem kurzen Blick aufs Display. »Muss ich da rangehen?«

»Ich, ähm, denke, das wäre ratsam«, sagt Rory mit besorgter Miene. »Man weiß ja nie, ob ihm nicht vielleicht etwas, öhm, zugestoßen ist.«

Ich nehme den Anruf entgegen und blicke in das Gesicht des koboldhaften Detektivs. Er hat eine dicke Beule auf der Stirn (wohl die Folge seines Zusammentreffens mit dem Laternenpfahl), und seine provisorisch geflickte Brille sitzt noch eine Nummer schiefer auf der Nase als üblich. Sein Selbstvertrauen hat aber offenbar nicht gelitten.

»Zielpersonen und vierbeiniges Subjekt haben die Shopping-Mall verlassen«, informiert er mich in wichtigtuerischem Ton. »Zielperson eins hat dort bei *Mucki-Sport* ein pinkfarbenes Stirnband und pinke Sportschuhe erstanden. Zielperson zwei hat bei *Yammi-Tammy-Gemüse* ein halbes Kilo Stinkmorcheln gekauft. Hilft uns das bei unserem Fall weiter?«

»Ähm, möglicherweise. Sehr, öhm, gute Arbeit, Harry«, sagt Rory wahrheitswidrig aber höflich, und reckt verschämt den Daumen in die Kamera.

»Zielpersonen sind jetzt auf dem Weg zurück zum *Pieselberg.* Werde ihnen weiter unauffällig folgen und – oh! Verdammt!«

»Hey, Freundchen, filmst du uns etwa?«, ertönt in diesem Moment eine zornige Stimme, die verdächtig nach der von *Bärchen* klingt.

»Nein, nein«, quäkt Harry Ulfern panisch. »Da irren Sie sich. Das ist … ein Missverständnis.«

»Du bist mir schon vorhin in der Mall aufgefallen, Freundchen. Schleichst du etwa meinem Schneckchen hinterher?«

»*Schneckchen?* Ich habe keine Ahnung, wovon Sie sprechen.«

»Auch noch frech werden, was? Du brauchst wohl mal eine ordentliche Abreibung, Freundchen!«

Im nächsten Moment beginnt das Handybild zu wackeln, als hätte ein Erdbeben eingesetzt. Dann fliegt das Telefon durch die Luft, landet auf dem Boden und die Kamera zeigt nur noch ein Stück grauen Himmel. Derweil hört man ein dumpfes Klatschen, einen erstickten Schmerzenslaut und unmittelbar darauf die kreischende Stimme von Jessica Honnef: »Bärchen. Nicht! Lass ihn! Das gibt nur Ärger. Lass ihn los! Weg hier! Schnell!« Einen Augenblick später ist das Geräusch sich hastig entfernender Schritte zu vernehmen. Dann herrscht Ruhe. Abgesehen von einem leisen Ächzen und Stöhnen.

»Ähm, äh, Harry? Geht es dir gut?«, erkundigt sich der schüchterne Detektiv mit sorgenvoller Miene.

»Ja, ja«, krächzt es aus dem Hörer. Drei Sekunden später wird das Handy vom Boden aufgehoben und die Kamera zeigt das Gesicht von Harry Ulfern. Das Bild ist noch immer verwackelt, offenbar zittern die Hände des fusselbärtigen Detektivs stark. Neben seiner Beule hat er jetzt auch noch ein bunt schimmerndes Veilchen über dem rechten Auge. Der Knoten seiner fleckigen Krawatte hat sich gelöst, sodass der Schlips ihm wie ein Strick um den Hals baumelt. Sein rechtes Brillenglas ist gesprungen und er wirkt im Ganzen reichlich ramponiert. Rory ist nicht der einzige Detektiv, der heute einen harten Tag hat.

Harry Ulfern tut aber, als wäre nichts gewesen, versucht ein optimistisches Lächeln zu produzieren und quäkt: »So wie es aussieht, bin ich trotz hochprofessionellen Vorgehens aufgeflogen. Na ja … kann auch den Besten mal passieren. Aber Auftrag ist Auftrag. Werde die Observierung der Zielpersonen fortsetzen. In … etwas größerem Abstand.«

Doch Rory will nicht riskieren, dass sein Kollege noch mehr Prügel einsteckt. Mit einem Kopfschütteln bedeutet er mir, Harry Ulfern von seinem Vorhaben abzubringen.

»Also … Sie haben da wirklich erstklassige Arbeit geleistet«, sage ich zu dem Kobold-Detektiv. »Aber ich denke, wir können die Observierung an diesem Punkt abbrechen. Es ist etwas geschehen, nach dem wir Frau Honnef und Herrn Graumaus als Verdächtige ausschließen können.«

»Wovon redest du?«, kräht Harry Ulfern und wirkt eingeschnappt. »Darf ich dich daran erinnern, dass dieser Kerl mir gerade ein blaues Auge verpasst hat? Das wirkt auf dich nicht verdächtig, oder was?«

»Jemand hat vorhin versucht, Rory zu überfahren«, lasse ich ihn wissen.

»Was? So wie Herrn Honnef?«, entfährt es dem Detektiv erschrocken. »Was ist mit dir, Rory? Geht es dir gut?«

»Ähm, ja, danke. Ich habe nur eine kleine Platzwunde davongetragen. Aber … wir gehen davon aus, dass hinter beiden Anschlägen derselbe Täter steckt. Da du Herrn Graumaus und Frau Honnef den ganzen Tag über im Blick hattest, können sie nichts mit dem, öhm, Anschlag auf mich zu tun haben. Und folgerichtig auch nicht mit dem auf Alexander Honnef.«

»Klingt irgendwie logisch«, muss Harry Ulfern zugeben. Nervös fährt er sich mit der Hand über die Beule auf der Stirn, guckt etwas ratlos drein und murmelt: »Da hätte ich mir die ganze Arbeit auch ersparen können. Und die Beule und das Veilchen auch. Und was heißt das jetzt für unser weiteres Vorgehen? Wie sieht mein Auftrag aus?«

»Wie wäre es, wenn Sie erst mal Ihr geschwollenes Auge kühlen?«, schlage ich wohlmeinend vor. »Dann statten Sie dem Optiker einen Besuch ab und schauen, ob an Ihrer Brille noch was zu retten ist. Anschließend legen Sie ein wohlverdientes Päuschen ein und gönnen sich irgendwo ein Schaschlik. Und danach halten Sie sich in Bereitschaft. Falls Rory und ich Unterstützung benötigen, melden wir uns bei Ihnen.

»Du meinst, ich bin so was wie ein Sondereinsatzkommando, das man ruft, wenn die Lage brenzlig wird?«, sagt Harry Ulfern und fühlt sich offenbar geschmeichelt.

»Genau«, beteuere ich.

Auch wenn ich noch nie von einem Sondereinsatzkommando gehört habe, dass über seine Schnürsenkel stolpert und gegen Laternen rennt. Aber Hauptsache, der Mann ist beschäftigt und richtet kein Unheil an.

~ 14 ~
Alles auf den Kopf gestellt

Es gibt Momente, in denen das Leben ein einziges großes Fragezeichen ist. Das ist einer von ihnen. Wir sind nicht viel klüger als zu Beginn unserer Ermittlung.

Womit haben wir es zu tun?, frage ich mich ein ums andere Mal. Mit einer Verschwörung? Mit einem Verbrechen? Was hat Alexander Honnef herausgefunden? Wofür haben die Clowns diese Geldsummen erhalten? Keine der Befragungen hat uns in Bezug auf diese Rätsel weitergebracht. Und allmählich gehen uns die Verdächtigen aus.

Auch bei früheren Fällen gab es schon Situationen, in denen uns die Ermittlungen in eine Sackgasse geführt haben. Bisher konnten wir in diesen Momenten aber stets auf Rorys besondere Fähigkeit zählen, die uns mehr als einmal aus der detektivischen Patsche geholfen hat. Aber diesmal: Nichts! Kein einziger Gegenstand, von dem er ein Signal empfangen hat. Kein noch so verschwurbelter Hinweis, der unserer Ermittlung den richtigen

Dreh gegeben hätte. Wie kann das sein? Hat Rory sein außergewöhnliches Talent möglicherweise eingebüßt?, frage ich mich bange.

Der schüchterne Detektiv wirkt ebenfalls so, als wäre er mit seinem Latein am Ende. Er stiert deprimiert in die Kaffeetasse und zupft gelegentlich an seinem Ohrläppchen, bis er sich schließlich räuspert und leise murmelt: »Irgendetwas müssen wir übersehen haben. Oder wir haben etwas gesehen, aber seine Bedeutung nicht erkannt. Wir müssen alles noch einmal von Anfang an durchgehen. Ich frage mich …« Rory versinkt erneut in ein nachdenkliches Schweigen – als in meinem Kopf plötzlich ein Hirnfünkchen aufglimmt!

Ich weiß nicht, ob es nur mir so geht, oder ob andere dieses merkwürdige Phänomen auch kennen. Aber wenn ich die Antwort auf eine bestimmte Frage suche oder darüber grübele, wie man ein bestimmtes Problem lösen könnte, passiert es manchmal, dass in meinem Bewusstsein so ein *Hirnfünkchen* aufflackert. Für einen winzigen Moment offenbart sich mir des Rätsels Lösung und ich habe das Gefühl: *Das ist es! Das ist die Antwort auf alles!* Aber ehe das Hirnfünkchen zu einem richtigen Gedanken werden und sich im Bewusstsein festsetzen kann, erlischt der Funke auch schon wieder. Und eine Zehntelsekunde später kann ich mich bereits nicht mehr daran erinnern, worum es eigentlich ging. Nur manchmal, in ganz seltenen Glücksfällen gelingt es mir, das Fünkchen im Moment seines Erscheinens am Leuchten zu halten und mit dem Funken einen echten Gedanken zu entfachen.

Genau das ist in diesem Augenblick der Fall!

»Der Transporter!«, platzt es erkenntnisartig aus mir heraus. »Der Anschlag, den man auf Sie verübt hat …«

»Öhm, ja?«, nuschelt Rory verdattert. »Was ist damit?«

»Der Wagen ist uns doch von der *Agentur Lachmann* aus gefolgt«, setze ich zu einer Erklärung an. »Das heißt, die Person, die den Wagen gesteuert hat, muss gewusst haben, dass Sie freitagsmorgens in der Agentur sein würden. Was sämtliche Clowns ausschließt, denn für die waren Sie ja kein Detektiv, sondern nur der *Scheue Schorchi.* Die Einzigen aus der Agentur, die wussten, dass Sie zu dem Clown-Treffen kommen würden, waren Frau Lachmann und Frau Dinzig.«

»Du willst sagen, dass doch eine der beiden Frauen hinter dem Anschlag steckt?« Rory wirkt nicht überzeugt und gibt zu bedenken: »Dann müsste sie die Agentur unmittelbar nach uns und dem *Torkelnden Toni* verlassen haben. Natürlich sollten wir das überprüfen, aber ich halte es für eher, ähm, unwahrscheinlich. Dazu kommt: Die beiden haben kein erkennbares Motiv. Und für die Zeit, in der der Anschlag auf Herrn Honnef stattgefunden hat, haben sie ein Alibi.«

Dagegen ist nur schwer etwas einzuwenden, trotzdem fällt es mir nicht leicht, von meiner neuen Theorie zu lassen. »Vielleicht hat sich eine der beiden gegenüber einer dritten Person verplappert und erzählt, dass Sie zur Agentur kommen würden. Und diese Person war ausgerechnet der Täter oder die Täterin. Oder es gibt einen Komplizen, der die Anschläge auf Sie und Herrn Honnef verübt hat. Im Auftrag von Frau Lachmann oder Frau Dinzig. Oder sogar von beiden.«

»Ein Komplize?« Rory scheint diese Möglichkeit abzuwägen, macht aber den Eindruck, als hätte er starke Zweifel.

»Haben Sie eine bessere Idee?« Forschend blicke ich den Detektiv an.

»Nein, äh, zugegebenermaßen nicht«, wispert er und kratzt sich verlegen an der Schläfe. »Aber dennoch …«

»Wir sollten diese Möglichkeit zumindest überprüfen«, versuche ich, ihn zu überzeugen. Da er weiterhin unentschlossen wirkt, ergreife ich kurzerhand die Initiative: »Kommen Sie«, sage ich, schlüpfe hastig in meinen Mantel und schnappe mir Doktor Herkenrath, der es sich vor dem Kühlschrank gemütlich gemacht hat. »Wir müssen zur Agentur und uns noch mal eingehend mit Frau Lachmann und Frau Dinzig beschäftigen!«

Aber dazu kommt es nicht. Denn im nächsten Moment geschieht etwas, das alles in diesem Fall auf den Kopf stellen soll: Charlotte ruft an. Und statt sich mit den üblichen, schüchternen Höflichkeitsfloskeln zu melden, keucht sie in den Hörer: »Er ist wach! Alexander Honnef ist aus seiner Ohnmacht erwacht!«

Sofort stelle ich das Handy auf Lautsprecher, damit der Detektiv mithören kann, und frage: »Wie geht es Herrn Honnef?«

»Na ja«, seufzt Charlotte. »Wie es einem halt so geht mit einem gebrochenen Bein und drei gebrochenen Rippen.«

»Ist er, öhm, klaren Sinnes?«, erkundigt sich Rory schüchtern.

»Soweit ich es beurteilen kann: ja«, bestätigt seine Freundin. »Ich habe ihm erzählt, wer ich bin. Und dass du wegen des Anschlags ermittelst.«

»Wie, ähm, hat er darauf reagiert?«

»Er war natürlich geschockt«, antwortet Charlotte. »Ist doch klar. Er wird im Krankenhaus wach, weil er einen Unfall hatte. Und als wäre das nicht schon schlimm genug, muss er auch noch erfahren, dass dieser Unfall in Wirklichkeit ein Anschlag auf sein Leben war. Das ist nicht so leicht zu verdauen.«

»Wie steht es denn um sein, ähm, Erinnerungsvermögen?«, möchte der Detektiv wissen.

»An den Unfall selbst kann er sich nur vage erinnern«, sagt Charlotte mit leiser Stimme. »Aber er behauptet, ansonsten wäre sein Erinnerungsvermögen ungetrübt. Ich habe ihn nicht weiter befragt; ich dachte, das überlasse ich besser den Profis. Ihr solltet so schnell wie möglich hierherkommen und mit ihm sprechen.«

Ins Krankenhaus? Ich werfe einen kurzen skeptischen Seitenblick auf Rory. *Das kann heiter werden.*

Der schüchterne Detektiv gruselt sich nicht nur vor Puppen und Clowns. Er verfügt über einen bunten Strauß an Schrullen, Ticks, Marotten und Ängsten. Seine größte Angst ist die vor Ärzten, Pflegern und sonstigem medizinischen Personal. Jedes Mal, wenn Rory sich einem Menschen in weißem Kittel gegenübersieht, bringt ihn das an den Rand einer Ohnmacht.

Im *Fall der Roten Libelle* waren wir auch gezwungen, im Krankenhaus zu ermitteln. Was bei dem schüchternen Detektiv zu extremen Kreislaufbeschwerden, starkem Unwohlsein und mehreren mittelschweren Panikattacken geführt hat.

Entsprechend verdutzt bin ich, als er mit entschlossener Stimme sagt: »Danke für den Anruf, Charlotte. Wir sind in, öhm, zwanzig Minuten da.«

Ich hatte eher ein furchtsam gewispertes *»Ähm, könntest du das vielleicht alleine, Mathilda …?«* erwartet. Oder ein ängstliches: *»Das würde ich doch lieber erst mal aus dem, öhm, Hintergrund verfolgen.«*

»Sind Sie sicher, dass Sie mit ins Krankenhaus möchten?«, frage ich. »Sie erinnern sich noch ans letzte Mal? Da ging es Ihnen so schlecht, dass Sie für einen Patienten gehalten wurden.«

Rory läuft rot an und erklärt verschämt: »Äh, ja. Aber ich, öhm, habe meiner Angst den Kampf angesagt.«

»Ach, ja?«

»Würdest du uns bitte ein Taxi rufen? Ich muss nur noch schnell etwas, *räusper, räusper,* holen.« Der Detektiv eilt in den Flur hinaus und verschwindet in seinem Schlafzimmer.

Kurz nachdem ich das Gespräch mit der Taxizentrale beendet habe, kommt er in die Küche zurück. Im Gesicht ein zuversichtliches Lächeln, über dem Arm einen weißen Kittel und ein Stethoskop.

Verwundert ziehe ich die Augenbrauen hoch. »Was genau soll das werden?«

»Also ... natürlich ist diese Angst vor Krankenhäusern und Ärzten ein, öhm, Problem«, gesteht Rory schüchtern lächelnd. »Vor allem, wenn man Detektiv ist. Da viele Verbrechensopfer im Krankenhaus landen, ist man ja recht häufig gezwungen, dort, ähm ... Vor einiger Zeit habe ich mit Charlotte darüber gesprochen. Und sie hatte die Idee mit dem Kittel und dem Stethoskop.« Rory kratzt sich verlegen am Hals. »Du weißt doch, es heißt, eine Angst besiegt man, indem man sich ihr stellt. Wer Höhenangst hat, sollte einen Ausflug auf den Fernsehturm machen. Wer Flugangst hat, sollte in ein Flugzeug steigen. Und wer Angst vor Ärzten hat, der ...«

»Sollte sich spaßeshalber die Mandeln rausnehmen lassen?«, frage ich belustigt. »Oder den Blinddarm?«

»Äh, nein. Wer Angst vor weißen Kitteln hat, der sollte einen weißen Kittel tragen. Und ein Stethoskop. So kann man sich einreden, man wäre selbst ein Arzt. Und wer sich einreden kann, ein Arzt zu sein, der hat keine Angst mehr vor Ärzten. Sonst müsste er ja vor sich selbst Angst haben.«

Ich bedenke den Detektiv mit einem skeptischen Blick. »Sehr gewagte Theorie. Glauben Sie wirklich, dass das in der Praxis funktioniert?«

Rory blickt zu Boden, scharrt mit der rechten Schuhspitze über die Dielen und wispert: »Das, öhm, tut es. Ich habe es schon, ähm, ausprobiert. Na ja, nicht vor Ort im Krankenhaus. Bisher habe ich nur hier geprobt. Vor dem Spiegel in der Diele.«

»Wirklich? Und was haben Sie geprobt?«, frage ich kichernd. »Eine Operation am offenen Herzen?«

»Nein. Natürlich nicht«, entgegnet der Detektiv und erklärt verschämt: »Ich, ähm, ziehe den Kittel an, lege mir das Stethoskop um den Hals und dann gehe ich vor dem Spiegel auf und ab und sage Sachen, die Ärzte halt so sagen: *Sind Sie, ähm, privat versichert?* Oder: *Nein, das sieht nicht aus, als wäre es ansteckend. Dreimal täglich zwei Aspirin und viel Flüssigkeit.* Gelegentlich auch mal: *Vorsichtshalber sollten Sie einen, öhm, Spezialisten aufsuchen.*«

Wow!, denke ich. *Eine beachtliche Karriere, die Rory innerhalb nur eines Tages hingelegt hat: morgens ein schüchterner Detektiv, mittags ein schlechter Clown und nachmittags ein falscher Arzt mit fragwürdigen Behandlungsvorschlägen. Das muss ihm erst mal einer nachmachen.*

»Würden Sie hier auf uns warten?«, bitte ich den Taxifahrer, als er vor dem Martinus-Krankenhaus hält.

»Taxameter läuft aber weiter«, brummt er. »Das wird teuer.«

»Kein Problem. Und das hier ist schon mal für Sie«, sage ich freigiebig, lächele zuckersüß und drücke ihm einen Schein von Kati Keukens Spesenvorschuss in die Hand.

Charlotte erwartet uns am Eingang. Ich habe sie während der Taxifahrt noch einmal angerufen und gebeten, runterzukommen. Um Doktor Herkenrath in Empfang zu nehmen und auf ihn aufzupassen, denn ins Krankenhaus darf man leider keine Hunde mitbringen. Was meinen Cockerspaniel nicht wirklich betrübt. Er hechelt aufgeregt und ist ganz hin und weg von der unverhofften Möglichkeit, Zeit mit seiner großen Liebe zu verbringen.

Entsetzt starrt Charlotte auf das Pflaster, das die Stirn des Detektivs ziert. »Was ist passiert?«

»Ach, das ist nichts«, versucht er schüchtern lächelnd abzuwiegeln. »Das ist nur … Das ist bloß …«

»Jemand hat versucht, ihn mit einem Transporter zu überfahren«, informiere ich Rorys Freundin.

»Was?« Charlotte wird blass.

»Aber außer der Schramme auf der Stirn ist nichts passiert«, ergänze ich in beruhigendem Ton und verkünde nicht ohne Stolz: »Doktor Herkenrath hat ihn gerettet!«

Charlotte nimmt meinen Cockerspaniel auf den Arm, schenkt ihm ein dankbares Lächeln und streichelt ihm anerkennend über den Kopf. Worauf er glücklich winselt und so freudig schielt, als hätte er den Hauptgewinn bei der Fleischwurstlotterie gezogen.

»Und wie ist es heute Morgen mit deiner Clown-Verkleidung gelaufen?«, will Charlotte von Rory wissen.

Schlagartig wird sein Gesicht tiefrot. »Ähm, sehr, ähm gut«, stammelt er, gibt mir mit einem flehenden Blick zu verstehen, bloß nichts von seinem Auftritt im Kindergarten zu erwähnen, und wechselt eilig das Thema: »Auf welchem Zimmer liegt Herr Honnef denn?«

»Zimmer 420.« Charlotte spannt einen Schirm auf. »Ich drehe eine kleine Runde mit Doktor Herkenrath, während ihr ihn befragt.«

Rory blickt seiner Freundin hinterher, als sie mit Doktor Herkenrath durch den Regen zu einer kleinen Grünanlage spaziert. Dann zieht er seinen Mantel aus, wirft sich in den weißen Kittel und legt das Stethoskop um den Hals. »Und?«, fragt er unsicher. »Geht das so?«

»Sie sehen aus wie ein Arzt aus einer Vorabend-Serie«, giggele ich. *»Doktor Scheu – der schüchterne Landarzt.«*

»Ja. Sehr, ähm, witzig. Dann mal, öhm, los!« Der Detektiv atmet tief durch, räuspert sich und tritt durch die gläserne Eingangstür.

Ich halte mich in seinem Windschatten und tue so, als wäre

ich eine Besucherin, während wir am Empfang vorbei zu den Aufzügen laufen.

Die Sache mit dem Arztkittel funktioniert tatsächlich. Und das gleich in mehrfacher Hinsicht. Zum einen scheint das Kleidungsstück Rory wirklich die Angst zu nehmen. Im Gegensatz zu unserem letzten Krankenhausbesuch, bei dem er so wacklige Knie hatte, dass ich ihn stützen musste, geht er bemerkenswert aufrecht und sicheren Schrittes.

Zum anderen trägt der weiße Kittel dazu bei, dass der Detektiv unerkannt bleibt. Niemand achtet besonders auf sein Gesicht. Alle sehen nur den weißen Kittel und denken: Aha, ein Arzt. Die einfachsten Verkleidungen sind immer die wirkungsvollsten. Zieh dir eine blaue Latzhose an und alle halten dich für einen Handwerker. Mit orangefarbener Arbeitskleidung bist du ein Mitarbeiter der Stadtreinigung. Und mit weißem Kittel Arzt oder Wissenschaftler.

Nur einmal wird es schwierig. Als wir an einem Wartebereich vorbeilaufen, in dem mehrere Patienten sitzen, springt ein älterer Herr von seinem Stuhl auf, dackelt dem Detektiv hinterher und hält ihn am Ärmel fest.

»Herr Doktor. Sie müssen mir helfen. Sie ...« Der Mann stutzt und sieht Rory erstaunt an. »Hat Ihnen schon mal jemand gesagt, dass Sie diesem berühmten schüchternen Detektiv ganz unglaublich ähnlich sehen, Herr Doktor? Jedenfalls ... ich warte schon seit geschlagenen drei Stunden darauf, dass mich endlich jemand untersucht. Ich habe da so einen fiesen juckenden Ausschlag auf dem Rücken.«

»Ach, ja?«, entfährt es Rory erschrocken und er weicht ängstlich zurück.

»Können Sie sich die Sache nicht mal kurz ansehen?«

»Öhm, lieber, ähm, nicht«, wehrt Rory hektisch ab und versucht, die Biege zu machen – als der ältere Herr auch schon seinen Pullover hochzieht und wissen will:

»Was ist das Ihrer fachmännischen Meinung nach?«

»Oh! Um Himmels willen! Das ist … Das sind … sehr viele rote Pöckchen«, krächzt der Detektiv und versucht, nicht zu genau hinzusehen.

»Ist das ansteckend?«

»Nein, das, äh, sieht nicht aus, als wäre es ansteckend«, greift Rory auf sein eingeübtes Arzt-Vokabular zurück.

»Und was kann ich dagegen machen, Herr Doktor?«

»Dreimal, öhm, täglich zwei Aspirin und viel Flüssigkeit«, rät der Detektiv und fummelt nervös an seinem Stethoskop herum.

»Und davon gehen die Pusteln wieder weg?«, fragt der Patient ungläubig.

»Sie sollten vorsichtshalber noch einen, öhm, Spezialisten aufsuchen.«

»Auch wenn ich mir den Anblick des Ausschlags lieber erspart hätte … Klappt doch, öhm, eigentlich recht gut, das mit dem

Kittel«, raunt Rory mir lächelnd zu, während wir mit dem Fahrstuhl in die vierte Etage hinauffahren.

»Schön, wenn es Ihnen hilft. Aber Ihnen ist schon noch klar, dass Sie kein Arzt sind? Sondern ein Detektiv? Vielleicht sollten Sie sich mit Diagnosen und ärztlichen Ratschlägen im weiteren Verlauf unseres Besuches etwas zurückhalten.«

»Ja, das, ähm, wäre sicherlich vernünftig«, muss Rory verlegen zustimmen, ergänzt aber in bedauerndem Ton: »Schade eigentlich. Gerade fing es an, mir, öhm, Spaß zu machen.«

Als der Detektiv behutsam an die Tür von Zimmer 420 klopft, ist von drinnen ein schwaches *»Herein«* zu vernehmen.

Alexander Honnefs Gesicht sieht grau und eingefallen aus. Sein rechtes Bein ist von oben bis unten eingegipst, um die Stirn trägt er einen dicken Verband und seine Augen blicken noch wässeriger drein als auf den Fotos im Internet. Selbst bei der kleinsten Bewegung verzieht er schmerzerfüllt das Gesicht.

»Guten Tag, Herr, öhm, Honnef«, begrüßt Rory ihn.

»Hallo, Herr Shy«, krächzt der Mann mit brüchiger Stimme. »Frau Sprudel sagte mir, dass Sie kommen würden.« Alexander Honnef stutzt und bedenkt Rory mit einem verwunderten Blick. »Sind Sie neben Ihrer Detektivtätigkeit auch noch Arzt?«

»Äh, nein, nein. Das ist … Das habe ich nur, weil … Dies ist übrigens, Frau Bond, meine, ähm, Assistentin.«

»Wir möchten Sie natürlich nicht zu sehr anstrengen«, sage

ich in mitfühlendem Ton. »Aber … fühlen Sie sich in der Lage, uns ein paar Fragen zu beantworten?«

Er nickt zustimmend. »Ich denke schon. Die Schmerzen sind nicht das Schlimmste. Die werden vergehen. Was mir viel mehr zu schaffen macht, ist, dass … Frau Sprudel hat mir gesagt, dass der Unfall ein gezielter Anschlag war. Ich kann das einfach nicht glauben. Wer sollte einen Grund haben …«

»Können Sie sich an den Unfall erinnern?«, grätsche ich dazwischen.

»Ich … ich habe die Straße überquert. Dann hörte ich einen Motor aufheulen und blickte in die Richtung, aus der das Geräusch kam. Das letzte Bild, das ich vor Augen habe, ist, wie ein silberfarbener Wagen auf mich zugerast kommt. Und ab da ist alles schwarz.«

»Konnten Sie den Fahrer erkennen?«

»Nein. Dazu ging alles viel zu schnell.«

»Am Steuer des Fahrzeugs saß ein Clown«, lasse ich Alexander Honnef wissen.

Überrascht reißt er die Augen auf. »Ein Clown? Du willst doch nicht sagen … einer unserer Clowns? Aus der Künstleragentur? Aber wieso …?«

»Wir gehen davon aus, dass er Sie zum Schweigen bringen wollte. Wegen der merkwürdigen Vorgänge in der Agentur, denen Sie auf die Spur gekommen waren. Und natürlich interessiert uns brennend, was das für Vorgänge sind!«

Rory und ich blicken Alexander Honnef erwartungsvoll an, aber er wirkt aufs Höchste irritiert und stottert mit ungläubigem Gesicht: »Ähm, was? Welche merkwürdigen Vorgänge?«

Sollte sein Gedächtnis bei dem Unfall doch gelitten haben?, frage ich mich und sage: »Na, die *illegalen Aktivitäten*, wegen der Sie Kati Keuken angerufen haben.«

Worauf sich Herr Honnefs Verwirrung noch steigert. »Ich verstehe nicht«, krächzt er. »Ich habe in meinem Leben noch nie mit Kati Keuken gesprochen. Ich kenne die Frau nur aus dem Fernsehen.«

~ 15 ~
Erkenntnisse im Aufzug

Rory und ich tauschen einen Blick, der sich irgendwo zwischen völliger Fassungs- und absoluter Ratlosigkeit bewegt. Ich bin vollkommen perplex. Was Alexander Honnef da erzählt, macht keinen Sinn. Wir wissen von Kati Keuken, dass er sie angerufen hat!

»Erinnern Sie sich nicht? Sie haben am Mittwochmorgen mit ihr telefoniert. So gegen zehn«, versuche ich, seinem Gedächtnis auf die Sprünge zu helfen.

»Nein. Ganz bestimmt nicht. Das wüsste ich doch noch«, beteuert er und schüttelt den Kopf.

Worauf es mir vor Überraschung endgültig die Sprache verschlägt. Ich stehe mit offenem Mund da, in meinem Kopf herrscht ein einziges Durcheinander. Hektisch greife ich in meine Manteltasche, ziehe das Blatt Papier heraus, das wir in Herrn Honnefs Wohnzimmer gefunden haben, und halte ihm den Computer-Ausdruck vor die Nase. »Was hat es damit auf sich? Was sind das für Geldzahlungen an die Clowns? Worum geht es dabei?«

Er stiert verständnislos auf die Liste und nuschelt: »Keine Ahnung. Woher … woher soll ich das wissen?«

Ich fasse es nicht! »Sie haben die Liste doch selbst geschrieben. Und sie in einen Umschlag gesteckt, auf dem stand: *Unbedingt öffnen, falls mir etwas zustößt.*«

»Nein«, entgegnet er entschieden – bevor ihn dann doch Zweifel befallen. »Oder … oder sollte mein Erinnerungsvermögen durch den Unfall doch gelitten haben?«, murmelt er mit gerunzelter Stirn und scheint sich plötzlich nicht mehr ganz sicher zu sein.

Rory trippelt von einem Fuß auf den anderen, räuspert sich zweimal und wispert: »Gestatten Sie mir bitte die Frage: Wenn Sie nicht mit Kati Keuken telefoniert und sich nicht mit ihr im Flora-Park verabredet haben – aus welchem Grund waren Sie dann um achtzehn Uhr dort?«

»Na, wegen Tiffy«, sagt Herr Honnef wie aus der Pistole geschossen, dreht den Kopf ein wenig und gibt ein kurzes, schmerzerfülltes Stöhnen von sich. »Kurz vor halb sechs bekam ich einen Anruf vom Anwalt meiner Ex-Frau.«

Ah! Damit wäre das Rätsel um den geheimnisvollen zweiten Anruf gelüftet, denke ich. Vorausgesetzt, dass wir Alexander Honnefs Aussagen trauen können. Was das betrifft, habe ich mittlerweile aber leise Zweifel.

Derweil führt er aus: »Jessica und ich lagen in einem Sorgerechtstreit wegen Tiffy, unserem Zwergpinscher. Nach unserer Scheidung hat sie …«

»Ja, wir kennen die Tiffy-Geschichte«, unterbreche ich ihn. »Und was wollte der Anwalt von Ihnen?«

»Er sagte, dass Jessica wegen des Sorgerechts nun doch nicht vor Gericht ziehen möchte. Sie hätte nach längerem Nachdenken eingesehen, dass Tiffy bei mir besser aufgehoben sei. Der Anwalt hat mich informiert, dass sie bereit wäre, mir den Hund sofort zu übergeben. Um achtzehn Uhr am Flora-Park. Ich war überrascht über Jessicas Rückzieher, aber natürlich habe ich mich wie verrückt darüber gefreut, dass Tiffy wieder bei mir leben würde. Ich habe sofort Feierabend gemacht und bin zum Park aufgebrochen. Tja, und dann hat mich der Wagen erwischt.«

Hilfe suchend blicke ich zu Rory. Auch diese Geschichte stimmt hinten und vorne nicht. Hätte Jessica Honnef ihrem Ex-Mann den Hund zurückgeben wollen, hätte sie uns mit Sicherheit davon erzählt. Das würde sie selbst doch in einem viel besseren Licht dastehen lassen. Aber sie hat es mit keiner Silbe erwähnt. Und auf mich hat sie keineswegs den Eindruck gemacht, als zöge sie es in Erwägung, sich von Tiffy zu trennen.

Der schüchterne Detektiv wirkt mit einem Mal völlig abwesend. Er steht in sich gekehrt da und scheint intensiv über etwas nachzugrübeln. Dann wendet er sich Alexander Honnef zu und bittet ihn eindringlich: »Es wäre für unsere Ermittlung und auch für Ihre persönliche Sicherheit von, ähm, hoher Wichtigkeit, dass zunächst noch niemand davon erfährt, dass Sie aus Ihrer Ohnmacht erwacht sind. Ich, äh, danke Ihnen vielmals, dass Sie trotz der Schmerzen mit uns gesprochen haben.«

»Ich habe nur den Eindruck, dass das, was ich zu sagen hatte, nicht unbedingt das war, was Sie zu hören erwartet haben«, entgegnet Alexander Honnef mit müder Stimme und gibt ein schmerzvolles Stöhnen von sich.

»Ähm, nein. Das war es tatsächlich nicht«, wispert Rory. »Ich glaube, wir müssen ganz neu …« Er unterbricht seinen Gedankengang und lächelt Alexander Honnef aufmunternd zu. »Frau, öhm, Sprudel wird weiterhin vor Ihrem Zimmer Wache stehen und für Ihre Sicherheit sorgen. Und sollte es neue Erkenntnisse geben, melden wir uns natürlich bei Ihnen. Ich wünsche Ihnen eine, ähm, rasche Genesung. Auf Wiedersehen, Herr Honnef.«

»Jetzt verstehe ich überhaupt nichts mehr!«, platzt es aus mir heraus, kaum, dass wir die Tür des Krankenzimmers hinter uns geschlossen haben und über den Flur zum Aufzug laufen. »Was er da behauptet, ergibt doch keinen Sinn. Er weiß *nichts* über illegale Vorgänge in der Agentur? Er kennt diese Liste angeblich nicht? Er hat Kati Keuken *nicht* angerufen? Wie kann er das leugnen? Sie hat mit ihm gesprochen! Entweder, er hat tatsächlich einen Gedächtnisverlust erlitten, oder er ist durch den

Anschlag so eingeschüchtert, dass er kalte Füße bekommen hat und denkt, es wäre gesünder für ihn, die Klappe zu halten.«

»Möglicherweise. Oder ... hier geht etwas vor, das wir im Moment noch nicht, ähm, verstehen«, murmelt Rory, zieht die Stirn kraus und steckt die Hände in die Taschen seines weißen Kittels, während wir in den Lift steigen.

Die Kabine bewegt sich abwärts in Richtung Erdgeschoss, als plötzlich ein durchdringendes Quietschen zu hören ist. Im nächsten Moment stoppt der Aufzug mit einem so heftigen Ruck, dass es den Detektiv und mich beinah von den Füßen haut. Wir taumeln gegen die Wand der Kabine – und dann tut sich gar nichts mehr. Der Fahrstuhl steckt fest! Irgendwo zwischen zweitem und drittem Stockwerk.

Rory weicht augenblicklich alle Farbe aus dem Gesicht. »Oh, nein. Ich ... ich befürchte, ich bekomme Platzangst«, stammelt er aufgelöst.

»Zum Glück haben wir ja einen Arzt dabei«, sage ich und deute auf seinen weißen Kittel.

»Sehr, öhm, witzig, Matilda.« Der Detektiv beugt sich vor, klopft behutsam gegen die Tür des Aufzugs, räuspert sich mehrfach und wispert: »Öhm, hallo? Kann uns jemand hören? Hallo?«

»So hört Sie höchstens die Flüster-Feuerwehr«, sage ich und verdrehe die Augen. »Drücken Sie den roten Knopf da vorne. Der ist für Notfälle.«

»Ah, ja. Daran habe ich überhaupt nicht ... Den habe ich gar nicht ...« Er betätigt den Notrufknopf, worauf eine Frauenstimme aus dem Lautsprecher zu hören ist:

»Aufzug-Mölders. Technischer Notdienst. Was kann ich für Sie tun?«

»Ähm, hallo. Hier sind ... Hier ist, öhm ... Es ist mir aufs Höchste unangenehm, Sie mit einem Anliegen behelligen zu müssen. Sie haben ja sicherlich Dringenderes zu tun, aber ... Also, es ist so, dass ich zusammen mit meiner Mitarbeiterin in einem Aufzug im Martinus-Krankenhaus stecke. Wäre es eventuell möglich, dass vielleicht jemand ... Natürlich nur, falls es keine allzu großen Umstände macht.«

»Ich schicke einen Mechaniker raus«, versichert ihm die Notdienst-Mitarbeiterin. »Er ist in zehn Minuten da.«

»Zehn Minuten«, wispert der Detektiv mit ängstlichem Gesicht. »Das ist ja gar nicht mal ... so wenig.« Er schluckt und drückt sich in eine Ecke des Fahrstuhls, als das Licht in der Kabine zu flackern beginnt – und drei Sekunden später ganz erlischt. Worauf Rory ein ersticktes Keuchen von sich gibt, das sich anhört, als stünde er kurz davor, endgültig in Panik zu geraten.

Ich aktiviere die Taschenlampen-Funktion auf meinem Smartphone und versuche, meiner Stimme einen beruhigenden Klang zu geben: »Wir haben jetzt zwei Möglichkeiten, uns die Zeit zu vertreiben«, befinde ich. »Wir werden panisch, schreien, flehen und jammern – oder wir kriegen uns wieder ein, atmen tief durch und nutzen die Gelegenheit, um darüber nachzudenken, aus welchem Grund Alexander Honnefs Aussage überhaupt nicht mit dem Rest der Geschichte zusammenpasst.«

»Ja, du, ähm, hast natürlich recht, Matilda«, entgegnet Rory verlegen und ist bemüht, sich zu beruhigen. Selbst im schwachen Licht der Taschenlampe ist zu sehen, dass er vor Scham rot anläuft. Der Detektiv fährt sich mit der Hand über das Pflaster auf seiner Stirn, bevor er mit leiser Stimme sagt: »Ich glaube nicht, dass er einen, öhm, Gedächtnisverlust erlitten hat. Denn an das Telefonat kurz vor Feierabend erinnert er sich ja noch sehr detailliert.«

»Wenn es kein Gedächtnisverlust ist, dann lügt er«, sage ich. »Vielleicht aus Angst. Und dieses Telefonat hat er sich ausgedacht. Sie haben Frau Honnef doch kennengelernt. Nie und nimmer würde sie ihm Tiffy freiwillig geben.«

»Wir, ähm, sollten das überprüfen. Hast du hier drinnen Empfang? Dann ruf Frau Honnef doch bitte kurz an.«

Ich tue wie mir geheißen. *Schneckchen* meldet sich nach dem dritten Freizeichen. Im Hintergrund höre ich Tiffy kläffen. Zudem das Brummen eines Pürierstabes. Offenbar mixt *Bärchen* Fitness-Drinks.

»Ob ich meinen Anwalt beauftragt habe, Alex anzurufen? Natürlich nicht! Wer hat dir denn diesen Bären aufgebunden?«, entgegnet Jessica Honnef auf meine Frage und wirkt reichlich ungehalten. »Warum sollte ich das tun? Eher friert die Hölle zu, als dass Alexander Tiffy zurückbekommt. Außerdem habe ich überhaupt keinen Anwalt. Sondern eine Anwältin. Und ich würde es sehr schätzen, in Zukunft nicht mehr mit so lächerlichen Fragen belästigt zu werden.« Sie schnaubt erbost durch die Nase und legt auf.

»Sehen Sie«, sage ich zu Rory. »Das Telefonat gab es nicht. Alexander Honnef lügt. Weil er nach diesem Anschlag Angst hat, die Wahrheit zu sagen.«

»Hmmh …«, macht der schüchterne Detektiv, zieht die Stirn kraus und beginnt, mit langsamen Schritten in der Fahrstuhlkabine hin und her zu gehen. Ich richte das Licht der Taschenlampe auf ihn, wodurch Rory an einen Schauspieler erinnert, dem ein Schweinwerfer-Spot folgt, während er über eine ansonsten dunkle Bühne läuft und dabei einen Monolog aufsagt. Schade allerdings, dass es keinen Monolog gibt. Stattdessen versinkt der Detektiv in ein nachdenkliches Schweigen. Nur gelegentlich murmelt er etwas Unverständliches in sich hinein – bis er plötzlich stehen bleibt und wispert: »Vielleicht … vielleicht, öhm, müssen wir alles einmal aus einem völlig anderen Blickwinkel betrachten.«

»Was meinen Sie?«

»Nur mal, ähm, nur mal so als Gedankenexperiment«, sagt er und lächelt scheu. »Was würde es bedeuten, wenn alles, was uns Alexander Honnef erzählt hat, der Wahrheit entspricht?«

»Das tut es aber nun mal nicht«, entfährt es mir in genervtem Ton. »Fakt ist, dass es diese Liste mit den *Clown-Aufträgen* gibt, die wir in seinem Wohnzimmer gefunden haben. Und Fakt ist auch, dass es dieses Telefonat mit Kati Keuken gab, in dem er über illegale Vorgänge in der Agentur gesprochen hat. Das hat sie sich doch nicht ausgedacht. Fakten lügen nicht!«

»Öhm, natürlich sind das Fakten«, entgegnet der schüchterne Detektiv und nickt zustimmend. »Die Frage ist aber … Nehmen wir doch einmal das Telefongespräch, das Herr Honnef mit dem Anwalt seiner Ex-Frau geführt hat. Das Gespräch, in dem es um Tiffy ging: Frau Honnef zufolge gab es das Gespräch nie. Laut Herrn Honnef gab es dieses Gespräch aber sehr wohl. Was wenn, öhm, wenn beide die Wahrheit sagen?«

»Das geht ja wohl schlecht. Einer muss lügen.«

»Und was, wenn Herr, öhm, Honnef diesen Anruf doch erhalten hat?«, wispert Rory. »Von jemandem, der … der *behauptet* hat, der Anwalt von Frau Honnef zu sein?«

»Warum sollte das jemand tun?«, frage ich.

»Nun, das ist doch ganz, öhm, offensichtlich. Dieser Anruf diente einem, ähm, Zweck: Herrn Honnef dazu zu bringen, sich zum Flora-Park zu begeben.«

»Sie meinen, das war so was wie ein Lockanruf? Und Sie denken … Sie denken, die Person, die ihn angerufen hat, ist auch diejenige, die …«

»Versucht hat, ihn zu überfahren. Ja«, entgegnet der Detektiv.

»Aber … was ist mit dem Anruf, den Kati Keuken um zehn Uhr von Herrn Honnef bekommen hat?«, entfährt es mir irritiert. In meinem Hirn herrscht ein einziges Gedanken-Wirrwarr.

Im Gegensatz zu Rorys Kopf. Der Detektiv hat den abwesenden, vergeistigten Gesichtsausdruck, der immer dann bei ihm zu beobachten ist, wenn ihm eine Erkenntnis dämmert. Während ich weiterhin den Strahl der Taschenlampe auf ihn richte, spaziert Rory in der Fahrstuhlkabine auf und ab und ist tief in Gedanken versunken.

Diese Situationen finde ich gleichermaßen faszinierend wie nervend. Weil Rory in solchen Momenten dazu neigt, irgendwelche unverständlichen Halbsätze in sich reinzunuscheln, statt seine Gedanken klar und deutlich zu artikulieren. Während ich wie Klein-Doofi danebenstehe und vergeblich zu verstehen versuche, worauf er eigentlich hinauswill. So auch diesmal.

»Ein falscher Anwalt …«, murmelt er. »Ein falscher Anruf …« Der Detektiv zieht die Stirn kraus. »Aber … wenn dieser Anruf nicht echt war, dann … Könnte dann nicht auch …? Aber … natürlich. Sicher. Und wenn er ihr nicht … Dann hat er auch nicht, öhm, … Und das bedeutet, er konnte auch nicht …« Rory stoppt abrupt, hebt den Kopf, und ich kann ein Funkeln in seinen Augen sehen.

»Was ist?«, frage ich, begierig, endlich zu hören, zu welchem Schluss er gekommen ist.

»Wir *wurden* angelogen«, wispert er erkenntnishaft. »Aber nicht von Alexander Honnef.«

»Geht es auch ein bisschen weniger spannend?«, entfährt es mir gereizt. »Von wem dann?«

Aber statt endlich Klartext zu reden, ergeht der Detektiv sich weiterhin in genuschelten Halbsätzen: »Oh … und der Umschlag mit der Liste. Natürlich … es war so … offensichtlich. Warum habe ich das nicht sofort …?«

»Hallo? Sehen Sie irgendwie die Möglichkeit, mich an ihren Erkenntnissen teilhaben zu lassen?«, versuche ich, mich erneut bemerkbar zu machen, dringe aber nicht wirklich zu Rory durch.

Er scheint sich in weit entfernten gedanklichen Sphären zu bewegen. »Aber … aus welchem Grund?«, murmelt er. »Was ist das Motiv? Ich verstehe einfach nicht, was …?«

Man muss mit Schüchternen Nachsicht haben, aber so allmählich reißt mir doch der Geduldsfaden. »Würden Sie jetzt endlich mal sagen, was Sache ist?«, knurre ich. »Ich stehe kurz davor, einen Bauklotz nach Ihnen zu werfen.«

»Was?« Rory schreckt aus seinen Gedanken auf und blickt mich entgeistert an.

»Also … natürlich nicht im wörtlichen Sinne. Eher … bildlich gesprochen«, rudere ich zurück, während Rory begeistert jauchzt:

»Du bist, öhm, fantastisch, Matilda. Dass ist es! Der Bauklotz … der Kindergarten … die beiden Mädchen …«

»Ähm, was?«, mache ich und gucke dabei wahrscheinlich nicht besonders intelligent.

»Du erinnerst dich doch noch an die zwei kleinen Mädchen?«, sagt der Detektiv aufgeregt. »Antigone und, ähm …«

»Coralie«, ergänze ich und frage mich insgeheim, ob die Luft in der Kabine knapp wird und der Detektiv an Sauerstoffmangel im Hirn leidet. »Und was haben die beiden mit unserem Fall zu tun?«

»Weißt du nicht mehr? Coralie sollte die Schokoküsse mit Antigone teilen. Aber sie hat sie weggeschubst, beide Schokoküsse gegessen und gesagt: ›Ich will alle!‹«

»Ja. Schon«, sage ich und verziehe skeptisch das Gesicht. »Und das ist wichtig, weil …?«

»Das Motiv«, verkündet Rory mit einem scheuen Lächeln. »Das Motiv war das gleiche wie in unserem Fall!« Der Detektiv fährt sich mit der Hand durch die Locken und stößt aufgeregt hervor: »Was für ein durchtriebener Plan. All die falschen Fährten. Und beinah wären wir darauf hereingefallen. Dabei hätten wir doch nur –«

Bevor er seinen Satz beenden kann, gibt es einen Ruck, die Beleuchtung flackert auf, der Aufzug setzt sich in Bewegung und gleitet mit einem leisen Summen ins Erdgeschoss.

Kaum hat sich die Tür des Fahrstuhls geöffnet, als Rory auch schon mit weit ausholenden Schritten durch die Lobby zum

Ausgang eilt, wo Charlotte und Doktor Herkenrath uns bereits erwarten.

»Was ist los?«, wispert sie, als sie die Aufregung des Detektivs bemerkt, und blickt mich fragend an.

»Wüsste ich auch gerne«, brumme ich säuerlich und zucke mit den Schultern.

Rory tauscht den weißen Kittel gegen seinen Mantel, bedenkt Charlotte und mich mit einem schüchternen Lächeln und erklärt mit leiser Stimme: »Ich weiß, wer die Anschläge auf Alexander Honnef und auf mich verübt hat. Und ich weiß auch, warum!«

»Und wer?«, bohre ich ungeduldig nach, aber da springt Rory bereits in das wartende Taxi.

»Dein Freund liebt es neuerdings, geheimnisvoll zu tun«, sage ich in resigniertem Ton zu Charlotte, nehme ihr Doktor Herkenrath ab, verabschiede mich eilig und hüpfe ebenfalls auf die Rückbank des Taxis.

Als Rory dem Fahrer unsere Zieladresse nennt, mache ich große Augen. Vor Überraschung klappt mir die Kinnlade runter. »Aber …«

»Würdest du bitte, öhm, Harry Ulfern anrufen?«, unterbricht mich der schüchterne Detektiv. »Er soll auch dorthin kommen. Ein bisschen Verstärkung kann nicht, ähm, schaden.«

»Wenn Sie den wirklich für eine Verstärkung halten …«, entgegne ich seufzend, wähle aber dennoch die Nummer des koboldhaften Ermittlers.

Harry Ulfern ist begeistert, als er hört, dass seine Dienste als *Spezialeinsatzkommando* benötigt werden, und verspricht, sich umgehend auf die Socken zu machen.

Ich stecke das Smartphone weg und fixiere Rory mit einem durchdringenden Blick. »Wenn Sie jetzt vielleicht endlich die Güte hätten, mir zu erklären, wie Sie darauf gekommen sind, dass …«

»Wir haben uns auf eine falsche Fährte locken lassen«, wispert der schüchterne Detektiv. »In diesem Fall ist alles ganz anders, als es aussieht. Dabei hätten wir schon viel früher darauf kommen können, worum es wirklich geht. Wenn wir Jessica Honnef etwas aufmerksamer zugehört hätten.«

»Was meinen Sie?«, frage ich und starre ihn ratlos an.

»Nun, ähm …« Rory räuspert sich ausgiebig und vertraut mir im Flüsterton an: »Ich denke, es, öhm, es verhält sich folgendermaßen …«

~ 16 ~
Die Maske fällt

Wie üblich untermalt der schüchterne Detektiv seine Erklärungen mit viel Geräusper, Gehüstel und zahlreichen *Ähms* und *Öhms* – was das Zuhören zu einer echten Nervenprobe macht. Aber was er zu sagen hat, hat es in sich! Gebannt lausche ich seinen Ausführungen. Und nachdem er mir des Rätsels Lösung präsentiert hat, bin ich dermaßen geplättet, dass ich erst mal keinen Ton rauskriege. Ich sitze mit offenem Mund auf der Rückbank des Taxis und mir wird klar: Wir sind so was von aufs Glatteis geführt worden! Und zwar von Anfang an. Streng genommen könnte man sagen, wir haben in einem Fall ermittelt, den es nie gab.

Das, was wir für die Realität gehalten haben, war nur ein Theaterstück, das einzig aus einem bestimmten Grund aufgeführt wurde: Uns von dem abzulenken, was wirklich vor sich ging. Abseits der Bühne, hinter den Kulissen.

Es gab niemals irgendeine *Clown-Verschwörung*, es gab keine mysteriösen, illegalen Vorgänge in der *Agentur Lachmann!* Weswegen Rory dort natürlich auch keine Signale oder Hinweise von irgendwelchen Gegenständen bekommen konnte.

Dass er den Fall diesmal geknackt hat, ohne auf sein spezielles Talent zurückgreifen zu können, steigert meinen Respekt vor seinem detektivischen Können noch einmal ganz enorm.

Ich halte mich auch für halbwegs pfiffig, was die Detektivarbeit angeht, muss aber ohne jedes Wenn und Aber eingestehen, dass ich von alleine niemals auf den wahren Sachverhalt gekommen wäre. Weil ich einen Denkfehler gemacht habe. Weil ich an dem festgehalten habe, was wir sicher zu wissen glaubten.

Bei jedem Fall lerne ich etwas von Rory. Diesmal hat er mir vor Augen geführt, was einen wirklich guten Detektiv ausmacht: Er muss jederzeit bereit sein, scheinbare Gewissheiten über Bord zu werfen. Er muss alles hinterfragen und aus allen Perspektiven beleuchten.

Und wenn er es außerdem noch schafft, von einem Streit zweier kleiner Mädchen im Kindergarten auf das Motiv in seinem aktuellen Fall zu schließen, ist er mehr als gut.

»Sie sind genial«, sage ich bewundernd.

Rory läuft rot an, winkt verlegen ab und wispert: »Ach, nein, das, ähm … Das, äh, würde ich nicht so … Das ist doch etwas … Oh, wir sind da!«

Aus dem Inneren des Hauses ist leise Ukulelen-Musik zu vernehmen. Rory klingelt behutsam, ich höre Schritte im Flur, dann öffnet sich die Tür.

Wie bei unserem letzten Besuch trägt Timo Leusing ein Hawaiihemd in schreiend bunten Farben, Shorts und Sandalen. Er hält ein Handy ans Ohr gepresst und telefoniert. Offenbar mit seiner Großtante.

»Ja, Tante Agnes. Nein. Nein. Bitte, Tante Agnes! Du weißt doch, was die Ärzte gesagt haben: Du darfst dich nicht aufregen. Denk an dein Herz!«

Bei unserem Anblick wirkt er irritiert, bittet uns aber nach einem kurzen Überraschungsmoment mit einer Geste ins Haus und führt uns ins Wohnzimmer, während er weiter in den Hörer spricht: »Und bitte denk an deine Tropfen, Tante Agnes. Ich muss … Ja. Ja. Sicher. Ich muss jetzt auflegen, ich habe gerade Besuch bekommen. Ja, mache ich. Bis nachher, Tante Agnes.«

In dem kleinen Südsee-Paradies im Wohnzimmer herrscht wieder tropische Hitze. Doktor Herkenrath lässt sich vor dem Aquarium mit den exotischen Fischen nieder, streckt alle viere von sich und beobachtet interessiert, was in der Wasserwelt vor sich geht. Der Detektiv und ich nehmen derweil in zwei Korbsesseln Platz.

»Ihrer Großtante geht es gesundheitlich nicht, ähm, gut?«, erkundigt sich Rory höflich, nachdem Timo Leusing das Telefonat beendet hat.

»Äh, nein«, murmelt dieser und lässt traurig den Kopf hängen. »Sie ist sehr schwach. Das Herz. Und noch eine Menge anderer Gebrechen. Die Ärzte befürchten, sie wird nicht mehr lange ...« Alexander Honnefs Halbbruder verstummt und blickt betreten zu Boden. Dann hebt er den Kopf und schaut Rory fragend an: »Aber ... aus welchem Grund sind Sie hier? Gibt es Neuigkeiten?«

»Öhm, ja. Das, äh, könnte man so sagen«, entgegnet der Detektiv mit einem verlegenen Lächeln und fummelt nervös an seinem Krawattenknoten herum. »Aber bleiben wir doch noch für einen Moment bei Ihrer Großtante Agnes. Beziehungsweise bei ihrem großen, öhm, Vermögen. Schließlich war dieses Vermögen ja das Motiv für den Anschlag auf Ihren Halbbruder. Nicht, öhm, wahr?«

Timo Leusing blickt scheinbar verständnislos drein und lächelt unsicher. »Was?«

»Ihr Traum vom Leben in der Südsee«, sage ich und deute auf die Fototapete mit dem weißen Strand. »Er könnte doch noch wahr werden. Mit dem Erbe ihrer Großtante. Allerdings nicht, wenn Sie, wie vorgesehen, nur die Hälfte erben. Um sich endgültig nach Polynesien zu verabschieden und dort ein sorgenfreies Leben zu führen, reicht die Hälfte nicht. Dazu braucht es schon das gesamte Erbe. Und deswegen haben Sie versucht, Ihren Halbbruder – und einzigen Miterben – zu beseitigen.«

»Das ist doch hoffentlich nicht ernst gemeint? Das ist doch völlig …« Timo Leusing stößt ein hohes hysterisches Lachen aus, fährt sich aufgelöst mit der Hand über den Eierkopf und wispert verängstigt: »Wie kommen Sie nur auf so etwas?«

»Dass es um das Erbe geht, hätte mir bereits klar werden können, als wir mit Jessica Honnef gesprochen haben«, entgegnet Rory mit leiser Stimme. »Sie erwähnte in einem Nebensatz, dass Ihre Großtante Agnes sehr alt, sehr krank und sehr vermögend sei. Und dass Sie und Herr Honnef dieses Vermögen im Falle ihres Ablebens erben würden. Da hätte ich, öhm, eigentlich hellhörig werden müssen. Aber zu der Zeit war ich noch ganz auf die Clowns und die Agentur fokussiert. Und möglicherweise wäre ich nie auf das wirkliche Motiv hinter dem Anschlag gekommen, wenn nicht diese Sache mit, ähm, Antigone und Coralie geschehen wäre.«

»Antigone und Coralie? Ich begreife überhaupt nicht, wovon Sie sprechen«, wimmert Herr Leusing und sieht aus, als würde er die Welt nicht mehr verstehen.

»Zwei kleine, öhm, Mädchen«, entgegnet der Detektiv mit ruhiger Stimme. »Antigone und Coralie sollten sich eine Schachtel Schokoküsse teilen. Coralie wollte aber nicht teilen. Sie hat Antigone zur Seite geschubst und sich alle, ähm, Schokoküsse genommen. Und als meine Mitarbeiterin mich vorhin an diese Szene erinnert hat, da … Da fiel bei mir plötzlich der Groschen. Sie und Ihr Halbbruder waren in der gleichen Situation wie Antigone und Coralie. Sie sollten ebenfalls teilen. Und zwar nicht nur eine Schachtel Schokoküsse, sondern ein ganz beträchtliches Vermögen. Aber Sie wollten genauso wenig teilen wie Coralie. Und deswegen haben Sie versucht, Ihren Bruder zu überfahren. Um ihn aus dem Weg zu räumen und damit zum, öhm, Alleinerben zu werden.«

»Sie verdächtigen mich wegen des Streits zweier kleiner Mädchen um eine Packung Schokoküsse? Das ist doch völlig an den Haaren herbeigezogen«, jammert Timo Leusing. »Wie können Sie mich nur beschuldigen, etwas mit dem Anschlag auf Alexander zu tun zu haben? Ohne jeden Beweis!«

»Ich bin sicher: Den werden wir bald haben«, entgegne ich und lächele zuckersüß. »Sie können damit aufhören, uns die zu Unrecht verfolgte Unschuld vorzuspielen.«

Rory erhebt sich aus seinem Stuhl, stellt sich in die Mitte des Wohnzimmers, legt den Kopf in den Nacken und schließt die Augen.

»Was … was machen Sie da?«, fragt Timo Leusing verunsichert, während mir natürlich klar ist, was Rory tut: Er versucht, ein Signal zu empfangen.

»Nein. Hier, öhm, ist nichts«, murmelt er nach ein paar Sekunden und schüttelt den Kopf. Dann huscht er in den Flur, konzentriert sich erneut und öffnet nach kurzem Zögern eine Tür, die in den Keller führt. »Ah!«, macht er und sagt an Timo Leusing gerichtet: »Wenn Sie nichts zu, öhm, verbergen haben, dann stört es Sie doch bestimmt nicht, wenn ich mich ein wenig in Ihrem Keller umschaue.«

»Ich … Nein! Kommt nicht infrage! Was wollen Sie da denn überhaupt finden?«, versucht Timo Leusing, ihn zurückzuhalten.

Rory räuspert sich und erklärt in allerhöflichstem Ton: »Ein, öhm, Clownskostüm. Das Kostüm, das Sie bei dem Anschlag getragen haben.«

Alexander Honnefs Halbbruder sieht aus, als hätte ihm jemand einen Faustschlag in die Magengrube versetzt. Krampfhaft versucht er, die Maske des harmlosen und zu Unrecht verdächtigten Mannes aufrechtzuerhalten, doch die Gesichtszüge entgleiten ihm. Es ist, als würde sich plötzlich ein breiter Riss durch die Maske ziehen. Und durch den Riss hindurch zeigt sich eine boshaft verzerrte, bösartige Grimasse!

Ich fühle, wie mir ein kalter Schauer über den Rücken läuft.

Timo Leusing stiert den Detektiv mit wütend funkelnden Augen an – und tut im nächsten Moment etwas, womit ich nicht gerechnet habe: Er fährt auf dem Absatz herum, sprintet in Richtung Wohnzimmertür und versucht zu türmen. Ich schnelle aus meinem Stuhl auf und springe ihm in den Weg, aber er verpasst mir einen so heftigen Stoß, dass ich ins Taumeln gerate. Ich kann es gerade noch vermeiden, in das Aquarium zu krachen, lande aber unsanft auf den Dielen.

»Fass!«, befehle ich Doktor Herkenrath, aber der ist von der

Situation so überfordert, dass er nur panisch winselt und sich hinters Aquarium verzieht.

Rory reagiert am schnellsten und hastet dem Flüchtenden hinterher, doch da ist Timo Leusing bereits an der Haustür, reißt sie auf, stürzt ins Freie – und rennt volle Möhre in Harry Ulfern hinein, der just in diesem Moment klingeln wollte.

Beide gehen mit einem überraschten Aufschrei zu Boden und zappeln wie Schildkröten auf dem Rücken. Unglücklicherweise gelingt es Timo Leusing als Erstem, auf die Beine zu kommen.

»Er ist unser Täter! Halten Sie ihn fest!«, schreie ich. Harry Ulfern guckt einen Moment lang verwirrt, reagiert dann aber doch noch, greift nach dem linken Unterschenkel von Timo Leusing und umklammert ihn mit aller Kraft. Verzweifelt versucht Alexander Honnefs Halbbruder, sich dem Griff des koboldhaften Detektivs zu entziehen. Selbst als Rory hinzukommt, gibt er noch nicht auf, schlägt wild um sich und leistet erheblichen Widerstand, bis es den beiden Detektiven mit vereinten Kräften gelingt, ihn unter Kontrolle zu bringen. Rory schafft es, ihn festzuhalten, während Harry Ulfern hastig ein Paar Kabelbinder aus der Tasche seines Trenchcoats zieht und Timo Leusing die Hände auf dem Rücken fesselt.

»Es, ähm, es ist mir höchst unangenehm, Gewalt anwenden zu müssen«, stößt der schüchterne Detektiv ein wenig außer Atem hervor. »Aber leider lassen Sie uns keine andere, öhm, Wahl. Sie sollten einsehen, dass jeder weitere Fluchtversuch sinnlos ist, und sich damit abfinden, dass das Spiel vorbei ist. Und dass Sie, öhm, verloren haben.« Der schüchterne Detektiv räuspert sich und schlägt in höflichem Ton vor: »Gehen wir doch zurück ins Haus. Und dort unterhalten wir uns. Ganz ruhig und, ähm, zivilisiert.«

Timo Leusing antwortet nicht und stiert grimmig vor sich hin, während Rory ihn ins Haus führt.

Harry Ulfern kneift derweil kurzsichtig die Augen zusammen und hält nach seiner Brille Ausschau, die es ihm bei dem Zusammenstoß mit Timo Leusing von der Nase gehauen hat.

»Hier«, sage ich, greife nach der Sehhilfe, die auf den Stufen vor der Haustür liegt, und reiche sie dem klein gewachsenen Detektiv. Mittlerweile ist die Brille an so vielen Stellen repariert, dass sie fast nur noch aus Pflaster besteht.

Harry Ulfern setzt sie auf, blickt mich durch die dicken Brillengläser hindurch an und krächzt: »Timo Leusing ist also unser Mann?« Dann drückt er den Rücken durch, wirft sich in die Brust und verkündet selbstbewusst: »Wäre ich natürlich auch noch draufgekommen. Hab es zwar keinem erzählt, aber, ich hatte da schon die ganze Zeit über so einen Verdacht ...«

»Ja, klar«, seufze ich und verdrehe die Augen. »Und eigentlich wollten Sie nur abwarten, ob Rory und ich es auch alleine herausfinden.«

»Genau«, erklärt Harry Ulfern ohne jeden Selbstzweifel, steckt die Hände in die Taschen seines verknitterten Trenchcoats und macht ein Gesicht, als wäre er Sherlock Holmes und Hercule Poirot in einer Person.

Doktor Herkenrath findet tropische Fische weitaus interessanter als überführte Verbrecher. Kaum sind wir im Haus zurück, steuert er schnurstracks auf das Aquarium zu, aber ich halte ihn auf und verdonnere ihn dazu, an der Wohnzimmertür Wache zu halten. Für den Fall, dass Timo Leusing doch noch mal auf die Idee kommen sollte, auszubüxen.

»Versuch, halbwegs bedrohlich auszusehen«, flüstere ich meinem Cockerspaniel zu, aber er schielt mich nur verständnislos an und fiept verwirrt.

Timo Leusing ist von Rory in einen der Korbsessel verfrachtet worden, wo er düster vor sich hinbrütet.

Ich kann es kaum fassen, wie sehr ich mich von ihm habe täuschen lassen. Bei unserem ersten Besuch hat er auf mich nicht im Geringsten wie jemand gewirkt, der fähig wäre, ein kaltblütiges Verbrechen zu begehen. Sondern wie ein völlig unbescholtener, etwas unsicherer Durchschnittsbürger. Wie jemand, der ehrlich um seinen Halbbruder besorgt war, der sogar einen Detektiv engagiert hatte, um in diesem Fall zu ermitteln, und dessen einziges Verbrechen darin bestand, geschmacklose Hawaiihemden und weiße Socken zu Sandalen zu tragen. Nie hätte ich vermutet, dass sich hinter dieser unscheinbaren Erscheinung ein Mensch verbirgt, der einen bis ins letzte Detail ausgeklügelten Plan entwickelt, um einen Miterben zu beseitigen. Und damit auch um ein Haar durchgekommen wäre. Hätte nicht der schüchterne Detektiv begonnen, in diesem Fall zu ermitteln.

Jetzt, nachdem Timo Leusing klar geworden ist, dass er das Spiel verloren hat, kommt eine ganz andere Persönlichkeit zum Vorschein. Er gibt sich keine Mühe mehr, irgendeine Fassade aufrechtzuerhalten. Sein Gesicht wirkt versteinert, ohne jede Regung, und der Blick seiner Augen ist so kalt und teilnahmslos, dass es mich gruselt.

Mindestens genauso gruselig finde ich, dass wir den Mann zu einem Mordversuch befragen sollen, während im Hintergrund süßliche Ukulelen-Musik läuft. Kurz entschlossen gehe ich zu der Anlage hinüber und beende die Wiedergabe.

»Ähm, kommen wir doch zunächst zum Naheliegenden«, sagt der schüchterne Detektiv in die plötzlich entstandene Stille hinein und zupft an seinem Ohrläppchen. »Ich, *räusper,* bin mir sicher, dass sich das Clownskostüm in Ihrem Keller befindet. Darf ich fragen, wo, ähm, genau?«

Timo Leusing sieht aus, als würde er Rory am liebsten anspucken. »In einer Stahltruhe. Unter der Treppe«, presst er zwischen zusammengekniffenen Lippen hervor.

»Ähm, Harry? Wenn du vielleicht so freundlich wärst und, öhm …?«

»Sicher«, quäkt Harry Ulfern, watschelt in den Flur und öffnet die Kellertür. »Wo ist denn der verdammte Lichtschalter?«, höre ich ihn meckern – bevor er einen gellenden Schrei ausstößt und die Treppe runterpoltert.

»Alles in Ordnung?«

»Ja, ja«, keucht er. »Habe im Dunkeln eine Stufe übersehen. Kann ja mal passieren ... Ah, hier ist die Truhe.«

Zwei Minuten später kommt er zurück und präsentiert seinen Fund: einen Clown-Overall, Clowns-Latschen und auch die orangefarbene gepunktete Fliege und die Perücke mit grünem, stacheligem Haar, die Frau Zeigler beschrieben hat.

»Und nun, da wir einen, äh, handfesten Beweis haben ...«, sagt Rory und blickt Timo Leusing eindringlich an. »Denken Sie nicht, es wäre an der Zeit, ein umfassendes Geständnis abzulegen? Doch bevor wir zu den Einzelheiten der Tat kommen ... Eine Sache verstehe ich nicht. Wie waren Sie in der Lage, Ihren eigenen Halbbruder ...? Alle behaupten, dass Sie beide ein enges Verhältnis hätten. Wie, öhm, konnten Sie da ...?«

Als Timo Leusing antwortet, ist seine Stimme von einer solchen Eiseskälte, dass sich mir sämtliche Nackenhaare aufstellen. Er zuckt mit den Schultern und erklärt in gleichgültigem Ton: »War ja nichts Persönliches. Ja, Alex ist mein Halbbruder. Aber irgendwann habe ich begonnen, ihn vor allem als Hindernis zu sehen. Als ein Hindernis zwischen mir und dem Erbe von Tante Agnes. Ein Hindernis zwischen mir und einem sorgenfreien Leben in der Südsee. Es gibt Situationen im Leben, in denen man sich entscheiden muss. Ohne jede Sentimentalität oder Gefühlsduselei. Und das habe ich getan.«

Einen Moment lang bin ich sprachlos angesichts seiner Kaltschnäuzigkeit und Skrupellosigkeit, bevor es wütend aus mir herausschießt: »Die *Entscheidung*, die Sie getroffen haben, war die, einen feigen und hinterhältigen Mord zu begehen. An Ihrem eigenen Bruder! Sie haben versucht, ihn aus dem Weg zu räumen, nur um das gesamte Vermögen Ihrer Großtante zu erben. Und damit kein Verdacht auf Sie fällt, haben Sie einen durchtriebenen Plan entwickelt und jede Menge falscher Spuren gelegt. Nicht wahr?«

Timo Leusing verzieht die Lippen zu einem gemeinen Lächeln. »Zuerst hatte ich die Idee, es wie einen gewöhnlichen Unfall mit anschließender Fahrerflucht aussehen zu lassen. Aber dann habe ich mich gefragt, ob ich damit wirklich auf der sicheren Seite sein würde. Was, wenn irgendein vorwitziger, übereifriger Polizist angezweifelt hätte, dass es ein Unfall war, und zu ermitteln begonnen hätte? Wenn er sich gefragt hätte, für wen Alexanders Tod von Vorteil war? Dann wäre er innerhalb kürzester Zeit auf mich und das Erbe von Tante Agnes gekommen. Es wie einen Unfall aussehen zu lassen, war also nicht die perfekte Lösung. Mir wurde klar: Ich musste für Verwirrung sorgen! Und dafür wäre es gut, wenn es Indizien gäbe, die darauf hindeuteten, dass es kein Unfall war, sondern das, was es tatsächlich war: Ein Anschlag auf Alexanders Leben. Ich musste nur dafür sorgen, dass die Ermittlungen in eine völlig falsche Richtung liefen. Mir kam der Gedanke, den Verdacht auf die Künstleragentur und die Clowns zu lenken. Und so habe ich mir die ganze Geschichte um angebliche illegale Vorkommnisse in der Agentur ausgedacht und versucht, sie mit möglichst vielen Indizien zu unterfüttern.« Timo Leusing wirkt regelrecht stolz auf seine kriminelle Energie und blickt in die Runde, als würde er erwarten, dass wir angesichts seines niederträchtigen Plans applaudieren. Als das nicht geschieht, lächelt er abschätzig und merkt lakonisch an: »Natürlich stand ich bei der ganzen Sache unter einem gewissen ... Zeitdruck. Tante Agnes ging es schlecht. Wenn sie vor Alex sterben würde, wäre es Essig mit dem Erbe. Also musste ich handeln. Schnell und zielgerichtet.«

»Ich nehme an, als Erstes haben Sie sich das, öhm, Clownskostüm besorgt?«, fragt Rory und blickt Herrn Leusing forschend an.

»Ja. Das Kostüm und die Perücke habe ich bereits vor ein paar Wochen gekauft. Und natürlich bar bezahlt, damit sich keine Spur zu mir zurückverfolgen ließ. Viel schwieriger war es, an einen Wagen für den Anschlag zu kommen. Ich konnte ja schlecht mein eigenes Fahrzeug oder das vom Pizzadienst nehmen. Und wie man ein Auto knackt, weiß ich auch nicht.«

»Und wie hast du es dann geschafft, Freundchen? Raus mit der Sprache!«, quäkt Harry Ulfern.

»Der Wagen gehört einer Gemeindeschwester«, hebt Timo Leusing zu einer Erklärung an.

»Wissen wir schon«, bügele ich ihn ab. »Und?«

»Ich beliefere die Frau regelmäßig mit Pizza«, erklärt er mit einem süffisanten Lächeln. »Ist immer das gleiche Spiel: Ich klingele, sie bittet mich rein und dann muss sie jedes Mal nach ihrem Portemonnaie suchen, weil sie immer vergisst, wo sie es hingelegt hat. Sie ist ziemlich zerstreut. Und währenddessen stehe ich mit der Pizza in ihrer Diele und warte darauf, dass sie die verdammte Geldbörse endlich findet. Bei einer dieser Gelegenheiten fiel mir auf, dass ein Ersatzschlüssel für ihren Wagen an einem Haken in der Diele hing. Damit war mein Problem gelöst. Ich habe den Schlüssel, ohne zu zögern, einkassiert. Die Frau ist so konfus – sie hat das Fehlen des Schlüssels überhaupt nicht bemerkt. Ich bin ihr ein paar Tage lang gefolgt, um zu sehen, wann sie wo mit dem Wagen unterwegs war. Es stellte sich raus, dass sie jeden Mittwochnachmittag zum Gemeindebüro fuhr, um Schreibkram zu erledigen. Den Wagen parkte sie um die Ecke. Das Gemeindebüro ist nicht weit vom Flora-Park entfernt. Und damit« – Timo Leusing grinst gemein – »hatte ich alles, was ich brauchte, um meinen Plan in die Tat umzusetzen.«

~ 17 ~
Habgier

Einen Moment lang herrscht Stille. Nur die Pumpe des Aquariums und das Hecheln von Doktor Herkenrath sind zu hören.

Der schüchterne Detektiv räuspert sich zweimal, bedenkt Timo Leusing mit einem prüfenden Blick und sagt in leisem, aber bestimmten Ton: »*Sie* waren derjenige, der beim Fernsehsender angerufen hat. Sie haben sich als Alexander Honnef ausgegeben und Kati Keuken diese, ähm, absurde und frei erfundene Geschichte über mysteriöse Vorgänge in der Agentur aufgetischt.«

»Was?«, entfährt es Harry Ulfern überrascht und er blickt verwirrt zu Rory. »Jetzt kapiere ich gar nichts mehr.«

»Kann ja mal passieren«, greife ich seine Lieblingsformulierung auf und erkläre den Sachverhalt vorsichtshalber noch mal so, dass ihn auch ein Fünfjähriger verstehen würde: »Es gab keine seltsamen Vorgänge in der Künstleragentur. Herr Leusing hat sich am Telefon als Alexander Honnef vorgestellt und Kati

Keuken weisgemacht, ihm wären dort verdächtige Aktivitäten aufgefallen. Und dass er Beweise dafür hätte.«

»Ich hatte Kati Keuken sofort am Haken«, sagt Timo Leusing und lächelt abschätzig. »Sie hat eine große Story gewittert und sich zu einem persönlichen Treffen am Flora-Park bereit erklärt. Und dann habe ich ihr gegenüber auch noch etwas von *Die haben ihre Leute überall* geraunt. Um den Eindruck zu erwecken, es gäbe irgendeine groß angelegte Verschwörung. Nur um noch ein bisschen mehr Verwirrung zu stiften. Hat ja zunächst auch ganz hervorragend funktioniert.«

»Und warum haben Sie das getan? Ich verstehe immer noch nicht«, stöhnt Harry Ulfern begriffsstutzig und fährt sich ratlos mit der Hand über den Fusselbart.

»Damit hatte Herr Leusing den Grundstock dafür geschaffen, alle auf eine falsche Fährte zu locken«, kläre ich ihn auf. »Kati Keuken wusste nun von dieser abstrusen Geschichte mit der Agentur. Und damit war klar: Würde Alexander Honnef auf dem Weg zum Flora-Park etwas zustoßen, käme bei ihr sofort der Verdacht auf, dass jemand verhindern wollte, dass er ihr Informationen zukommen lässt. Käme es zu Ermittlungen würden sie sich voll und ganz auf die Agentur konzentrieren«.

»Ja. Nur mit einer Sache hatte ich nicht gerechnet«, knurrt Timo Leusing übellaunig. »Dass die Journalistin Rory Shy engagieren würde, um in dem Fall zu ermitteln. Einen richtig guten Detektiv. Und nicht …«, er bedenkt Harry Ulfern mit einem verächtlichen Blick, »… und nicht eine Vogelscheuche im Trenchcoat.«

»Was soll das denn heißen?«, kräht der klein gewachsene Ermittler aufgebracht.

»Ich würde es sehr zu schätzen wissen, wenn Sie der Liste Ihrer Verbrechen nicht auch noch Unhöflichkeit hinzufügen würden«, sagt Rory in eindringlichem Ton zu Herrn Leusing. »Bitte konzentrieren Sie sich doch auf das, ähm, Wesentliche: Was haben Sie getan, nachdem Sie als Alexander Honnef mit Frau Keuken telefoniert hatten?«

»Am Mittwochnachmittag bin ich mit meinem Wagen zu einem Baggersee im Industriegebiet gefahren und habe das Fahrzeug etwas versteckt geparkt. Dann bin ich, teils zu Fuß, teils mit öffentlichen Verkehrsmitteln in die Stadt zurück. In die Nähe des Gemeindebüros, wo der Wagen der Gemeindeschwester geparkt war. Da habe ich mich in einer kleinen Grünanlage hinter einem Strauch umgezogen und geschminkt. Das Clownskostüm und die übrigen Utensilien hatte ich in einem Rucksack mitgebracht. Die Clown-Verkleidung war von doppeltem Vorteil: Niemand würde mich erkennen. Und ein Clown hinterm Steuer würde den Verdacht noch mehr in Richtung Agentur lenken. Nachdem ich mich verkleidet hatte, blieb nur noch eine Sache zu tun.«

»Ja. Sie mussten Ihren Halbbruder zum Flora-Park locken«, sage ich.

Timo Leusing lächelt geringschätzig. »Ich wusste genau, welche Knöpfe ich bei Alex drücken musste. Er hatte mir ja oft genug von dem Sorgerechtsstreit um Tiffy erzählt, und ich wusste, wie sehr er an dem Hund hing. Ich habe ihn mit verstellter Stimme angerufen, mich als Anwalt von Jessica ausgegeben und ihm eine rührselige Geschichte erzählt: dass Jessica eingesehen hätte, dass der Hund besser bei ihm aufgehoben sei, und dass sie ihm Tiffy sofort übergeben möchte. Im Flora-Park. Natürlich ist er direkt darauf angesprungen und hat sich auf den Weg gemacht.«

»Aber dann ist etwas passiert, das Sie nicht, ähm, einkalkuliert hatten«, wirft Rory schüchtern ein und zupft an seinem Ohrläppchen. »Ihr Halbbruder hat seiner Kollegin, Frau Dinzig, von dem Telefonat berichtet. Und sie hat es uns erzählt. Und dieser Anruf …«, Rory hüstelt verlegen, »… dieser Anruf war … merkwürdig. Ich hatte das Gefühl, als würde er nicht zu den anderen Ereignissen dieses Tages passen. Irgendetwas stimmte nicht mit diesem Telefonat. Zu diesem Zeitpunkt war ich noch weit davon entfernt, einen, öhm, konkreten Verdacht zu entwickeln. Es war nur ein … Gefühl. Die unbestimmte Ahnung, dass irgendetwas in diesem Fall nicht so war, wie wir vielleicht glaubten.«

Timo Leusing sagt nichts und stiert den Detektiv mit einem finsteren Blick an.

»Wie ging dann der eigentliche Anschlag vor sich?«, will ich von ihm wissen.

»Ich habe mir den Wagen der Gemeindesschwester unter den Nagel gerissen, bin zum Flora-Park gefahren und habe dort mit laufendem Motor gewartet. Als Alexander auftauchte und die Fahrbahn überquerte, habe ich Gas gegeben und auf ihn zugehalten. Der Zusammenprall war so heftig, dass er durch die Luft geschleudert wurde. In diesem Moment war ich sicher, dass ich ihn … ausgeschaltet hatte. Ich bin in hohem Tempo geflüchtet und zu dem Baggersee im Industriegebiet gerast. Dort habe ich den Wagen der Gemeindeschwester in Brand gesetzt, um Spuren zu vernichten. Anschließend habe ich das Clownskostüm aus- und zivile Klamotten angezogen und bin mit meinem eigenen Wagen zurück nach Hause gefahren.«

»Wo Sie erfahren mussten, dass Ihr Plan missglückt war und Ihr Bruder überlebt hatte«, sage ich und blicke ihn herausfordernd an. »Muss doch echt frustrierend für Sie gewesen sein. So viel Aufwand und dann …«

»Künstlerpech, würde ich mal sagen«, antwortet er ohne größere Gefühlsregung. »Ich war kaum im Haus, als ich einen Anruf vom Krankenhaus bekam und erfuhr, dass Alex überlebt hatte und nicht lebensgefährlich verletzt war. Aber ich hatte ja nicht nur einen Plan A. Natürlich hatte ich gehofft, Alexander direkt im ersten Versuch auszuschalten. Aber ich hatte durchaus die Möglichkeit einkalkuliert, dass er überleben könnte und nur verletzt sein würde. Für den Fall gab es einen Plan B: Ich würde mich in einem günstigen Moment ins Krankenhaus schleichen, die Sache dort zu Ende bringen und bei dieser Gelegenheit ein weiteres Indiz in Alexanders Krankenzimmer platzieren. Eine Clownsnase vielleicht. Oder ein paar Haare einer Clownsperücke. Irgendetwas, das den Verdacht gegenüber der Agentur erhärtet hätte. Aber leider musste ich mich von diesem Plan verabschieden.« Er bedenkt Rory mit einem Blick, der zwischen Anerkennung und Verachtung schwankt. »Weil Sie in den Fall eingestiegen sind und so clever waren, eine Wache vor Alexanders Zimmer zu postieren. Daher war ich gezwungen, zu improvisieren und habe – «

»Stopp! Einen Moment mal!«, quäkt Harry Ulfern dazwischen und wirkt schwer verwirrt. »Eine Sache verstehe ich dabei überhaupt nicht: Warum haben Sie mich engagiert, um im Fall Ihres Halbbruders zu ermitteln? Warum sind Sie dieses Risiko eingegangen? Hatten Sie denn keine Angst, ich könnte Ihnen auf die Spur kommen?«

Timo Leusing stößt ein gemeines Lachen aus. »Was das angeht, hatte ich keinerlei Befürchtungen. Was glauben Sie denn, warum ich ausgerechnet Sie angeheuert habe? Ich habe mir Ihre miesen Bewertungen bei *sherlockserben.de* angesehen und bin zu dem Schluss gekommen, dass Sie der unfähigste Detektiv weit und breit sind. Ich war mir sicher, dass Sie überhaupt nichts herausfinden würden. Außer dem, was Sie herausfinden sollten.«

»Ähm, wie?«, murmelt Harry Ulfern erschüttert und sieht dabei aus wie Doktor Herkenrath, kurz bevor er Durchfall bekommt. Der fusselbärtige Detektiv lässt traurig die Schultern hängen und wirkt so geknickt, dass mich das Bedürfnis überkommt, ihn zu trösten und wiederaufzurichten.

»Geben Sie nichts auf solche Gehässigkeiten«, versuche ich, ihn aufzumuntern, und sage mit einem Seitenblick auf Timo Leusing: »Der ist doch nur frustriert, weil wir ihn geschnappt haben. Und ohne Sie hätten wir das nicht geschafft. Schließlich waren Sie derjenige, der ihn an der Flucht gehindert hat!«

»Ja, das … Genau!«, kräht Harry Ulfern und findet schlagartig zu seinem Selbstbewusstsein zurück. Er beugt sich zu Timo Leusing vor und quäkt: »Schlechte Bewertungen hin oder her: Ich habe dich zur Strecke gebracht, Freundchen!«

Alexander Honnefs Halbbruder bleibt unbeeindruckt und sagt in arrogantem Tonfall: »Wenn Sie sich Ihre Unfähigkeit so schönreden wollen. Von mir aus. Aber ich habe Sie nur aus zwei Gründen engagiert: Zum einen, um den Eindruck zu erwecken, ich wäre um Alex besorgt und an einer Aufklärung des Falls interessiert. Das sollte dazu beitragen, mich unverdächtig erscheinen zu lassen. Und zum anderen, weil ich aufgrund Ihrer nicht vorhandenen detektivischen Fähigkeiten sicher war, Sie leicht manipulieren zu können und dadurch die Ermittlung in eine Richtung zu lenken, die mir gelegen war. Ich war überzeugt, dass Sie jeden Köder, den ich Ihnen vor die Nase hielte, schlucken würden. Und das haben Sie ja auch getan.«

»Was?«, macht Harry Ulfern und schiebt ratlos an seiner Pflaster-Brille herum.

»Er spricht von dem, öhm, Umschlag«, meldet sich Rory in höflichem Ton zu Wort. »Dem Umschlag mit den angeblichen *Clown-Aufträgen* und den Geldsummen. Den hat *er* natürlich in Herrn Honnefs Wohnzimmer deponiert. Eine bewusst gelegte falsche Spur. Aber ich muss sagen …« Rory lächelt verlegen und schüttelt den Kopf. »Das war schon etwas sehr, öhm, dick aufgetragen, Herr Leusing. Der Umschlag, mitten auf dem Wohnzimmertisch. So auffällig platziert, dass ihn niemand übersehen *konnte*.«

Niemand, außer Harry Ulfern, denke ich, sage es aber höflicherweise nicht laut.

»Das war einfach zu schön, um, äh, wahr zu sein«, führt der schüchterne Detektiv aus. »Man sucht nach Hinweisen und dann taucht genau zur richtigen Zeit dieser Umschlag auf: *Unbedingt öffnen, falls mir etwas zustößt!* Dumm nur, dass der Umschlag überhaupt nichts enthielt, das Licht ins Dunkel dieses Falls bringen konnte. Sondern nur eine Liste mit angeblichen *Clown-Aufträgen,* die einzig dem Zweck diente, alle Aufmerksamkeit weiterhin auf die Agentur und die Clowns zu lenken.« Rory rutscht in seinem Korbstuhl hin und her und zupft nervös an seinem linken Ohrläppchen. »Als dieser Umschlag plötzlich auftauchte, hatte ich zum zweiten Mal während unserer Ermittlung den Verdacht, dass irgendetwas nicht stimmte. Dass sich die Dinge anders verhielten, als es schien … Aber – wir haben Sie vorhin unterbrochen. Sie waren gerade dabei, uns zu schildern, was Sie dachten, als Ihnen klar wurde, dass ihr Plan B nicht funktionieren würde. Weil Ihr Halbbruder im Krankenhaus bewacht wurde und Sie daher keine Chance hatten, ihm dort etwas anzutun.«

Timo Leusing verzieht das Gesicht. »Ja, das war ein echter Schlag in die Magengrube. Aber dann habe ich in Ruhe nachgedacht und mir wurde klar, dass noch nichts verloren war. Fakt war doch: Alexander hatte mich bei dem Anschlag mit Sicherheit nicht erkannt, weil ich das Kostüm getragen hatte. Und auch ansonsten brachte mich zu diesem Zeitpunkt nichts mit dem Anschlag in Verbindung. Wenn ich die Sache nicht im Krankenhaus zu Ende bringen konnte, würde ich es einfach noch einmal versuchen, wenn er entlassen würde – und darauf hoffen, dass Tante Agnes bis dahin nicht das Zeitliche segnet. Es gab nur ein Problem. Die Tatsache, dass Sie mittlerweile in dem Fall ermittelten. Und im Gegensatz zu dieser trüben Tasse« – er bedenkt Harry Ulfern mit einem geringschätzigen Blick – »haben Sie als Detektiv wirklich was drauf. Sie konnten mir gefährlich werden. Also musste ich Sie – «

»Ebenfalls, öhm, *ausschalten* – wie Sie das immer so neutral bezeichnen.« Rory fährt sich mit der Hand übers Kinn und betrachtet Timo Leusing interessiert. »Sie beschlossen, mich zu beseitigen, bevor ich Ihnen auf die Spur kommen könnte. Auf die gleiche Art, mit der Sie es bereits bei Ihrem Bruder versucht hatten. Mithilfe eines, ähm, Fahrzeugs.«

Timo Leusing knirscht mit den Zähnen. »Nur, dass ich diesmal keine Zeit hatte, um einen richtigen Plan zu entwickeln. Ich musste improvisieren. Wo ich Sie finden konnte, wusste ich ja, weil Sie bei Ihrem ersten Besuch erwähnt hatten, dass Sie freitagmorgens in der Agentur sein würden. Die Schwierigkeit war, auf die Schnelle an einen Wagen zu kommen. Mir blieb nichts anderes übrig, als durch die Gegend zu laufen und nach einem unverschlossenen Fahrzeug zu suchen, bei dem der Schlüssel steckte. Ich hatte Glück. Um die Ecke wird gerade ein altes Haus saniert. Vor dem Grundstück war der Transporter eines Klempnerbetriebs geparkt und –«

»Hi, hi, hi«, höre ich Harry Ulfern in diesem Moment kichern und blicke ihn verwundert an.

»Was ist daran so lustig?«, frage ich.

»Ach … nichts. Nur, wo er gerade Klempnerbetrieb sagt … Mit hat da kürzlich jemand einen Witz erzählt, der ist zum Schießen. Es geht um einen Klempner und ein Känguru und –«

»Den können sie ja dann später zum Besten geben«, sage ich seufzend, verdrehe die Augen und richte meine Aufmerksamkeit wieder auf Timo Leusing. »Fahren Sie fort!«

»Der Klempner hat Werkzeug aus dem Wagen geladen und ins Haus gebracht«, sagt er. »Er ist mehrmals hin und her gelaufen und hat den Transporter dabei offen gelassen. Ich habe einen günstigen Moment abgepasst, bin in den Wagen gesprungen und zur *Agentur Lachmann* gefahren. Eigentlich wollte ich die Sache dort schon über die Bühne bringen. Aber als Sie aus der Agentur kamen, habe ich Sie zunächst nicht erkannt. Wegen Ihrer Clownsverkleidung. Erst als ich das Mädchen und den Hund gesehen habe, wurde mir klar, dass Sie es waren. Aber da stiegen Sie schon zu diesem anderen Clown ins Auto und die Gelegenheit war verstrichen. Also bin ich Ihnen zu dem Kindergarten gefolgt und habe dort versucht, Sie … zu überfahren.«

»Und wieder sind Sie gescheitert«, sage ich selbstbewusst. »Offenbar war Ihr Plan doch nicht ganz so genial, wie Sie geglaubt haben.«

Er wirft mir einen bösen Blick zu, dann schaut er Rory fragend an: »Verraten Sie mir nur eines: Wie sind Sie darauf gekommen, dass ich …«

Rory hüstelt, fährt sich mit der Hand übers Kinn und erklärt mit einem scheuen Lächeln: »Nun, ähm, was Sie noch nicht wissen, ist, dass Ihr Halbbruder aus seiner Ohnmacht erwacht ist. Wir konnten kurz mit ihm sprechen. Und ich war doch sehr, ähm, verwundert, als er behauptete, sich nicht daran erinnern zu können, jemals mit Kati Keuken telefoniert zu haben. Geschweige denn, dass ihm irgendwelche verdächtigen Vorgänge in der Agentur aufgefallen wären. Also begann ich, den Fall ganz neu zu überdenken. Und dabei fiel mir auf … Wenn es keine illegalen Vorgänge gab, wie hätte er *Ihnen* davon erzählen können? Denn genau das hatten Sie ja bei unserem ersten Besuch behauptet: dass Ihr Bruder sich verfolgt gefühlt hätte. Und dass er Andeutungen über etwas Illegales in der Agentur gemacht hätte. Und dass irgendwelche Clowns darin verstrickt wären.« Rory zupft aufgeregt an seinem Ohrläppchen. »In diesem Moment wurde mir klar, dass Sie uns angelogen hatten. Und das konnte nur einen Grund haben: Sie steckten hinter dem Anschlag! Sie waren der Täter. Mir war zunächst nur nicht klar, was Sie zu dieser Tat getrieben hatte. Bis ich durch Matilda an die Situation im Kindergarten erinnert wurde. An Coralie, die Antigone nichts von ihren Schokoküssen abgeben wollte. Und dann fiel mir ein, dass Jessica Honnef gesagt hatte, dass Sie beide erben würden. Und da verstand ich, was Ihr Motiv war. Dasselbe wie bei Coralie: Habgier!«

Timo Leusing senkt den Kopf, presst die Lippen aufeinander und versinkt in grimmiges Schweigen.

»Tja, wird wohl nichts mit dem sorgenfreien Leben in Polynesien«, merke ich an. »Dafür werden Sie in den nächsten Jahren sehr viel Zeit haben, von der Südsee zu träumen. In Ihrer Zelle. Ich rufe dann mal die Polizei.«

Die erscheint kurz darauf in Form dreier Beamter. Der schüchterne Detektiv schildert ihnen unter Zuhilfenahme zahlreicher *Ähms* und *Öhms,* was geschehen ist. Harry Ulfern unterstützt ihn dabei, ist aber in erster Linie darum bemüht, seinen eigenen

Anteil und vor allem seinen heldenhaften Einsatz bei der Ergreifung des Täters herauszustreichen.

Nur Doktor Herkenrath scheint den ganzen Trubel um ihn herum nicht wahrzunehmen und ist noch immer in die Betrachtung der exotischen Fische versunken. Schön, dass er endlich eine Tierart entdeckt hat, die bei ihm nicht sofort eine Panikattacke auslöst.

Als wir auf den Stufen vor der Haustür stehen und beobachten, wie Timo Leusing von den Polizisten in den Streifenwagen verfrachtet wird, höre ich Rory traurig seufzen.

»Das wird für Alexander Honnef wie ein Stich ins Herz sein«, sagt er mit leiser Stimme und zupft an seinem Ohrläppchen. »Wenn er erfährt, dass sein eigener Bruder …«

»Ach du Scheiße!«, kräht Harry Ulfern mit kieksiger Stimme und wirkt mit einem Mal völlig aufgelöst.

»Was ist los?«, frage ich.

»Na ja … Ich frage mich gerade: Wenn der Auftraggeber auch der Täter ist – wer zahlt einem in so einem Fall das Honorar? Ich befürchte: niemand. Dabei sieht es finanziell bei mir nicht gerade rosig aus.« Er fummelt aufgeregt an seiner Brille herum.

»Ich denke, da finden wir eine, öhm, Lösung«, sagt Rory und lächelt verlegen. »Kati Keuken zahlt mir ein ausgesprochen großzügiges Honorar. Und ich würde mich freuen, es mit dir zu teilen. Das hast du dir verdient. Für deine, ähm, wertvolle Mitarbeit in diesem Fall. Und natürlich, weil ich, ähm …« Rory schaut zur Seite und kratzt sich am Hinterkopf, wie immer, wenn er aus Höflichkeit etwas sagt, das nicht ganz der Wahrheit entspricht. »Weil ich bei dir so viel über den Detektiv-Beruf gelernt habe.«

Harry Ulfern gibt einen freudigen Jauchzer von sich und fällt dem schüchternen Detektiv um den Hals – worauf dieser etwas gequält guckt. »Du bist ein feiner Kerl, Rory. Wusste ich schon immer. Wisst ihr was? Ich lade euch jetzt auf ein Schaschlik und eine Cola im Imbiss ein.«

»Ach, das ist nicht, äh …«

»Nein, nein. Keine Ausrede diesmal«, quäkt der fusselbärtige Detektiv und schließt den Gürtel seines verknitterten Trenchcoats. »Gehen wir!« Er ist noch keine drei Schritte weit gekommen, als er über seine Schnürsenkel stolpert und eine beeindruckende Bruchlandung im Vorgarten hinlegt.

»Na ja, kann ja mal passieren«, keucht er, als Rory und ich ihn wieder auf die Füße stellen. »Ich befürchte nur … meine Brille ist endgültig hinüber.«

~ 18 ~
Pfarrer, Klempner, Känguru

Zweieinhalb Wochen später

Nachdem wir Alexander Honnef darüber aufgeklärt hatten, dass sein Halbbruder derjenige war, der den Anschlag auf ihn verübt hat, und welches Motiv hinter dem Verbrechen stand, hatte er, wie erwartet, schwer daran zu knabbern.

»Timo ... Wie konnte er nur ...? Ich kann es einfach nicht glauben«, hat er völlig geschockt gemurmelt und ich konnte sehen, dass ihm Tränen in die Augen traten.

Seine körperliche Genesung ging aber glücklicherweise viel schneller voran, als erwartet. Nach zwei Wochen ist er aus dem Krankenhaus entlassen worden. Den Gips am Bein wird er noch eine Weile tragen müssen, ansonsten ist er aber wieder wohlauf.

Gestern Nachmittag haben Frau Lachmann und Frau Dinzig in der Agentur eine kleine *Willkommen Zurück*-Party für ihn organisiert. Rory, Doktor Herkenrath und ich waren dazu eingeladen, und natürlich waren jede Menge Agenturkünstler anwesend – darunter Beppo, Beppi, Veronika, die Steinbeißerin, der stark behaarte Bauchtänzer, diverse Zauberer und sämtliche Clowns.

Rory hat erst mal geschluckt, als Lilli Lachmann ihn zu der Feier eingeladen hat, und mit entsetzter Miene gemurmelt: »Oh, nein. Nicht schon wieder ein Raum voller, ähm, Clowns.« Aber natürlich hätte er es als unhöflich empfunden, die Einladung abzulehnen. »Wir müssen ja nicht so lange bleiben«, hat er mir mit ängstlicher Stimme zugeraunt. »Und ich werde mich im, öhm, Hintergrund halten.«

Was nicht wirklich geklappt hat.

Als wir in der Agentur ankamen, herrschten schon jede Menge Trubel, Frohsinn und Ausgelassenheit.

Alexander Honnef war ganz überwältigt von dem herzlichen Empfang, der ihm bereitet wurde – und hatte noch einen weiteren Grund zur Freude: Ein Gericht hat ihm das alleinige Sorgerecht für Tiffy zugesprochen. Worüber nicht nur er, sondern auch der Zwergpinscher ausgesprochen glücklich zu sein schien.

Tiffy ist bei unserer Ankunft schwanzwedelnd durch die Agentur gesprungen und hat Doktor Herkenrath mit einem freudigen Kläffen begrüßt. Mein Cockerspaniel ist, entgegen seiner sonstigen Gewohnheit, nicht ausgeflippt und hat das

Weite gesucht, sondern ist ganz cool geblieben und hat nur kurz zur Begrüßung zurückgebellt.

Ich glaube ja, dass seine neue Gelassenheit stark mit seinem Interesse an Fischen zusammenhängt, das er entwickelt hat, seit er die Wassertiere in Timo Leusings Aquarium beobachtet hat. Fische scheinen eine beruhigende Wirkung auf Doktor Herkenrath auszuüben. Letzte Woche hat er eine Stunde lang vor dem Fernseher gehockt und sich völlig gebannt eine Dokumentation über Haie angesehen.

Selbst Frau Zeigler ist aufgefallen, dass er sich verändert hat. »Irgendwas stimmt mit dem Hund nicht«, hat sie mir neulich zugeraunt. »Als ich vorhin ein Backblech mit Fischstäbchen in den Ofen geschoben habe, hat er sich auf den Küchenboden geworfen und wie verrückt gejault.«

Und wo ich gerade bei Frau Zeigler bin: Sie ist immer noch ganz hin und weg von ihrer Begegnung mit dem schüchternen Detektiv. Mindestens ein Dutzend Mal am Tag sieht sie sich auf ihrem Handy das Foto an, auf dem sie mit Rory vor dem Kühlschrank zu bewundern ist, und haucht sehnsüchtig: »So ein gepflegter und höflicher junger Mann. Und er wirkt so … fähig und kompetent. Nicht so ungeschickt wie mein Raimund.«

Da haben Sie ihn aber noch nie eine Druckerpatrone wechseln sehen, habe ich insgeheim gedacht.

Die zahlreichen Zeitungsartikel, in denen Rorys Ermittlung und die Hintergründe im Fall Alexander Honnef geschildert wurden (wie immer hat der Detektiv es geschafft, mich aus der Berichterstattung rauszuhalten), hat sie regelrecht verschlungen und mehrmals mit wichtigem Gesicht verkündet: »Also … irgendwie habe ich ja auch einen Anteil daran, dass er den Fall aufgeklärt hat. Ich meine … viel konnte ich ihm ja nicht sagen, wegen dieses Clowns. Und trotzdem …« Sie hat tief durchgeatmet und mir im Brustton der Überzeugung erklärt: »Ich glaube, ohne mich hätte er es nicht geschafft. Wenn ich nicht …«

»Wollten Sie nicht eigentlich zur *Metzgerei Codlett*?«, habe ich ihre detektivischen Träumereien abgewürgt.

»Ja. Du hast recht, Kind«, hat sie gesagt, sich eilig in ihren Mantel geschmissen und die graue Häkelkappe auf den Kopf gezogen. »Ich sollte mich sputen. Sonst kauft Hilde Mommsen mir wieder die letzte Sülze weg. Und zur Apotheke muss ich auch noch. Brandsalbe für Raimund besorgen. Hach, dieser Mann. Schafft es nicht mal, sich eine Linsensuppe aufzuwärmen, ohne dass ein Unglück geschieht.«

Großtante Wally lebt jetzt in der Senioren-Wohnanlage. Die Umzugsaktion hat meine Eltern reichlich Nerven gekostet. Das gilt besonders für Mama.

»Die Frau hat mich verrückt gemacht«, hat sie bei der Rückkehr geschimpft. »Wir haben drei Stunden gebraucht, um ihren schweren alten Kleiderschrank in der neuen Wohnung aufzubauen. Eine Heidenarbeit. Als er dann endlich stand, fiel ihr plötzlich ein, dass er sich an der gegenüberliegenden Seite des Zimmers viel besser machen würde. Wir haben ihr gesagt, dass sie nicht den Molli mit uns machen kann, dass sie sich das vorher hätte überlegen müssen und dass der Schrank stehen bleibt, wo er steht. Daraufhin wurde sie krakeelig und hat gedroht, uns zu enterben. Soll Sie doch! Aber erpressen lasse ich mich von ihr nicht!«

Mittlerweile hat es Großtante Wally gedämmert, dass sie nicht die einzigen Verwandten, die sich um sie kümmern, vergraulen sollte. Sie hat kleinlaut angerufen, sich halbherzig entschuldigt und ist, was das Enterben angeht, zurückgerudert. Aber noch immer beginnt Mamas Halsschlagader zu pochen, sobald jemand die Worte *Großtante* oder *Wally* ausspricht.

Charlotte war auch völlig fix und fertig, nachdem ihre Großtante Asta zwei Wochen bei ihr verbracht hatte.

»Weißt du, was sie getan hat?«, hat mich Rorys Freundin mit erschöpfter Stimme am Telefon gefragt. »Während ich unterwegs war, um das Clownskostüm für Rory zu besorgen, hat sie sämtliche Klamotten aus meinem Kleiderschrank aussortiert, die sie für *unpassend* hielt. Sie hat die Sachen in Müllsäcke gepackt und Amadeus angewiesen, alles zum Altkleidercontainer zu fahren. Hätte er nicht bei mir nachgefragt, ob das so seine Ordnung hat, wäre ich jetzt die Hälfte meiner Garderobe los. Und ständig hat sie mir Vorträge über Haushaltsorganisation gehalten. Jetzt bin ich völlig durch.« Charlotte hat tief geseufzt, sich umständlich geräuspert und mit leiser Stimme gesagt: »Ich habe darüber nachgedacht, was du gesagt hast, Matilda: Dass du deine Großtante immer schachmatt setzt, indem du sie zulaberst. Wie gesagt, in so was bin ich nicht gut. Aber vielleicht … könntest du ja vorbeischauen, wenn Tante Asta das nächste Mal zu Besuch kommt, und die Methode auch mal bei ihr anwenden?«

Ich habe ihr meine volle Unterstützung zugesichert. Schließlich ist *Großtanten zuquatschen* eine meiner leichtesten Übungen.

Und wenn ich genauer darüber nachdenke: Den Fall, den wir gelöst haben, könnte man auch als den *Drei-Großtanten*-Fall bezeichnen: Großtante Wally, Großtante Asta und dann natürlich Großtante Agnes, die vermögende Verwandte von Alexander Honnef und Timo Leusing, ohne deren Erbe es den Fall überhaupt nicht gegeben hätte.

Aber ich schweife ab. Kommen wir wieder zu der Feier in der Agentur zurück: Rory ist ganz blass geworden, als gleich nach unserem Eintreffen der *Torkelnde Toni* mit einem breiten Grinsen auf ihn zugetorkelt kam.

»Mensch, Junge!«, hat der Clown erfreut hervorgestoßen und dem Detektiv einen freundschaftlichen Schlag mit dem Schaumstoffhammer verpasst. »Lilli hat uns alles erzählt. Wie du den Kerl gefasst hast, der Alex was antun wollte. Gratuliere! Mann, deine Verkleidung als *Scheuer Schorchi* war wirklich perfekt.

Keiner von uns hat dich erkannt. Hätte ich geahnt, dass der berühmte schüchterne Detektiv neben mir in meinem *Clownomobil* hockt …« Der Spaßmacher torkelt gegen Rorys Schulter und raunt ihm zu: »Nur mal so am Rande: Wie ist denn der Auftritt bei den *Wilden Wimmelmäusen* gelaufen?«

Der schüchterne Detektiv wird augenblicklich knallrot und stammelt verlegen: »Oh, das war … der war sehr, ähm … Also, der war gar nicht mal so …« Verzweifelt versucht er, das Thema zu wechseln. »Und, äh, wie geht es dir, Toni? Hast du die, äh, Gehirnerschütterung gut überstanden?«

Der *Torkelnde Toni* nickt eifrig und taumelt einen Schritt zurück. »Ja, alles wieder, *brumm,* in Ordnung. Also, *mööp, mööp,* fast jedenfalls.«

Rorys Plan, sich im Hintergrund zu halten, ist an dem Nachmittag in der Agentur gehörig fehlgeschlagen. Weil ihn (zu seinem Entsetzen) alle Clowns umringt und neugierig nach Einzelheiten seiner Ermittlung ausgequetscht haben. Immer wieder musste er erzählen, wie er Timo Leusing auf die Spur gekommen war. Irgendwann habe ich aufgehört, seine Räusperer und *Ähms* und *Öhms* zu zählen.

Und als er dachte, sich endlich verabschieden zu können, hat Frau Lachmann zu einer Lobrede angesetzt, ihm wortreich dafür gedankt, dass er die Ehre der Clowns gerettet hat, ihn unter dem Beifall aller anwesenden Spaßmacher zum *Ehrenclown* ernannt und ihm eine entsprechende Urkunde in die Hand gedrückt. Anschließend haben die *Witzige Wanda* und der *Lallende Leopold* ihm feierlich ein Pupskissen und einen Schaumstoffhammer überreicht.

Hammer und Kissen liegen jetzt, ebenso wie die Urkunde und das Schorchi-Kostüm mit dem defekten Bimmelhintern, in Rorys Büro. Zwischen den Schneekugeln und den Dosensuppen.

Nach der Agenturfeier haben wir noch einen kleinen Abstecher ins Büro gemacht. Weil wir die Spesenabrechnung für Kati Keuken fertig machen mussten. Bei jeder Taxiquittung, die ich abgerechnet habe, hat der Detektiv gequält das Gesicht verzogen und gestottert: »Ähm, meinst du nicht, ich sollte diese Fahrt aus eigener Tasche bezahlen? Da hätten wir doch auch zu, ähm, zu Fuß …«

»Keine Sorge«, habe ich ihn beruhigt und ihm die Endabrechnung vor die Nase gehalten. »Wir haben den Spesenvorschuss noch nicht mal ganz ausgeschöpft.«

»Oh, tatsächlich«, hat Rory mit einem Blick auf die Rechnung gemurmelt und erleichtert gewirkt. »Da sind ja sogar noch zweihundertfünfzig Euro übrig.«

»Jetzt nicht mehr«, habe ich ihn mit einem zuckersüßen Lächeln informiert. »Für das Geld habe ich ein paar Druckerpatronen auf Vorrat bestellt. Und für Sie vorsichtshalber noch ein Ersatzhemd. Man kann ja nie wissen.«

Damit war der Fall abgeschlossen. Für mich jedenfalls.

Für Rory gilt das nicht. Er hat noch eine Sache vor der Brust, die ihm übelste Bauchschmerzen bereitet: das Exklusiv-Fernsehinterview, zu dem er sich bereit erklärt hat, als er den Auftrag angenommen hat.

»Ich wünschte, du könntest mich, öhm, begleiten. Und das Reden übernehmen«, hat er gestern mit matter Stimme gesagt, als ich mich verabschiedet habe.

»Tja ... wünschte ich auch. Geht aber nun mal nicht. Durch die Nummer müssen Sie alleine durch. Das wird schon. Und wenn Sie so gar nicht mehr wissen, was Sie sagen sollen – bimmeln Sie einfach mit dem Hintern. Das geht immer! Viel Glück!«

Das Interview wird live ausgestrahlt. Gleich nach den Hauptnachrichten. Mama, die genauso verrückt nach Kriminalfällen ist wie ich, hat schon alles für einen entspannten Fernsehabend vorbereitet: Waldmeisterbrause, Chips und Erdnussflips.

Für Doktor Herkenrath gibt es auch ein paar Leckerlis. Er weiß zwar nicht so genau, worum es geht, lässt sich aber hechelnd auf meinem Schoß nieder und blickt erwartungsvoll zum Fernseher.

»Ich wette, Rory überlegt gerade, ob er nicht in letzter Sekunde doch noch aus dem Studio flüchten soll«, sage ich kichernd. »Ist bei ihm doch immer so in solchen Situationen.«

»Woher willst du das denn wissen?« Mama schaut mich verwundert an.

Oh, verdammt! »Ähm, vermute ich einfach mal«, sage ich hastig. »Weil er doch so schüchtern ist. Oh, sieh nur. Es geht los!«

»Guten Abend und willkommen zu einer Sondersendung von *Wahre Verbrechen*«, begrüßt Kati Keuken das Fernsehpublikum und lächelt raubtierhaft. Sie trägt wieder die Leoparden-Stiefeletten und hat ihre Locken zu einer wallenden Löwenmähne geföhnt.

»Vor einigen Wochen wurde die Redaktion von *Wahre Verbrechen* selbst in ein wahres Verbrechen hineingezogen. Ich bekam im Büro einen Anruf, aus dem sich in der Folge ein Kriminalfall entwickelte, der verwirrender und wendungsreicher nicht hätte sein können. Gelöst hat ihn Rory Shy, der berühmte schüchterne Detektiv. Er hat im Auftrag unseres Senders ermittelt und ist heute Abend bei uns, um uns von seiner Arbeit zu berichten. Willkommen, Rory!«

Der schüchterne Detektiv kommt ins Bild, blickt auf den Boden, lächelt verlegen und wispert: »Guten, ähm, Abend.«

Doktor Herkenrath erkennt das Gesicht auf der Mattscheibe, richtet sich auf und bellt fröhlich.

»Außerdem hat Rory noch einen« – Kati Keuken verzieht genervt das Gesicht – »Überraschungsgast mitgebracht. Einen

Kollegen, mit dem er in diesem Fall zusammengearbeitet hat. Herrn –«

»Harry Ulfern«, quäkt es durchs Studio und im nächsten Moment schwenkt die Kamera auf den klein gewachsenen Detektiv. »Auch bekannt als *der Detektiv mit dem todsicheren Instinkt.* Oder *die unfehlbare Schnüffelnase.*«

Während Rory wieder wie aus dem Ei gepellt aussieht, wirkt sein koboldhafter Kollege so, als könnte er eine Dusche vertragen. Er trägt auch im Fernsehstudio seinen Knitter-Trenchcoat und die fleckige Krawatte. Seine verbogene Brille ist endgültig hinüber: ein Brillenglas ist gesprungen, das andere fehlt. Nur sein Selbstbewusstsein ist intakt. Die fiesen Bemerkungen von Timo Leusing hat er, wie es aussieht, mittlerweile weggesteckt.

»Genaugenommen hatte ich aufgrund meiner Erfahrung eigentlich sogar so was wie die Leitung in diesem Fall. Ja … kann man so … kann man so sagen«, kräht er voller Überzeugung.

»Sehr interessant«, sagt Kati Keuken, macht durch ihren Gesichtsausdruck aber klar, dass eher das Gegenteil der Fall ist. Sie streicht sich eine Locke aus der Stirn, lächelt Rory an und säuselt: »Schildern Sie doch bitte, was Sie dachten, als Sie zum ersten Mal von diesem Unfall hörten, der sich bald als ein Mordanschlag auf das Leben eines unschuldigen Mannes entpuppen sollte.«

In diesem Moment wird mir klar, warum der schüchterne Detektiv Harry Ulfern mitgeschleppt hat. Damit er selbst so wenig wie möglich sagen muss. Und sich im Hintergrund halten kann.

Bei jeder Frage, die ihm die Journalistin stellt, räuspert er sich umständlich und sagt anschließend etwas wie: »Eine sehr, öhm, interessante Frage, die ich gleich an meinen, ähm, Kollegen weiterleiten möchte.« Oder: »Was diesen Teil der Ermittlung angeht, war Herr Ulfern federführend. Ich denke, er kann Ihnen da besser, ähm, Auskunft …« Manchmal auch: »Diese Frage sollte Ihnen Herr Ulfern beantworten. Er ist der, öhm, Fachmann auf diesem Gebiet.«

Harry Ulfern nimmt diese Vorlagen dankend an. Seinem zufriedenen Grinsen nach zu urteilen, genießt er es, im Licht der Öffentlichkeit zu stehen, schildert die Arbeit an dem Fall in den schillerndsten Farben und betont dabei immer ganz besonders seinen Anteil an der Ermittlung. Es klingt beinah, als hätte er den Fall im Alleingang gelöst. Er berauscht sich regelrecht an seiner eigenen Erzählung, hört gar nicht mehr auf zu reden und schweift zwischendurch zu völlig anderen Fällen ab, in denen er in der Vergangenheit ermittelt hat: »Das war wie damals bei dem Fall mit dem verbogenen Schaschlik-Spieß«, quäkt er und gestikuliert dabei wild mit den Armen. »Da bin ich der Sache auch nur auf die Spur gekommen, weil die Fritten in diesem Imbiss so komisch schmeckten. Aber wer vermutet auch schon, dass ein international gesuchter Finanzbetrüger in einer Pommesbude arbeitet?«

»Danke für Ihren Beitrag«, geht Kati Keuken dazwischen und versucht ihr Glück noch einmal bei dem schüchternen Detektiv. Sie sieht ihm tief in die Augen und sagt mit schmeichelnder Stimme: »Rory, ich bitte Sie, die nächste Frage selbst zu beantworten. Denn es geht«, die Journalistin macht eine dramatische Kunstpause, »um einen Moment, in dem Sie selbst beinah zum Opfer geworden wären. Der Täter hat während der Ermittlung auch auf Sie einen Anschlag verübt. Mit dem Transporter einer Schreinerei.«

»Äh, nein«, entgegnet Rory höflich lächelnd.

»Nicht?«, entfährt es der Journalistin überrascht.

»Es war kein Schreiner«, erklärt er verschämt. »Es war ein, öhm, Klempner.«

»Hi, hi, hi«, macht Harry Ulfern, schlägt sich mit der Hand auf den Oberschenkel und erklärt kichernd: »Wo du gerade Klempner sagst, Rory. Da fällt mir wieder dieser Witz ein. Ein absoluter Brüller. Den müssen die Zuschauer hören!«

»Ich denke nicht, dass unsere Zuschauer das möchten«, sagt Kati Keuken in äußerst kühlem Ton, aber der fusselbärtige Detektiv ist nicht zu stoppen:

»Also … der Witz geht so«, verkündet er und giggelt dabei in sich hinein. »Kommen ein Pfarrer, ein Klempner und ein Känguru in einen Großmarkt.«

»Ähm, entschuldige, wenn ich dich da korrigiere, Harry«, schaltet sich Rory zum ersten Mal während der Sendung aktiv ins Gespräch ein und erklärt schüchtern: »Ich, öhm, kenne den Witz auch. Und bin mir sehr sicher, dass es kein Großmarkt war. Sondern ein, öhm, Klempnersalon.«

»Klempnersalon? Blödsinn!«, nuschelt Harry Ulfern. »So was gibt's doch gar nicht.«

»Äh, ja, stimmt«, muss Rory zugeben und runzelt nachdenklich die Stirn. »Es war ja auch gar kein ... Es war ... es war ein Eissalon.«

»Richtig«, stimmt ihm der koboldhafte Detektiv zu.

»Und du, öhm ... Du solltest natürlich erwähnen, dass es Samstag war«, rät Rory. »Sonst funktioniert der Witz nicht. Weil sonst niemand versteht, wie das Känguru am Sonntag in die, öhm, Kirche ...«

»Gut. Dann noch mal«, stöhnt Harry Ulfern. »Kommen ein Pfarrer, ein Klempner und ein Känguru in einen Eissalon. Der Pfarrer bestellt einen Erdbeerbecher und –«

»Äh, bitte verzeih, wenn ich dich auch hier berichtige, Harry. Aber es war ein Bananen-Split. Sonst könnte das Känguru am Sonntag bei der Predigt ja gar nicht ...«

»Willst *du* den Witz nicht gleich erzählen? Wenn du sowieso alles besser weißt«, knurrt Harry Ulfern und guckt genervt.

»Ähm, eigentlich ungern«, murmelt Rory und blickt verlegen nach unten. »Aber wenn du darauf, ähm, bestehst. Also: Kommen ein, ähm, Pfarrer, ein Klempner und ein Känguru in einen, äh, Eissalon. Der Pfarrer bestellt einen Bananen-Split und der Klempner … Was war es denn noch gleich? Einen Schwarzwaldbecher? Ist ja auch nicht so, ähm, wichtig. Jedenfalls … geht es dann am Sonntag darum, dass das Känguru … Ach, ja, habe ich ganz vergessen: Das Känguru bestellt im Eissalon einen Eiskaffee. Das muss man wissen, weil sonst, öhm …«

»Um Himmels willen«, stöhnt Mama, als der Detektiv auch fünf Minuten später noch nicht bei der Pointe ist und sich endgültig in der Story verheddert hat. »Ich dachte immer, Onkel Achim wäre die absolute Vollkatastrophe, was Witze angeht. Aber Rory Shy schafft es echt, ihn zu übertrumpfen.«

Ich kichere, kraule Doktor Herkenrath die Ohren und denke: Ja, Rory ist ein katastrophaler Witze-Erzähler, ein miserabler Clown und ein falscher Arzt.

Dafür aber auch der beste Detektiv weit und breit.

Und der Schüchternste sowieso.

Aber das weiß ja mittlerweile jedes Kind.

Oliver Schlick wurde 1964 in Neuwied/Rhein geboren. Nach Abitur und Zivildienst studierte er Sozialarbeit an der FH Düsseldorf. Seit mehreren Jahren ist er in der stationären Jugendhilfe und der Flüchtlingsarbeit tätig. Oliver Schlick lebt in Düsseldorf, und wenn er nicht schreibt, verbringt er die Zeit mit dem Sammeln von Schneekugeln und Blechspielzeug sowie dem exzessiven Hören von »The Cure«. Von Oliver Schlick sind bislang neben den »Rory Shy«-Bänden bei Ueberreuter folgende Bücher erschienen:

»So kalt wie Eis, so klar wie Glas«
»Miranda Lux. Denken heißt zweifeln oder warum jede Geschichte zwei Seiten hat«
»Wächter der Meere, Hüter des Lichts«
»Penny Maroux und das Geheimnis der 11«
»Als Doktor Möhrke durch Zufall den Unsinn erfand«

Oliver Schlick

So kalt wie Eis, so klar wie Glas

384 Seiten
Hardcover
ISBN 978-3-7641-7043-1

Auch als E-Book erhältlich!

Das Geheimnis der Glaskugeln

Die achtzehnjährige Cora kommt nach dem plötzlichen Tod ihrer Mutter nach Rockenfeld, wo ihr Großvater Jacob Dorneyser lebt. In dem Dorf werden nach alter Handwerkskunst Schneekugeln hergestellt, eine Tradition, die Coras Urahn Ende des 16. Jahrhunderts begründete. Der Legende nach soll ihm vom Teufel höchstpersönlich die erste Kugel geschenkt worden sein.
Fasziniert von der Kunst, kleine Welten unter Glas zu schaffen, bittet Cora ihren Großvater darum, sie auszubilden. Doch schon nach kürzester Zeit geschehen die seltsamsten Dinge.
Nachts beobachtet Cora Lichter im Wald und Schneeflocken fügen sich wie von Geisterhand vor ihren Augen zu warnenden Worten zusammen. In Cora wächst die Überzeugung, dass an der alten Legende ein Fünkchen Wahrheit haften muss.
Was hat es mit der rätselhaften, ersten je geschaffenen Schneekugel auf sich?

www.ueberreuter.de
www.facebook.com/UeberreuterBerlin

TORKELNDER TONI
LALLENDER LEOPOLD
WITZIGE WANDA
ARMIN GRAUMAUS
JESSICA HONNEF
HARRY ULFERN
LILLI LACHMAN